신곡

지옥편—단테 알리기에리의 코메디아

La comedía di Dante Alighieri—Inferno

세계문학전집 150

신곡

지옥편
단테 알리기에리의 코메디아

La comedía di Dante Alighieri—Inferno

단테 알리기에리
박상진 옮김 · 윌리엄 블레이크 그림

민음사

차례

일러두기

1. 이 책은 단테 알리기에리의 *Divina commedia*를 완역한 것이다. 번역과 주해를 위해서 이탈리아어 판으로는 움베르토 보스코(Umberto Bosco)와 조반니 레조(Giovanni Reggio)가 주해를 단 판본(*Divina commedia,* Firenze: Le Monnier, 1988. 초판)과 주세페 반델리(Giuseppe Vandelli)가 주해를 단 판본(*Divina commedia*, Milano: Ulrico Hoepli, 1928. 1979년 21판)을 참고했다. 영어 번역판으로는 마크 무사(Mark Musa, *The Divine Comedy*, 3 vols., Penguin Books)와 만델바움(Allen Mandelbaum, *The Divine Comedy*, Bantam), 덜링과 마르티네스(Robert M. Durling & Ronald L. Martinez, *The Divine Comedy of Dante Alighieri*: *Inferno*(vol. 1), *Purgatorio*(vol. 2), Oxford University Press)의 번역 주해본들을 중복 참고했다.
2. 본문에 나오는 주는 모두 옮긴이에 의한 것이다.
3. 외국어의 한글 표기는 가능한 한 현지 발음을 따랐다.

1곡[1]

우리 인생길 반 고비에[2]
올바른 길을 잃고서 난
어두운 숲[3]에 처했었네.

아, 이 거친 숲이 얼마나 가혹하며 완강했는지
얼마나 말하기 힘든 일인가![4]
생각만 해도 두려움이 새로 솟는다.

죽음도 그보다 덜 쓸 테지만,
거기서 찾았던 선(善)을 다루기 위해
거기서 보아 둔 다른 것들도 말하려 한다.[5]

어떻게 숲에 들어섰는지는 확실히 말할 수 없으나,
진정한 길에서 벗어난 그때
잠에 취해 있었던 것은 분명하다.

그러나 내 마음을 무서움으로 적셨던
골짜기가 끝나는 어느
언덕 기슭에 이르렀을 때,

나는 위를 바라보았고, 벌써 별[6]의 빛줄기에 휘감긴
산꼭대기를 보았다. 사람들이
자기 길을 올바로 걷도록 이끄는 별이었다.

그러자 깊은 좌절감에 젖어 고통스럽게 보냈던 밤,
내 마음의 호수에서 지속되었던
무서움이 조금은 잠잠해졌다.

마치 바다에서 해안으로 나와
숨을 가쁘게 몰아쉬며 몸을 돌려
위험한 물을 바라보는 사람들처럼,

아직도 도망치고 있던 내 영혼은
살아 있는 사람을 그냥 보낸 적 없는
그 길을 되살피려 몸을 돌렸다.

지친 몸을 잠시 쉬게 한 뒤
황량한 비탈길을 다시 오르기 시작했다.
단단한 다리는 언제나 낮은 쪽이었다.[7]

그런데 가파른 길이 막 시작되는 곳에서

아주 가볍고 날랜 표범 한 마리가
점박이 가죽을 뒤집어쓰고 나타나더니,

눈앞에서 사라지기는커녕
길을 완전히 가로막고 섰다.
나는 돌아가려 몇 번이나 몸을 돌렸다.

때는 아침이 시작되던 무렵이었다.
태양은 성스러운 사랑이 처음에
아름다운 것들을 움직이셨을 때

자기와 함께했던 별들과 함께 위로 솟아오르고 있었다.[8]
바로 하루 중의 그 시간과 달콤한 계절 덕분에
얼룩진 가죽을 두른 짐승에게서

벗어날 큰 희망을 품기도 했다. 그러나
또 다른 광경에 두려움은 떠나지 않았으니,
사자 한 마리가 앞에 나타난 것이다.

머리를 바짝 쳐들고 허기져 광폭해진 입을 벌리고
나를 덮칠 것만 같았으니,
그놈을 둘러싼 공기마저 떠는 듯했다.

거기에 말라빠진 몰골에 허기를 채우려는
갈망을 그득 담은 암늑대가 가세했다.[9]

살아 있는 많은 사람들을

고통스럽게 했던 그놈의 모습을 본 것만으로도
나는 얼마나 두려움에 떨었던지,
산꼭대기로 오르려는 희망마저 잃고 말았다.

미친 듯 재산을 모은 자는
재산을 잃을 때가 오면 오로지
재산만 생각하며 울부짖고 괴로워한다.

악랄하게 다가오는 그 짐승은 나를 그렇게 만들었다.
그놈은 나를 향해 다가오면서, 한 발 한 발
태양이 침묵하는 곳으로 나를 밀어 넣었다.

오랜 침묵으로 목이 잠긴 듯한 사람[10]이
눈앞에 나타난 것은 그렇게
내가 낮은 곳으로 밀려나고 있을 때였다.

나는 황량한 곳에서 만난 그를 보고 외쳤다.
"당신, 사람이오 귀신이오?
무엇이든 날 살려 주시오!"

그러자 그가 대답했다. "사람은 아니나 전에는 사람이었다.
나의 양친은 롬바르디아 사람이었고,
둘 다 만토바 출신이셨다.

나는 말년의 카이사르 치하에 태어나
엉터리 거짓투성이의 잡신들이 횡행하던 시대를
어지신 아우구스투스 치하에서 살았다.

나는 시인이었고, 오만한 일리온이 잿더미가 된 뒤
트로이에서 온 안키세스의
저 정의로운 아들을 노래했다.[11]

그런데 넌 어찌하여 거대한 고통으로 돌아가려 하는가?
어찌하여 모든 기쁨의 시작이며 근원인
저 환희의 산에 오르지 않는가?"

"그렇군요. 당신은 장대한 강물처럼 말을 뿜어내던
샘물, 바로 베르길리우스로군요."
나는 겸손한 얼굴로 대답했다.

"아, 모든 시인들의 영광이며 빛이여!
당신은 오랜 연구와 크나큰 사랑으로 내게 다가와
당신의 책[12]을 찾도록 만들었습니다.

당신은 나의 선생이며 나의 저자입니다.
내 이름을 세상에 알린 고귀한 문체[13]를
오직 당신에게서만 찾았습니다.

저기 나를 가로막고 선 늑대를 보세요.

고결한 성현이여, 나를 도와주세요!
저놈이 내 피를 두려움에 젖어 떨게 합니다."

눈물을 흘리는 내 모습을 보고 그가 대답했다.
"이 숲을 벗어나고 싶다면
너는 다른 길로 가야 한다.

너를 고통스럽게 하는 저 짐승은
자기 길을 가는 사람을 그냥 놔두지 않고
가로막아 죽이기까지 한다.

본성이 사악하고 황폐하여
탐욕을 채워 본 적이 없으며,
먹으면 먹을수록 더 허기를 느끼는 놈이다.

그놈과 비슷한 짐승들은 참으로 많으니,
사냥개의 사나운 이빨이 그놈을 죽이기 전까지
그놈들은 더 많아질 것이다.

사냥개는 흙과 쇠가 아니라
지혜와 사랑과 덕을 먹고 살 것이며,
펠트로와 펠트로 사이에서 태어날 것이다.[14]

그 사냥개가 처녀 카밀라와 에우리알로스와 투르누스,
그리고 니소스가 피와 죽음으로 일구어 낸

가련한 이탈리아의 구원이 될지니.[15] 108

그는 도처에서 암늑대를 사냥하여
그놈이 일찍이 질투를 못 이겨 벗어났던
지옥으로 다시 처넣을 것이다. 111

네가 날 따르는 것이 너의 최선이라고
생각되어 판단하노니, 내 너의 길잡이 노릇을 하여
여기서부터 영원한 곳으로 너를 이끌 것이다. 114

그러는 동안 너는 좌절의 울부짖음을 들을 것이고,
두 번째 죽음을 부르짖는
고통받는 옛 영혼들을 볼 것이다.[16] 117

언젠가 축복받은 사람들과 함께하리라는
희망을 안고 불 고문을 참고 견디는
영혼들 또한 보게 될 것이다.[17] 120

네가 그 축복받은 영혼들에게 오르고 싶다면,
나는 나보다 더 가치 있는 영혼에게
널 맡기고 떠날 것이다.[18] 123

그곳을 다스리시는 왕께서
내가 그의 법을 따르지 않았다 하여
들어서기를 원하지 않으시기 때문이다. 126

모든 곳을 다스리는 곳에
그분의 도시와 높은 왕좌가 있으니,
그곳에 들어간 자들은 행복할 것이다."

나는 말했다. "시인이여! 당신이 몰랐던
하느님의 이름으로 간청합니다.
이 사악한 곳에서 날 구하시고

방금 말한 그곳으로 날 인도하여
성 베드로의 문[19]과 당신이 말한
그 슬픈 영혼들을 만나게 해 주십시오!"

그러자 그가 움직였고 나는 그 뒤를 따랐다.

2곡[1)]

날이 저물고, 불그레한 하늘은
지상의 모든 생명에게 하루의 고달픈 일을
놓고 쉬라 하는데, 나 홀로

힘들고 고통스러운 방랑의 길을
떠나기 위해 마음의 준비를 하고 있었다.
내 기억은 이 모든 것을 틀림없이 기록하리라.

아, 뮤즈여! 지고의 지성이여! 날 도우소서!
아, 내가 본 것을 기록하는 기억이여!
여기서 그대의 고귀함을 드러내 다오![2)]

내가 말했다. "날 인도하는 시인이여!
이 고귀한 발걸음을 나에게 맡기기 전에
나의 덕성이 충분한지를 살펴보소서!

실비우스의 아버지가
아직 살아 있을 적에 자신의 육체를 지니고
불멸의 세계를 여행했다고 당신은 썼지요.[3]

지옥의 적[4]께서 그에게
그러한 은혜를 내리신 것은
그에게서 나올 결실을 생각하셨기 때문입니다.

사려 깊은 지성인에게는 놀랄 일도 아닙니다.
가장 높은 하늘에서 그는 영광스러운 로마와
제국[5]의 아버지로 선택되었으니까요.

사실대로 말하자면, 로마와 제국은
위대한 성 베드로의 후계자가 자리 잡은
성스러운 곳으로서 세워졌습니다.

당신이 찬미했던 이 여행에서
아이네이아스는 자신의 승리와
교황의 법의의 의미를 깨달았습니다.

그리고 선택받은 그릇[6]이 그 뒤를 이었으니,
구원의 길은 믿음에서 시작한다는
확신을 전해 주기 위해서였습니다.

그런데 왜 내가 가야 하나요? 누가 허락했습니까?

나는 아이네이아스도, 바울도 아닙니다. 아무도, 심지어
나조차도 내가 그럴 만하다고 생각하지는 않을 겁니다.

그래도 어쩔 수 없이 가야 한다면,
혹시 경솔한 짓이 되지 않을까 두렵습니다.
현명하신 이여, 내 말의 숨은 의미를 이해해 주소서."

뭔가를 하겠다고 하다가
이내 의지를 버리고 매 순간 생각을
바꾸는 사람이라도 된 양

나는 그렇게 어두운 산기슭에 우두커니 서 있었으니,
머리는 온갖 잡념에 사로잡혀,
처음에는 그토록 서두르던 일을 그만둘까 생각했다.

아량으로 가득한 영혼이 대답했다.
"내가 네 말을 제대로 이해했다면,
너의 영혼은 겁을 먹었구나.

인간은 언제나 그 겁 때문에 머뭇거리고,
제 그림자를 보고 놀라는 짐승처럼
명예로운 일에서 멀어지게 된다.

네가 두려움에서 벗어나도록,
내가 왜 여기에 왔는지, 처음 너의 고통을 느꼈을 때

내가 들었던 말들을 들려주마.

나는 허공에 매달린 영혼들 사이에 있었는데,[7]
거기서 아름답고 복된 여인이 나를 불렀고,
난 그분의 명령을 간구했다.

여인의 눈은 별보다 더 반짝거렸지.
천사의 음성으로 부드럽고 잔잔하게
내게 말하더군.

'아, 친절한 만토바의 영혼이여!
그 명성이 아직도 세상에 이어지고
세상이 이어지는 만큼 이어질 그대여.

나의 친구가 불쌍하게도
황량한 산기슭에서 가로막혀
길을 잃고 무서워하며 되돌아가려 한다오.

내가 하늘에서 그에 대해 들으니,
이미 멀리 길을 잃고 헤매고 있다 하는데, 그를 도우려
떠나왔으나 너무 늦은 것은 아닌지 두렵군요.

이제 그대가 어서 가 귀한 말씀과
구하기 위한 모든 수단으로 그를 도와
날 위로해 주세요.

HELL Canto 2

그대를 보내는 나는 베아트리체.
내가 돌아가고 싶은 곳에서 왔지요.
사랑이 나를 말하게 하고 움직이게 합니다.

내가 나의 주님 앞에 갈 때
그대의 공을 잘 말씀드리지요.'
그리고 입을 다물었고, 내가 대답했지.

'아, 거룩한 여인이여! 오직 당신을 통해서
인간은 가장 작은 궤도를 그리는 하늘[8] 안에
담긴 세상에서 벗어날 수 있습니다.

당신의 부탁은 나의 마음을 사로잡았으니,
벌써 복종하여 따랐다 해도 늦은 것만 같군요.
더 이상 마음을 보여 주려 애쓰지 않아도 됩니다.

그런데 당신이 돌아가고 싶어 하는 저 넓은 곳에서
어찌 이곳 중심까지 내려오기를
꺼리지 않았는지 그 이유를 말씀해 주시오.'

그러자 여인이 대답했지. '그렇게 알고 싶어 하시니,
이곳에 내려오는 것을 두려워하지 않은 이유를
간단히 말씀드리지요.

두려움은 남에게 해를 입힐 힘을

지닌 것들에게서만 나오는 법입니다.
다른 것은 두려워할 필요가 없지요.

나는 그렇게 하느님의 사랑으로 태어났으니,
당신들의 불행은 나를 건드리지 못하고
이 타오르는 불길도 나를 위협하지 못합니다.

하늘에 계신 친절하신 여인[9]께서
당신이 만날 자에게 닥친 난관을 슬퍼하셔서
엄격한 하늘의 법을 어기셨답니다.

그분은 루치아를 불러 말씀하셨지요.
—너를 믿고 따르는 자가 너를 찾으니
이제 너에게 그를 맡긴다.—

잔인함의 적이신 루치아는
내가 옛날의 라헬과 함께 있는
곳으로 찾아와 말했어요.

—베아트리체여! 하느님의 진실한 찬미여!
그대를 그토록 사랑했던 사람이
저 천박한 곳에서 벗어나도록 도와주세요.

그의 슬픈 울음소리가 들리지 않나요?
바다조차 감당하지 못할 죄악의 강물에서

죽음이 그를 집어삼키는 것이 보이지 않나요?—

세상에는 스스로를 도와 죄에서 벗어날 수 있을 만큼,
준비된 사람들이 없었어요.
그래서 난 그 말을 듣자마자

내 복된 자리를 떠나 이곳으로 내려왔어요.
그대를, 또한 그대의 말을 듣는 사람들을 명예롭게 한
그대의 고귀한 말을 믿었기 때문이지요.'

내게 이렇게 말한 뒤 그녀는
눈물이 별처럼 반짝거리는 눈을 돌렸다.
그것이 내 발길을 이곳으로 재촉했고,

그렇게 그녀가 원했던 대로 너에게 와서
아름다운 산으로 가는 지름길을 막아선
사나운 짐승에게서 널 구한 것이다.

그런데 이게 뭔가! 왜, 왜 주저하는가?
왜 마음속에 겁을 품는가?
왜 용기와 솔직함이 없는가?

축복받은 세 여인이 하늘의 궁전에서
너를 걱정하고, 나 또한 너에게
그토록 충분히 약속하지 않느냐?"

추운 밤에 고개를 숙이고 오므라든 꽃들이
아침 햇살에 모두들
줄기에서 활짝 피어나듯이

나는 지친 힘을 돋우었다.
그리고 뜨거운 열정이 가슴에서 흘러,
자유로워진 사람처럼 입을 열었다.

"나를 구원하신 그분은 참으로 자비로우십니다.
그리고 그분의 진실된 뜻을 주저 없이 따른
당신도 참으로 친절하십니다.

당신께서 이런 말씀으로
내 가슴속의 열정을 움직이게 했으니,
처음에 지녔던 내 뜻을 다시 살려 보려 합니다.

이제 가시지요. 우리의 두 의지가 합쳐졌으니
당신은 저의 길잡이요, 주인이자 선생이십니다."
이렇게 말하자 그는 앞장을 섰고

나는 그 험난한 여행을 시작했다.

3곡

나를 거쳐서 길은 황량의 도시로
나를 거쳐서 길은 영원한 슬픔으로
나를 거쳐서 길은 버림받은 자들 사이로.

나의 창조주는 정의로 움직이시어
전능한 힘과 한량없는 지혜,
태초의 사랑으로 나를 만드셨다.

나 이전에 창조된 것은 영원한 것뿐이니,
나도 영원히 남으리라.
여기 들어오는 너희는 모든 희망을 버려라.

어느 문 꼭대기에 쓰인 어두운 글자들이
눈에 들어왔다. 나는 말했다.
"선생님! 말뜻이 무섭습니다."

그러자 그분은 내 심정을 안다는 듯 말했다.
“여기서는 네가 가진 모든 불신과
두려움을 버려야 한다.

내 너에게 말한 곳에 우리가 왔으니,
넌 지성의 선을 잃은 자들,
그 비참한 무리를 보게 될 것이다.”

그가 평온한 표정으로 내 손을 잡고 있었기에
나는 한결 안심이 되어
감추어진 것들 속으로 들어섰다.

한숨과 울음과 고통의 비명들이
별 하나 없는 어두운 하늘에 울려 퍼졌다.
그 소리를 처음 들은 나는 울음을 터뜨렸다.

알 수 없는 수많은 언어들, 끔찍한 얘기들,
고통의 소리들, 분노의 억양들, 크고 작은 목소리들,
그리고 손바닥 치는 소리들이

마구 엉켜 아수라장을 만들었고
회오리바람에 휩쓸리는 모래알처럼
그 영원히 깜깜한 하늘에 떠돌고 있었다.

나는 무서워서 머리를 감쌌다.

HELL Canto 3

"선생님! 지금 들리는 것이 무엇입니까?
이렇게 고통을 당하는 자들은 누구입니까?"

"치욕도 명예도 없이
살아온 사람들의 슬픈 영혼들이
이렇게 비참한 꼴을 당하고 있다.

하느님께 반항하지도
복종하지도 않았고 단지 자신에게만 충실했던
저 사악한 천사들의 무리도 섞여 있다.

하늘은 그들을 쫓아냈다. 그들이 하늘의 빛을 가릴 테니까.
그러나 깊은 지옥도 그들을 거부하니, 그들을 보고
지옥의 자들이 우쭐해할까 두려웠기 때문이지."

"선생님! 얼마나 고통을 받기에
이토록 처절하게 울부짖는지요?"
그가 대답했다. "간단히 말해 주지.

이들에겐 죽음의 희망조차 없다.
앞을 볼 수 없는 생활이 너무나 절망스러워
언제나 다른 운명만을 부러워하지.

그들이 지녔던 명성은 세상에서 사라졌고
자비와 법은 그들을 비웃지.

HELL Canto 3

할 얘기가 없구나. 다만 보고 지나치자."

그때 주위를 살피던 내 눈에 깃발 하나가 들어왔다.
그것은 펄럭이며 빠르게 지나쳤기에
잘 보려 했지만 알아볼 수 없었다.

깃발을 따라 사람들이 길게 늘어서 있었다.
죽음이 그렇게 수많은 사람들을 쓰러뜨렸다는 것을
난 믿을 수 없었다.

그 속에는 내가 아는 얼굴들도 있었다.
그중 비겁한 나머지 엄청난 사퇴를 한 사람[1]의
그림자가 섞여 있었다.

그로 미루어 그 행렬은 하느님도,
하느님의 반대자들도 다 싫어하는
사악한 자들의 무리라는 생각이 들었다.

정녕 살아 있지도 않았던[2] 그들은
벌거벗은 채 거대한 파리와
벌 떼에게 무참히도 찔리고 있었다.

찔린 얼굴에서는 피가 눈물과
뒤섞여 흘러내렸고, 다리에서는
구더기들이 피를 빨아 먹고 있었다.

HELL

그 너머를 바라보자 거대한 강기슭에
몰려든 사람들이 보였다. 나는 물었다.
"선생님! 저들이 누군지 알고 싶습니다.

불빛이 약해 잘 보이지도 않는 저들은 누구이며,
무엇 때문에 강을 건널 준비를
저리 단단히 하는 걸까요?"

"우리가 아케론의 슬픈 강가에서
발걸음을 멈추면
그때 알게 될 것이다."

당황한 나는 시선을 떨어뜨렸다.
내 말이 그를 귀찮게 했나 걱정스러워
나는 강가에 이를 때까지 침묵을 지켰다.

그때 저편 강둑에서 흰 머리 노인[3]이
우리를 향해 배를 저어 오며 외쳤다.
"사악한 영혼들이여! 화가 있으라!

하늘을 바라볼 희망일랑 버려라!
나는 너희를 저편 강둑, 영원한 어둠 속
불과 얼음의 지옥으로 실어 가려 왔노라!

그런데 너! 거기 살아 있는 영혼아!

죽은 자들에게서 비켜나라!"
그러나 내가 비켜나지 않자 노인이 다시 소리쳤다.

"넌 다른 길로, 다른 항구를 통해
다른 언덕으로 가야 한다!
더 가벼운 배라야 널 태울 수 있다!"[4]

이에 길잡이가 말했다. "화내지 마시오, 카론!
뜻하는 대로 이룰 수 있는 저 높은 곳에서
원하셨으니 더 이상 묻지 마시오."

그러자 눈가에 불 테두리를 두른,
검푸른 여울의 털북숭이 뱃사공 얼굴이
잠잠해졌다.

한편 벌거벗은 지친 영혼들은
그 끔찍한 말을 듣자
창백하게 질려 이를 덜덜 떨었다.

그들은 하느님과 그들의 부모,
인류와 이 땅, 시간, 그리고 그들의 자손과
그들의 탄생의 씨앗을 저주했다.

그러고는 울고불고하며 한데 모여
하느님을 두려워하지 않는 인간들을 기다리는

저주받은 강둑으로 내려섰다.

악마 카론의 눈은 벌겋게 이글거렸다.
손짓으로 그들을 불러 모으면서,
늑장을 부리는 자들을 노로 후려쳤다.

가을이 되면 나뭇잎들이,
앙상한 가지가 땅에 흩어진 제 잎들을 내려다볼 때까지
하나씩 하나씩 연이어 떨어지듯,

아담의 사악한 씨앗들은
손짓으로 부름받은 새들처럼
그곳 강둑에서 배를 향해 하나하나 뛰어들었다.

검은 물을 가로질러 그들이
강 저편에 내리기도 전에 이편에는
다른 무리들이 대기하고 있었다.

선생님이 부드러운 음성으로 말했다. “내 아들아!
하느님의 분노 아래 죽는 자들은
온 세상에서 모두 이곳으로 모여든단다.

그들이 강을 건너려고 밀려드는 것은
하늘의 정의가 그들을 몰아
모든 두려움이 갈망으로 변했기 때문이다.

선한 영혼은 이 길로 가지 않는다.
그러니 카론이 너에게 잔소리를 한다 해도
그 의미를 새겨 보아라. 깨닫기에 그리 어렵지 않다.

그렇게 말했을 때 어둑한 들녘이
무섭게 요동쳤다. 얼마나 놀랐는지
아직도 땀이 가슴을 적신다.

눈물에 흠뻑 젖은 대지가 바람을 뱉어 냈고
갈라진 틈을 통해 붉은 번개를 쏘았다.
그 뻗친 섬광은 나의 온 감각을 빼앗았기에

나는 마치 잠든 사람처럼 쓰러졌다.

4곡

무거운 천둥소리에 내 머리를 채우고 있던
깊은 잠에서 깨어나, 마치 누군가 억지로 흔들어
깨우기라도 한 듯 벌떡 일어났다.

몸을 세운 나는 눈을 들어 주위를 둘러보며
내가 있는 곳이 어딘지 알기 위해
찬찬히 바라보았다.

나는 끝없는 고뇌의 통곡을 모아 놓은
고통스러운 깊은 나락의 구멍이 입을 벌린
그 끄트머리에 서 있었다.

깊게 깔린 칠흑 같은 안개.
눈을 아무리 크게 뜨고 들여다보아도
아무것도 보이지 않았다.

"저 어두운 눈먼 세계로 내려가자!"
시인이 말했다. 그의 얼굴이 파랗게 질려 있었다.
"내가 먼저 갈 테니 뒤를 따라오너라!"

나는 그의 얼굴빛이 걱정스러웠다. "내가 약할 때
나를 위로하신 선생님조차 두려워하는데
내가 어떻게 갈 수 있습니까?"

"저 아래에 있는 사람들의 고통이
내 안색을 연민으로 칠하고 있으니,
네가 그걸 보고 걱정하는구나.

먼 길이 재촉하니, 어서 가자!"
그가 나를 이끌고 들어갔다.
그곳은 나락의 첫 번째 고리였다.

그곳에서 울음소리는 들리지 않았다.
단지 한숨 소리만이 영겁의 허공을
언제까지라도 떨게 하고 있었다.

겹겹이 떼를 지은 어린이, 여자와 남자의
육체 없는 고통[1]이 흘러나왔다.
그들의 슬픔은 켜켜이 쌓여 있었다.

"네 눈에 보이는 이 영혼들이 누구인지

묻지 않는구나. 아는 사람이 있느냐?
더 나아가기 전에 네가 알았으면 한다.

그들은 아무런 죄도 짓지 않았고, 업적도 있으나
아주 중요한 일을 이루지 못했지.
바로 세례란다. 네가 믿는 신앙으로 가는 관문이지.

그리스도 이전에 살면서 그들은
하느님을 올바로 대하지 않았어.
나도 그들 중 하나란다.

다른 잘못은 없어. 그 죄 하나 때문에
우리는 버림받았다. 언제까지라도
희망 없는 희망 속에서 살고 있는 거야."

이 말을 듣자 엄청난 고통이 내 가슴을 파고들었다.
그러나 참으로 훌륭한 사람들이
그 림보에 억류되어 있다는 것을 알았다.

"말해 주세요, 선생님! 말해 주세요!"
나는 죄를 이기는 우리의 신앙을
확인하고 싶어 입을 열었다.

"자기가 잘해서든 다른 이의 도움을 받아서든
여기를 벗어나 축복받은 자들이 된 사람이 있습니까?"

시인은 나의 숨은 뜻을 간파했다.

"내가 이곳에 온 지 얼마 되지 않았을 때였지.
머리에는 승리의 관을 쓰고
권위와 경외로 오시는 분을 보았어.[2]

그분은 최초의 아버지 아담의 영혼을 끌어내고
이어 그의 아들 아벨, 노아의 영혼과
율법을 주고 순종한 모세의 영혼과

족장 아브라함과 다윗 왕,
야곱과 그의 아버지 이삭, 그 자손들,
야곱이 큰 정성을 쏟은 라헬,[3]

그리고 다른 선택된 영혼들을 끌어내 축복해 주셨지.
그날 이전에는 어떤 영혼도
그런 구원을 받은 적이 없었다."

선생님이 말하는 동안 우리는 걸음을 늦추지 않았다.
숲을 지났다. 영혼들이
나무들처럼 빽빽이 들어선 숲이었다.

내가 정신을 잃었던 그 꼭대기로부터
그리 멀지 않은 곳에서 나는
어두운 반구를 환히 비추는 빛[4]을 보았다.

아직 어느 정도 떨어져 있었지만
고귀한 사람들이 그곳을 채우고 있음을
구별하지 못할 정도는 아니었다.

"모든 학문과 예술을 높이시는 선생님!
다른 사람들과 구별되는
명예를 지닌 저분들은 누구인지요?"

"네가 사는 저 위에서도 그들의
명예로운 이름을 얘기하지. 그 덕분에 여기서도
하늘의 은총을 받아 이렇게 두드러지는 것이란다."

그때 이렇게 외치는 소리가 들려왔다.
"고귀한 시인을 드높여라!
이곳을 떠났던 위대한 영혼이 돌아왔다."

소리는 거기서 그치고, 조용해졌다. 나는
네 개의 커다란 그림자가 다가오는 것을 보았다.
그들 표정에는 한탄도 기쁨도 나타나지 않았다.

나의 선한 선생님이 말을 시작했다.
"손에 칼을 들고 나머지 셋보다 앞서서
마치 우두머리처럼 오고 있는 자를 보아라.

그는 호메로스, 시인들의 왕이다.[5]

HELL Canto 4

다음은 호라티우스가 오고 있다. 예리한 풍자가였지.
세 번째는 오비디우스, 마지막은 루카누스구나.

나는 하나의 목소리를 내는 이름[6]을
그들과 함께하고 있으니,
그들이 나를 높여 찬미하는 것이란다."

다른 시인들 위를 독수리처럼 날아오르는
가장 고결한 노래를 불렀던 주인[7] 곁으로
아름다운 무리가 모여들었다.

그들은 잠시 서로 얘기를 나눈 뒤
내 쪽을 바라보며 환영의 손짓을 했다.
나의 선생님은 부드럽게 미소를 지어 보였다.

그들은 더 큰 영광을 내게 베풀었다.
나를 초청하여 내가 그들의 무리 중에서
여섯 번째가 되도록 한 것이다.

이제 우리는 빛을 향하여 천천히 움직이면서,
그곳은 워낙 말하는 일에 익숙한 만큼
침묵을 지켜야 좋을 것들을 얘기했다.

우리는 어느 고귀한 곳에 도착했다.
일곱 개의 높은 성벽으로 둘러싸인 한 채의 성이었는데,

HELL Canto 4

해자에는 물이 철철 흐르고 있었다.

나는 이 성현들과 더불어 마른 땅처럼
그 위를 가로질러 일곱 개의 문을 지나
풋풋한 풀이 깔린 정원에 들어섰다.

거기에는 진지하고 평온한 눈빛에
묵직한 위엄을 갖춘 사람들이 있었다.
목소리는 조용했고 말은 거의 없었다.

그들을 모두 볼 수 있도록
우리는 살짝 옆으로 걸어
밝은 빛이 드는 탁 트인 언덕 위로 올라갔다.

그곳에서는 풀밭 위의 위대한 영혼들이
한눈에 내 시야로 들어왔다.
그때 본 것을 생각하면 지금도 가슴이 떨린다.

많은 동료들과 함께 있는 엘렉트라가 보였고,
그들 가운데 헥토르와 아이네이아스, 그리고
독수리 눈을 한 갑옷 차림의 카이사르가 눈에 들었다.

카밀라와 펜테실레아도 보였으며
다른 쪽으로는 라티누스가 옥좌 위에 있었고,
그 곁에 딸 라비니아가 서 있었다.

타르퀴니우스를 쫓아낸 브루투스가 보였고,
루크레티아, 율리아, 마르치아와 코르넬리아가 보였다.
살라딘은 한쪽에 떨어져서 혼자 있었다.

눈썹을 더 높이 들어 올리자
철학자 가족 가운데 앉을 만한
사람들의 스승[8]이 보였다.

모두가 그를 우러르고 그에게 영광을 돌리고 있었다.
소크라테스와 플라톤은
그의 가장 가까운 곳에 있었다.

만물이 우연하다고 주장했던 데모크리토스,
디오게네스, 아낙사고라스, 탈레스,
엠페도클레스, 제논, 헤라클리토스가 보였다.

사물의 특성을 분류하는 재능이 있던
디오스코리데스, 그리고 오르페우스와 키케로,
리노스, 도덕의 원리를 잘 세운 세네카가 보였다.

기하학자 에우클레이데스, 프톨레마이오스,
히포크라테스, 아비세나, 갈레노스,
그리고 위대한 주석가였던 아베로에스도 보였다.

거기서 본 이들은 이루 다 열거할 수가 없다.

해야 할 긴 얘기가 날 앞으로 떠밀고,
말이 사실에 미치지 못할 때가 많으니,

이제 여섯 시인의 무리는 둘로 나뉘고,
현명한 길잡이는 새로운 길로 나를 안내하여
그 고요로부터 빠져나와 요동치는 허공으로 나아가니

나는 빛이 전혀 없는 곳으로 향한다.

5곡

그렇게 첫 번째 고리에서 두 번째 고리로 내려갔다.
그곳은 더 좁고 구불구불했으며
전보다 더한 비통이 깔려 있었다.

들어서는 입구에 미노스[1]가 무서운 모습으로 서서
사람들의 죄를 조사하고 판단하여
제 꼬리가 감기는 횟수에 따라 보냈다.

그러니까 죄지은 영혼들이
자기 앞에 와서 모조리 죄를 자백하면
바로 그 죄악의 심판관은

그들에게 적절한 지옥의 자리를 판단해서
내려 보내려 하는 등급에 따라
꼬리로 그만큼의 횟수를 감는 것이었다.

수많은 영혼들이 언제나 그의 앞에 늘어서서,
차례로 각자의 심판을 받았다.
죄인들은 말하고 듣고, 아래로 떨어졌다.

미노스는 나를 보더니 그 무시무시한 일을
잠시 옆으로 밀쳐 두고 말했다.
"넌 지금 고통의 집으로 오고 있다!

왜 이곳에 들어가는가! 누굴 믿고 이러는가!
넓게 열린 문에 속지 말지어다!"
그러자 길잡이가 말했다. "왜 이리 소란을 떠는가?

그의 운명적인 길을 방해하지 마라.
뜻하는 것을 행하시는 권능이
그렇게 하기를 원하신다. 더 이상 묻지 마라."

그때 한탄의 소리가 내 귀를
채우기 시작했다. 무수한 통곡이
나를 뒤흔드는 곳에 이른 것이다.

모든 빛이 침묵에 잠기는 곳.
맞부딪치는 바람들이 싸우는 전쟁터.
폭풍이 휘몰아치는 바다가 으르렁거리는 곳.

쉴 새 없이 불어 대는 지옥의 태풍은

HELL Canto 5

영혼들을 휘둘러 회초리로
몰아세우며 괴롭히고 있었다.

영혼들이 허물어진 벼랑으로 휩쓸려 갔을 때
비명과 한탄, 통곡이 밀려왔다.[2]
그들은 하느님의 권능을 저주하고 있었다.

죄인들의 비명과 한탄이 밀려드는 가운데
나는 그들이 이성을 욕망의 멍에로 씌워
속박시킨 자들이라는 얘기를 들을 수 있었다.

겨울철에 수많은 찌르레기들이 넓게 무리 지어
바람을 맞으며 선회하듯이
대역죄를 지은 영혼들도

휴식을 향한, 번민을 덜어 줄 털끝만큼의 희망도 없이
이쪽으로 저쪽으로, 위로 아래로
지치도록 내몰리고 있었다.

마치 힘겨운 신세를 노래하듯
하늘을 가로질러 긴 선을 그리며 날아가는 학처럼,
소리 내어 울부짖는 폭풍우에 실려

내 앞으로 다가오는 그림자들을 보았다.
"선생님! 검은 바람의 도리깨질로 벌을 받는

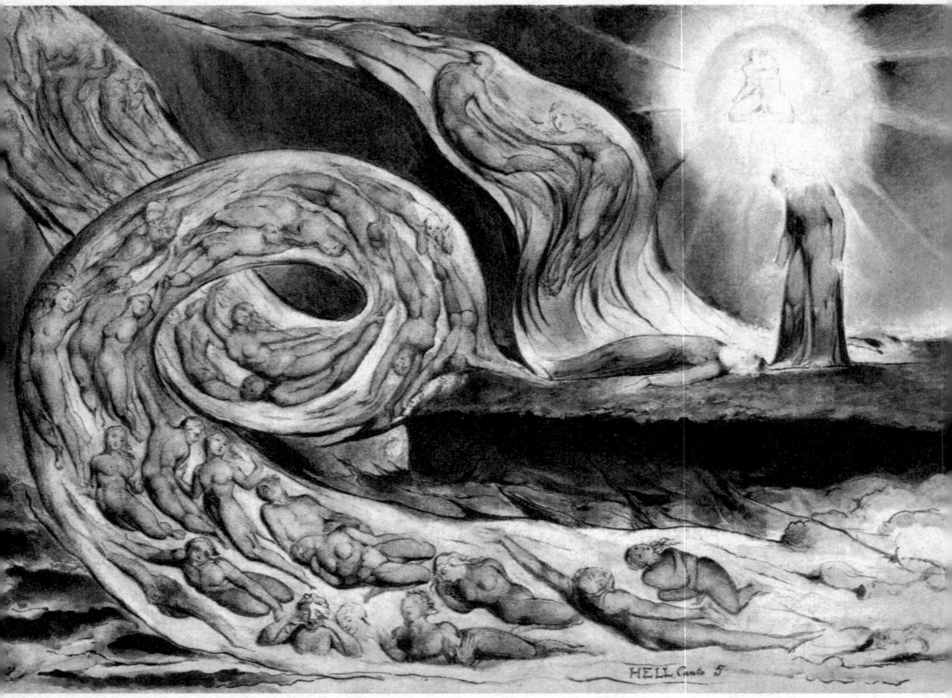
HELL Canto 5

이 영혼들의 이름을 알 수 있겠습니까?"

"이 무리 중 네가 이름과 사연을
알고자 하는 첫 번째 사람은
수많은 언어들의 여제였는데,

애욕의 못된 기질 때문에 저렇게 망한 것이다.
자기와 관계된 셀 수 없는 추문들을 덮으려고
음란을 정당화하는 묘한 법을 만들었다.

그 이름은 세미라미스. 쓰인 바로는
니누스 왕의 부인이며 그의 뒤를 이어
지금 술탄이 다스리는 나라를 지배했다.[3]

저길 봐라! 저 여자는 사랑 때문에 자살했으며
그로써 시카이우스의 주검을 배신했다.[4]
그 뒤에 음란한 클레오파트라가 있구나.

저기 헬레네[5]를 보아라! 이 여자로 인하여
긴긴 악의 세월이 흘러갔다. 보라! 늘그막에
사랑 때문에 싸웠던 저 위대한 아킬레우스[6]를!

보라! 파리스를! 트리스탄[7]을!" 선생님은
사랑으로 삶을 버린 망령들의 이름을 대며
손으로 가리켜 보여 주었다.

오래전에 살다 죽은 영웅들과 여자들의 명성에 대한
선생님의 말을 들었을 때
나는 측은한 마음이 들어 머리가 어찔했다.

나는 입을 열어 "시인이여!
어두운 바람에 실려 거품처럼 가볍게 손을 맞잡고
떠도는 저 영혼들과 얘기를 나누고 싶습니다."[8]

"저들이 우리 곁에 더 가까이 오면
볼 수 있을 것이다. 그때 그들을 인도한
사랑의 힘으로 간청하면 그들이 올 것이다."

바람이 그들을 밀어내 가까이 왔을 때
나는 소리를 높였다. "괴로움에 지친 영혼들이여!
하느님께서 허락하신다면, 이리로 와 얘기 좀 합시다!"

날개를 활짝 펴고 가벼이 나는
비둘기들이 허공을 가르며
편안한 둥지를 향해 내려오듯이,

이들도 디도의 무리에서 떨어져 나와
세찬 바람을 뚫고 우리에게 내려왔다.
나의 애정 어린 간청이 힘을 발휘한 것이었다.[9]

"오, 살아 있는 사람이여! 자비롭고 친절하십니다.

이 검은 허공을 지나면서,
세상을 피로 물들였던 우리를 찾아 주셨군요.

우주의 왕께서 우리의 친구라면
우리의 무자비한 고통을 불쌍히 여기는
당신의 평화를 간구하겠어요.[10]

당신이 듣고자 하고 말하고자 하니,
지금처럼 바람이 윙윙거리기를 그친 동안
기꺼이 당신과 함께 말하고 듣겠어요.

내가 태어나고 자란 땅은
포 강이 지류들과 함께 바다로 흘러
휴식을 얻는 곳이지요.

사랑은 온화한 가슴에 이내 스며드니,
지금은 내게서 없어진 아름다운 몸으로 이이를
사로잡았어요. 그 일은 아직도 날 괴롭힙니다.

사랑은 사랑받는 사람을 결코 놓아주지 않으니,
이이에 대한 차오르는 기쁨으로 나를 사로잡았어요.
보다시피, 이이는 내 곁을 아직도 떠나지 않고 있어요.[11]

사랑은 우리를 하나의 죽음[12]으로 이끌었지요.
우리를 죽인 그자를 카이나[13]가 기다리고 있어요!"

이런 말들이 우리에게 들려왔다. 108

상처 입은 영혼들의 얘기를 들으며
나는 고개를 숙이고 있었다.
시인이 입을 열었다. "무얼 생각하느냐?" 111

나는 대답했다. "아, 얼마나 많은 달콤한 생각과
얼마나 큰 욕망이 저들을
이렇게 고통스러운 길로 내몰았던 것일까요!" 114

나는 그들에게 말머리를 돌렸다.
"프란체스카여! 당신의 기구한 운명이 나를
울리는구려. 슬프고 가여울 뿐입니다. 117

말해 보시오. 한숨짓는 달콤한 욕망으로 살던
그 시절에 어떻게 사랑이
당신의 숨은 열정을 알려 주었단 말이오?" 120

그러자 그녀가 말했다. "당신의 선생님은 아시겠지만,
비참할 때 행복했던 옛 시절을 떠올리는 일만큼
괴로운 것은 없어요. 123

그러나 사랑의 뿌리가 우리를 어떻게 옭아맸는지
그렇게 간절히 알기 원하신다면
이렇게 울며 고백하겠어요. 126

어느 날 우리는 한가롭게
랜슬롯의 사랑 얘기[14]를 읽었어요.
우리뿐이었어요. 거리낄 것이 없다고 생각했지요.

읽어 가는 동안 우리는 서로 여러 번 눈을 마주쳤어요.
얼굴도 여러 번 붉혔지요.
그러다 단 한순간이 우리를 엄습했어요.

사랑에 빠진 그 연인이 오랫동안 기다린 입술에
입 맞추는 대목을 읽었을 때,
그이는 온몸을 부들부들 떨면서 내게

입을 맞추었지요. 그리고 나를 결코 떠날 수 없게 되었지요.
그 책을 쓴 자는 갈레오토였어요.
우리는 그날 더 이상 읽지 못했어요.

한 영혼이 말하는 동안
다른 영혼은 울고 있었다. 비통한 소리에 에워싸인 나는
그들이 불쌍해, 죽어 가는 사람처럼 정신을 잃고

시체가 쓰러지듯 지옥의 바닥에 무너져 버렸다.[15]

6곡

그들의 슬픔에 짓눌리고
고통이 마구 헝클어 놓았던
의식을 다시 찾고 보니

몸을 움직여 사방을 살펴보거나
눈을 크게 뜰 때마다 주위에는 온통
새로운 고통을 받는 새로운 죄인들이 보인다.

나는 세 번째 고리에 있다. 이곳은 무겁고 차가우며
혹심한 영겁의 비가 내리는 곳이다.
이 비의 법칙과 성격은 결코 변하지 않는다.

거대한 우박과 구정물이 눈과 뒤섞여
어두운 하늘에서 쏟아져 내리고
흠뻑 젖은 대지는 지독한 냄새를 뿜어 낸다.

잔인하고 섬뜩한 짐승 케르베로스[1]가
거기에 잠긴 사람들을 향해
세 개의 아가리로 개처럼 짖어댄다.

피를 토할 듯 이글거리는 눈, 거무튀튀한 덥수룩한 수염,
널찍한 배와 날카로운 발톱. 그놈은
영혼들을 할퀴고 뜯어 조각조각 찢어발긴다.

비는 그들을 개처럼 울부짖게 하는데,
서로 옆구리를 포개 방패로 삼으면서
그 불쌍한 죄인들은 자꾸만 몸을 돌린다.

그 거대한 벌레 케르베로스는 우리를 보자
아가리들을 벌리고 송곳니를 번득거리며
온몸을 사정없이 떨어 댔다.

그때 나의 길잡이가 양손으로
흙을 가득 집어
그 동굴 같은 목구멍들로 냅다 던졌다.

그러자 굶주려 짖어 대던 개가
먹이를 입에 물면 삼킬 생각에
잠시 잠잠해지듯이,

영혼들이 차라리 귀머거리가 되길 바랄 정도로

요란하게 짖어 대던 악마 케르베로스의
포악한 주둥이들도 조용해졌다.

비는 영혼들을 향해 무겁게 내리꽂혔다.
우리는 앞으로 나아갔다.
우리의 발길은 허공 같은 그 영혼들을 밟고 나아갔다.

모두가 땅에 뒹굴고 있었는데,
그 앞을 지날 때 그들 중 하나가
벌떡 일어나 앉아 우리를 바라보았다.

"이 지옥으로 인도된 그대여!
나를 아는지 생각해 보시오.
분명 그대는 내가 죽기 전에 태어났소."

내가 말했다. "당신의 고통을 보자니
당신이 누구인지 생각할 겨를이 없군요.
난 당신을 본 적이 없는 것 같소.

그러나 당신이 누구이며 무슨 죄를 지어
이 슬픈 곳에서 그 무엇보다 더 잔혹하고 더러운
이런 고통을 당하는지 말해 보시오."

"자루가 넘칠 만큼 질투가 커지고 부푼
당신의 도시에서 한때

나는 아주 밝고 평온한 생활을 누렸소.

당신의 동향인들은 나를 치아코라는 별명으로 불렀소.
그 빌어먹을 탐욕이 내 영혼의 병이었소.
보다시피, 지금은 이놈의 비 때문에 녹초가 되었소.

슬픈 영혼은 나 혼자가 아니오.
이곳의 모든 죄인들이 비슷한 죄로
비슷한 벌을 받고 있소." 그러고는 입을 닫았다.

나는 다시 물었다. "치아코여! 당신의 비참한 상태에
나도 눈물이 날 정도로 참담하오.
그러나 안다면 말해 주시오.

그 분열된 도시의 사람들이 결국 어찌될 것인지요?
정의로운 사람이 하나라도 있소?
무슨 원인으로 이런 불화가 번창한 것이오?"

"싸움이 오랫동안 계속된 뒤에
피바다를 이룰 것이오. 거친 쪽이
다른 쪽을 휩쓸어 버릴 것이오.

그러나 삼 년이 지나지 않아
이쪽은 땅에 떨어지고 아첨하는 자의 도움으로
다른 쪽이 일어나 다스리게 될 것이오.

상대방이 아무리 울어 대고 발버둥 쳐도
이들은 오랫동안 거만한 눈으로 굽어보며
그들의 적을 무겁게 내리누를 것이오.

의로운 자가 둘이지만 귀를 기울이지 않고
오만과 시기와 탐욕은 모든 인간의 마음에
불꽃처럼 불을 붙이고 사람들을 태울 것이오."[2]

그의 슬픈 얘기가 끝나자 나는
다시 말했다. "좀 더 말해 주시오.
더 많은 사실들을 밝혀 주시오.

그렇게 인정받던 테기아이오와 파리나타는,
신망이 두터웠던 루스티쿠치, 아리고와 모스카,
그리고 선을 행하는 데 열성이었던 다른 사람들은

어디 있소? 그들이 어떻게 되었는지 말해 주시오.
하늘에서 그들을 반기는지, 지옥에서 시달리는지
알고 싶은 욕망에 내 온몸이 지쳤소."[3]

"그들은 아래의 더 검은 영혼들과 함께 있소.
다른 죄들이 더하여 죄에 깊숙이 물들었으니까.
아주 깊이 내려가면 그들을 보게 될 겁니다.

그러나 달콤한 세계에 가거든

내 이름을 기억해 주시오.
더 이상 말하지 않으리다. 대답도 않겠소."

곧았던 눈초리를 사팔눈처럼 뜨고
나를 한동안 째려보던 그는 머리를 떨어뜨리고
보이지 않는 다른 동료들에게로 굴러 떨어졌다.

길잡이가 말했다. "천사의 마지막 나팔 소리가 울려 퍼지고
마지막 심판의 날이 올 때까지
그는 깨어나지 않을 거야.

그때가 되면 모든 영혼은 저들의 비참한 무덤을 다시 찾아
흙이 된 자신의 육신과 형체를 한 번 더 지니고서
영원히 되울리는 최후의 심판을 듣게 될 거야."

비와 망령들이 뒤섞인 더러운 곳을
느릿한 걸음으로 지나가며
우리는 사후에 대해 잠깐 얘기했다.

"선생님! 이곳의 고통은 위대한 심판과 함께
더 줄어들까요, 더 세차게 타오를까요,
아니면 그냥 이렇게 남을까요?"

"네가 배운 것을 잊었구나.
기쁨이든 고통이든 모든 것은

완전하면 완전할수록 더 뚜렷한 법이다. 108

저주받은 이 무리는 결코
진정한 완전을 누릴 수 없으며,
지금보다 더 나은 것을 기대할 수 없을 것이다." 111

이제 와서 다 말할 수 없는 수많은 얘기를 나누면서
우리의 발길은 구부러진 길을 따라 돌며
다음 내리막으로 향하고 있었다.

거기서 나는 거대한 적 플루톤을 만났다. 115

7곡

"파페 사탄, 파페 사탄 알레페!"
플루톤[1]이 쉰 목소리를 긁어댔다.
모든 것을 아시는 친절한 선생님께서

나를 위로하기 위해 부드럽게 입을 열었다.
"무서워할 것 없다. 저놈은 이 절벽 아래로 내려가는 널
막지 못할 거다. 그의 힘은 그리 강하지 않아."

그는 플루톤의 화난 얼굴을 돌아보며 말했다.
"망할 놈의 늑대야, 입 다물어라!
네 몸을 불태우는 분노로 먹고사는 놈아!

깊은 곳으로 가는 우리의 여행에는 다 이유가 있다.
미카엘이 오만한 폭력에 정의로운 복수를 했던
저 높은 곳에서 바라시는 바다."

그러자 돛대 기둥이 부러져
바람에 부풀었던 돛폭이 휘말려 내려앉듯이,
그 잔인한 맹수는 땅바닥에 고꾸라졌다.

그렇게 우리는 우주의 모든 죄를 쌓아 놓은
그 완강한 심연을 더듬으며
네 번째 고리로 내려갔다.

아, 하느님의 정의여! 제 눈앞에 펼쳐진,
알지도 못했던 번민과 고통은 누가 쌓아 놓았습니까?
왜 죄악은 우리를 이처럼 파멸시킵니까?

마주 오는 파도와 부딪혀 부서지는
저 카릿디[2] 바다의 파도처럼,
이곳의 영혼들은 한데 어울려 춤추며 부서진다.

다른 어느 곳보다도 여기서 더 많은 무리를 보았다.
그들은 여기저기서 있는 힘껏 비명을 지르며
가슴으로 무거운 짐을 밀어내고 있었다.

함께 부딪히고 엎치락뒤치락하면서
저마다 몸을 돌려 뒤를 보며 이렇게 외치고 있었다.
"왜 그렇게 모으기만 하지?" "왜 쓰기만 하는 거야!"

그들은 거친 말을 되풀이하면서

음침한 고리를 한쪽에서 다른 쪽으로
어두운 원을 그리며 맴돌고 있었다.

그들이 서로 마주칠 때에는 몸을 돌려
자기가 걸었던 길로 되돌아가 다른 쪽에 이르곤 했다.
그 광경에 내 마음은 거의 뒤집힐 듯했다.

“나의 선생님! 이들이 다 뭡니까?
이들은 누구입니까? 왼쪽의
셀 수도 없이 많은 대머리들은 성직자입니까?”

“이들은 모두 첫 번째 삶에서
마음을 비뚤게 써서 절제를 모르고
부를 유용한 자들이다.

서로 반대되는 죄들[3]이 이들을 갈라놓는
지점에 이르면 그들은 한결 목청을 돋우어
저렇게 소리를 질러댄단다.

머리카락이 없는 이자들은
교황들과 추기경들이었지.
이들은 지나치게 탐욕을 부렸어.”

“선생님! 이들을 보니
그런 탐욕의 죄로 더럽혀진 망령들을

더러는 알아볼 것도 같습니다."

"헛된 생각이다.
너무 방탕한 생활로 더러워져
전혀 알아볼 수 없게 되었으니 말이다.

이들은 영원히 서로 머리를 들이받으며 왈왈거릴 것이다.
어떤 이들은 주먹을 꼭 쥐고 어떤 이들은
머리를 풀어헤치고 무덤에서 일어날 것이다.[4]

잘못 쓰고 잘못 가져 저들은
밝은 세상을 뺏기고 이런 악다구니에 처박혔다.
그게 어떠한지 적나라하게 들려주마.

아들아, 보아라. 재화는 운명의 손에 들려 있건만,
우리 인간들은 그 때문에 처절히도 싸운다.
그 얼마나 덧없는 일인가!

달 아래 있는, 언제라도 있었던
황금을 전부 바쳐도 이 지친 영혼들 중
하나라도 쉬게 할 수 있더냐."

"선생님, 더 듣고 싶습니다.
제게 말씀하신 그 운명이란 무엇입니까?
어찌해서 세상의 재화를 손에 쥐고 있지요?"

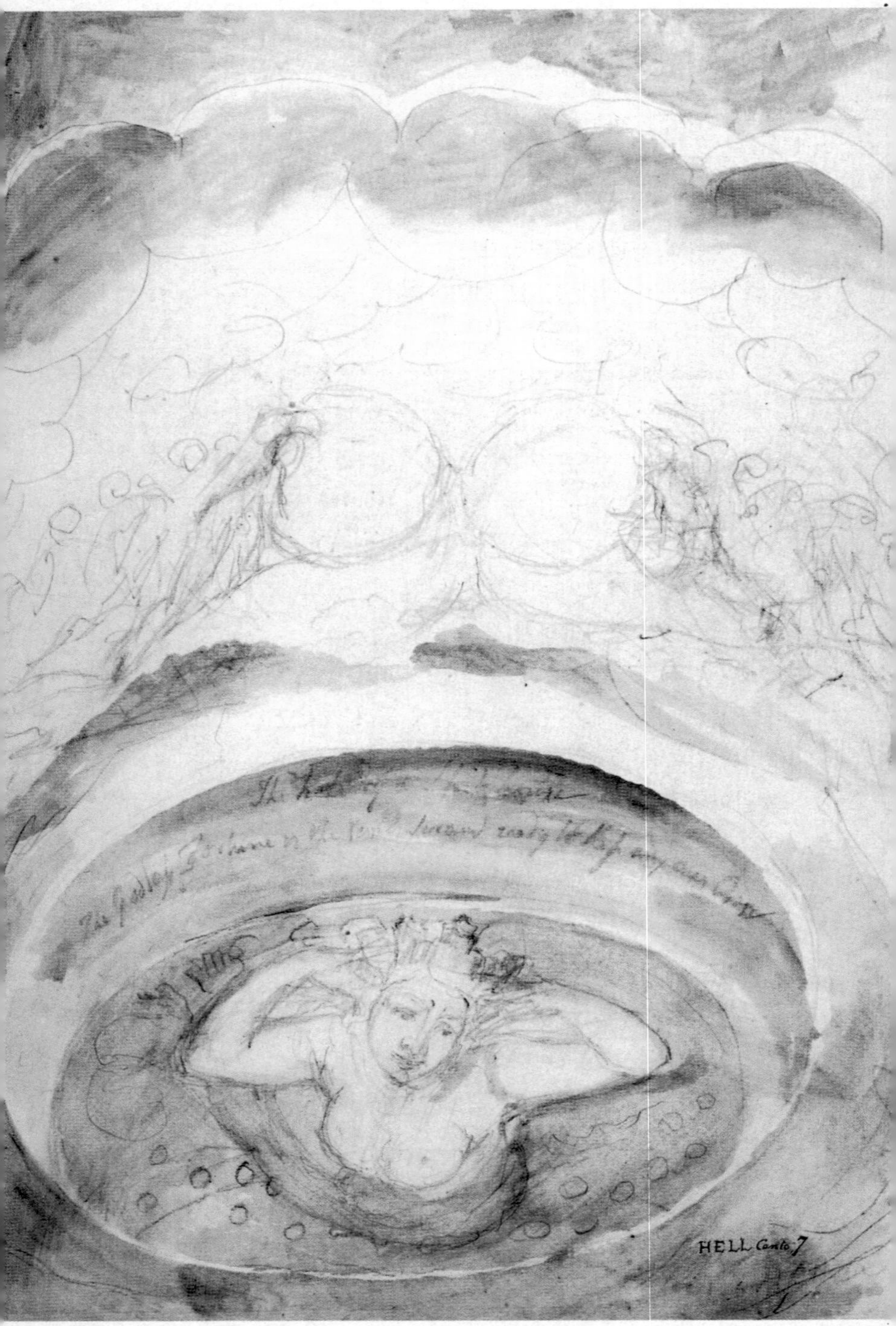
HELL Canto 7

"참 어리석은 세상이다.
저 무지한 무리를 보아라.
너는 귀를 기울여 내 말을 잘 들어 보아라.

모든 것을 초월하는 지혜를 지니신 분이
하늘을 만드셨고, 인도하는 성령을 시켜
빛을 동일하게 나누어

온 하늘을 골고루 환하게 비추시는구나.
세상의 영화도 그렇게 되도록
인도하고 다스릴 자를 내세우셨다.[5]

그녀는 헛된 재화를 때로는 종족에서 종족으로,
핏줄에서 핏줄로, 인간의 간섭 일체를
훌쩍 뛰어넘어 지나다니도록 했다.

어떤 민족은 흥하고 어떤 민족은
쇠하는 것이 풀밭의 뱀처럼
숨은 그녀의 판단에 달렸다.

인간의 지식은 그와 맞설 수 없다.
그녀도 다른 신들과 마찬가지로
미리 예언하고 판단하며 시행한다.

그녀의 변신은 쉼이 없다.

The Stygian Lake
HELL

필요에 따라 빠르게 움직이며
그에 따라 인간 만사가 순식간에 덧없이 변한다.

그녀에게 칭송을 바쳐야 할 사람들이
분별없이 욕하고 저주하며
수도 없이 그녀를 십자가에 매달기도 하는구나.

하지만 그녀는 복으로 가득 차 아무것도 듣지 않는다.
그리고 하느님의 다른 첫 피조물들과 더불어
자신의 복됨을 즐기고 자신의 바퀴를 돌린다.

자, 이제 더 불쌍한 고통으로 가 보자.
내 떠났을 때 떠올랐던 별들이 이미
모두 져 버렸으니, 더 머물 수가 없구나."

우리는 고리를 가로질러 다른 언덕으로 갔다.
그곳에서 개울이 내려다보였다.
개울물은 부글부글 끓으면서 역류했다.

아주 검푸른 그 물의
어둠침침한 흐름을 따라서
우리는 낯설고 을씨년스러운 길로 내려갔다.

이 슬픈 흐름이 끝나는 곳에서
잿빛의 죄로 가득 찬 늪이 완강하게

Stygian Lake
HELL Canto 7

버티고 있었다. 그 이름은 스틱스였다.

나는 눈을 크게 뜨고 바라보았다.
그 늪에서는 진흙에 덮여 뒹굴고 있는 사람들이
보였다. 모두 발가벗었고, 성난 얼굴이었다.

이빨로 서로를 조각나도록 물어뜯고,
손뿐 아니라 머리와 가슴,
다리로 난투를 벌이고 있었다.

어진 선생님이 말했다. "아들아!
분노를 이기지 못한 자들의 영혼을 보아라!
네가 믿기 바란다.

어디서든 볼 수 있지 않느냐.
물 밑에서 사람들이 내쉬는 한숨으로
수면까지 부글거리는구나.

수렁에 빠진 저들은 말하지.
'상큼한 공기와 따스한 햇살 속에서도
불안과 분노로 음울했거늘,

이 시커먼 수렁에서 어찌 더 음울하지 않겠는가!'
이런 하염없는 소리는 목구멍에서만 그르렁거릴 뿐이다.
말을 온전히 할 수 없는 처지니까 말이다."

여전히 진흙을 삼키는 자들을 바라보며
우리는 축축한 곳과 마른 둑을 사이에 두고
그 커다란 아치형의 핼쑥한 늪을 돌았다.

그러다 어느새 높은 탑의 발치에 다다랐다.

8곡

이어서 얘기하자면,[1] 사실 우리 눈은
그 높은 탑의 발치에 다다르기 오래전부터
탑 꼭대기를 쳐다보고 있었다.

거기서 타오르는 두 개의 불꽃 때문이었다.
또 다른 불꽃이 눈에 아득하게 보였는데,
마치 멀리서 신호를 보내며 화답하는 것만 같았다.

나는 지혜의 바다인 선생님께 몸을 돌려
말했다. "이 불은 무얼 말하고 저 불은
무슨 대답을 하며, 누가 이런 신호를 보내는 거지요?"

"늪의 자욱한 안개가 네 시야를 가리지 않는다면
우리가 기대하는 것을
저 흙탕물결 위에서 알아볼 수 있을 게다."

작은 배 한 척이 우리를 향해
물을 헤쳐 오고 있었다.
사공 혼자서 노를 젓고 있었다.

활시위를 떠난 화살이 제아무리 빠르게
공중을 난다 해도 그처럼 빠르지는 않았을 것이다.
사공이 외쳤다. "여! 이 망할 영혼! 또 왔는가!"

선생님이 말을 받았다. "플레기아스![2] 플레기아스!
이번에도 쓸데없이 소리를 지르는구나. 넌 참견하지 마라!
다만 이 진구렁을 우리가 배로 건너게 해 다오!"

마치 터무니없는 속임수에
불끈 성을 내는 사람처럼,
플레기아스는 분노로 펄펄 끓는 듯했다.

나의 길잡이는 침착하게 배에 발을 들여놓았다.
나는 그의 부름에 따랐다.
내가 타자 배는 비로소 뭔가를 실은 듯 느껴졌다.

곧바로 그 낡은 나무배는
여느 때보다 더 깊이
물살을 가르며 앞으로 나아갔다.

죽은 진흙탕의 수로를 달리는데

느닷없이 흙을 뒤집어쓴 머리가 나타나 말을 던졌다.
"때가 이르지 않았는데 오는 당신은 누구인가?"

내가 대답했다. "내 왔으나 오래 머물지는 않을 거요.
그런데 험상궂은 얼굴을 한 당신은 누구요?"
"내가 보이지 않는가? 나는 울고 있는 사람이오."

그 말에 나는 외쳤다. "이 저주받은 영혼아!
이곳에 갇혀 영원토록 통곡하여라!
아무리 더러워졌어도 내 널 알아보겠다!"

그가 배를 향해 두 손을 뻗었다.
선생님이 경계하면서 밀쳐 냈다.
"저 다른 놈들에게 꺼져 버려라!"

선생님은 팔로 내 목을 감고
얼굴에 입을 맞추며 말했다. "불의를 멸시하는 영혼아!
너를 낳은 여인에게 축복이 내리길!

저자는 세상에서 거만했던 사람이었지.
일생 동안 누구도 자기를 따뜻하게 대해 준 기억이 없어서
그의 그림자가 이렇게 사납게 구는 거란다.

세상에서는 스스로 위대하다 여기지만
여기서는 진흙탕 돼지처럼 뒹굴며

HELL Canto 8

야비한 기억만 떠올릴 자가 얼마나 많을지!"

"선생님! 늪을 빠져나가기 전에
그자가 이 진흙탕 속으로 고꾸라지는 것을
보고 싶은 마음이 간절합니다."

"저편 언덕이 보이기 전에
너의 소원이 이루어질 것이니,
이곳에서는 즐기는 것도 괜찮을 것이다!"

곧바로 내 눈에 흙투성이의 무리가
그자를 난도질하는 것이 보였으니
나는 그 광경을 보여 준 하느님께 아직도 감사드린다.

모두가 부르짖었다. "필리포 아르젠티[3]를 결딴내자고!"
그 피렌체의 망령은 화를 내더니
제 이빨로 자신을 물어뜯었다.

여기서 우리는 그를 떠났다. 그에 대해 더 말하지 않겠다.
울부짖는 소리가 귀에 쟁쟁했기에
나는 앞만 바라보았다.

선한 선생님이 말했다. "아들아!
무거운 죄를 지은 영혼들과 악마들이 사는
디스[4]라는 이름의 도시가 가까워지고 있다."

"선생님! 벌써 골짜기 위로 사원들의 불꽃이
선명하게 보입니다. 달군 쇠처럼
선홍빛 불길이 연기를 뿜으며 타오르고 있어요."

"저들을 휘감는 영원한 불길이
네가 보다시피 이 낮은 지옥 전체를
불그스름하게 물들이는구나."

우리는 마침내 이 불행한 도시를 둘러싼
깊은 해자에 도착했다. 도시를 둘러싼 성벽은
쇠로 만들어진 듯 보였다.

우리가 탄 배는 한동안 주위를 돌았다. 그러다
한곳에 이르자 뱃사공이 있는 힘껏 고함을 질렀다.
"내리시오! 여기가 디스의 입구요!"

하늘에서 추방된 수천의 천사들이
문 위에서 성을 내며
소리쳤다. "거기 누구냐? 어째서 이 사람은

죽지도 않았는데 죽은 자들의 왕국을 활보하는가?"
그러자 나의 현명하신 길잡이는
그들에게 은밀히 말하고 싶다는 표시를 했다.

그들이 잠시 거만함을 누그러뜨리며 말했다.

"당신만 혼자 오시오. 대담하게도
이 왕국에 침입한 저놈은 가도록 하시오.

미련한 제 길을 따라 혼자서
돌아가도록 하시오. 이 어두운 나라를 안내한
당신은 가만있으시오!"

독자여! 생각해 보라. 이런 끔찍한 말을 들었을 때
내 마음이 얼마나 절망에 빠졌을지! 다시는
돌아가지 못하리라는 생각이 들었다.

"아, 사랑하는 길잡이여! 당신은
일곱 번도 더 나를 안전하게 이곳까지 안내하셨고
내 앞에 놓인 위험에서 구해 주셨습니다.

이렇게 낙담한 나를 버리지 마세요.
앞으로 나아갈 수 없다면
오던 길로 어서 함께 돌아가시지요."

그러자 거기까지 나를 이끄신 그분이 말했다.
"두려워 마라. 우리의 길은 그분께서 주셨으니
결코 방해받지 않을 것이다.

그러나 여기서 잠시 날 기다려라. 초췌한 영혼을
위로하고 밝은 희망을 키워라.

내 너를 이 낮은 세상에 버려두지 않을 것이다."

자애로운 아버지는 나를 버려두고 가 버렸다.
나는 두려웠다. 여러 갈래의 생각들이
내 안에서 싸우고 있었다.

그분이 그들에게 무슨 말을 했는지 듣지 못했으나
그들과 그리 오래 머물지는 않았으니
안에 있던 그들은 서둘러 몸을 감췄다.

그리고 나의 선생님 면전에서 육중한 문을 닫아 버렸다.
밖에 남은 그는 몸을 돌려
나를 향해 느린 걸음으로 돌아왔다.

눈을 내리깔고 있었다. 자신감은 이마에서 지워져 있었다.
그는 한숨을 쉬며 입을 열었다.
"누가 감히 이 고통의 집을 내게 금지한단 말인가?"

그리고 내게 말했다. "내가 화를 내도
너는 두려워하지 마라. 어떠한 장애가 와도
난 물리칠 것이다.

저들의 이런 반항은 새롭지도 않다.
언젠가 더 밖에 있는 문에서도 그랬는데,
그 문은 아직도 열려 있단다.[5]

넌 이미 그 문에 새겨진 죽음의 글귀들을 보았지.
지금 길잡이도 없이 그 문을 통과해서
우리가 지나온 고리들을 가로지르는 분이 계시니,

그분이 이 도시를 열 것이다."

9곡

길잡이가 돌아오는 것을 보고
나의 얼굴이 두려움으로 창백해지자
그는 곧 예사롭지 않은 안색을 지우고

무슨 소리든 들으려 귀를 쫑긋 세우고 섰다.
검은 하늘과 짙은 안개로
멀리까지 볼 수 없었기 때문이었다.

"어쨌든 이 싸움에서 이겨야 해.
그렇지 않으면…… 그 위대한 분의 도움이 있지 않나.
그런데 오시는 길이 왜 이리 더딘가!"

나는 그가 처음에 하던 말을 뒤이어 나오는 말로
덮어 버리는 것을 보았는데,
뒤이은 말은 처음의 말과는 사뭇 달랐다.

끝내지 않은 그 말에 나는 몹시 두려움을 느꼈다.
아마도 그가 했을 생각보다 그 잘려 나간 말들을
더 나쁜 의미로 채웠기 때문일 것이다.

“희망을 잃고 고통을 겪던
영혼이 림보에 있다가
이 낮은 지옥의 웅덩이로 내려온 적이 있습니까?”

내가 질문을 던지자 그가 대답했다.
“우리 중의 어느 영혼이 내가 지금 가는
이 길을 걷는다는 것. 흔치 않은 일이겠지.

그러나 사실 전에 난 이곳에 내려온 적이 있어.
자기 몸에 망령을 불러오는
저 잔혹한 마녀 에리톤[1]에게 홀렸었기 때문이지.

내가 육체를 벗은 지 얼마 되지 않아
그녀는 유다가 있는 고리[2]에서 한 영혼을 빼내기 위해
그곳으로 나를 들어가게 했지.

그곳은 가장 낮고 가장 어두운 곳이야.
또 모든 것을 움직이시는 하늘에서 가장 먼 곳이지.
하지만 내가 길을 잘 알고 있으니 확신을 가져라.

도처에서 고약한 냄새를 풍기는 늪지가

한바탕 싸움을 해야 들어갈 수 있는
이 고통의 도시를 감싸고 있군.”

그는 이야기를 계속했지만 기억나지 않는다.
내 눈은 벌써 붉게 타오르는 탑의
꼭대기로 향했기 때문이다.

지옥의 세 퓨리[3]가 피를 뒤집어쓴 채
한꺼번에 눈에 들어왔다.
여자의 골격과 몸가짐을 한 그들의

허리를 푸르디푸른 히드라가 칭칭 감고 있었고,
작은 실뱀들과 뿔 달린 뱀들이 머리털처럼 자라나
잔악한 관자놀이 주위를 둘러싸고 있었다.

영원한 통곡의 여왕[4]을 보좌하는 이 노예들을
잘 알고 있던 길잡이가 입을 열었다.[5]
“봐라. 표독스러운 에리니스다.

왼쪽에는 메가이라,
오른쪽에는 울고 있는 알렉토,
티시포네가 가운데 있구나.” 그는 한동안 침묵했다.

뱀들은 손톱으로 서로 가슴을 찢고
손바닥으로 때리면서 찢어질 듯한 비명을 질러 댔다.

나는 무서워서 시인에게 바싹 다가섰다.

"메두사를 불러라! 저놈을 돌로 만들자!"
그들은 우리를 내려다보며 울부짖었다.
"테세우스를 쉽게 놔 준 것이 원통하구나!"[6]

선생님이 말했다. "뒤로 돌아서서 눈을 꼭 감아라.
만일 고르곤[7]이 와서 네가 그 얼굴을 보기라도 한다면
다시는 빛으로 돌아가지 못할 테니까."

선생님은 그렇게 말하더니 손수 내 몸을
돌리고, 내 손을 믿지 않는 듯,
당신의 손으로 내 눈을 덮어 주셨다.

아, 견고한 지성을 가진 여러분이여!
내 비상한 글의 너울 아래
감추어진 의미를 생각해 보라![8]

흐릿한 물결을 넘어서 무서운 소리가
거대하게 밀려 들어와
양쪽 둑이 부르르 떨렸다.

열기가 맞부딪치며 내는
격렬한 바람 소리와 같았다.
거칠 것 없이 숲을 휩쓸고 요동치며

나뭇가지들을 후려치고 잘라 내
멀리까지 날려 보내는 바람, 거대한 먼지 기둥을 일으켜
짐승과 목동을 도망가게 만드는 바람이었다.

선생님이 내 눈을 풀어 주며 말했다.
"이제 보아라. 저 안개가 짙게 드리워진 곳,
그 오래된 거품 너머가 보일 것이다."

원수인 뱀 앞에 선 개구리들처럼
수많은 영혼이 연못 속으로 뛰어들어 흩어지더니
제각기 바닥에 납작 웅크렸다.

나는 스틱스의 물을 건넜어도
발 하나 젖지 않은 그분에게, 겁에 질린 수천의 영혼이
길을 터 주며 잽싸게 도망치는 것을 보았다.

그분은 이따금 왼손을 내저으며
얼굴에서 수증기를 걷어 내곤 했다.
그를 귀찮게 하는 것이라곤 그것밖에 없는 듯 보였다.

그분이 하늘에서 보내신 분임을 알고서
내가 선생님에게 몸을 돌리자, 그는 내게 조용히
인사 드리라는 신호를 했다.

아, 그분이 얼마나 많은 경멸을 담고 있었던가!

그분이 문에 이르러 가느다란 지팡이로 건드리자
문이 열렸다. 아무런 저항도, 그 어떤 거침도 없었다.

"하늘에서 추방된 쓰레기 같은 망령들아!"
그분이 무시무시한 문턱에 서서 말했다.
"어찌하여 이런 거만에 젖어 사느냐!

어찌하여 위대한 의지에 발길질을 하느냐!
반드시 목적을 이루시는 위대한 분의 의지에 거역하여
너희들의 고통만 더 커지지 않았느냐!

율법에 대항한들 무슨 수가 있겠느냐!
너희들 스스로 잘 기억하듯, 케르베로스는
아직도 목과 턱의 털이 다 뽑힌 채로 살고 있다!"[9]

그런 뒤 그분은 돌아서서 우리에게
아무 말도 않고 그 더러운 길을 되돌아갔다.
그분의 얼굴에는 자기 주변의 일보다는

다른 일에 몰두하는 사람의 모습이 어렸다.
우리는 하늘의 거룩한 말의 보호를 받아
가슴을 쓸어내리며 도시를 향해 발을 옮겼다.

우리는 아무런 저항 없이 그곳에 들어섰다.
나는 이렇게 거대한 요새에 갇힌 영혼들이

어떤 모습을 하고 있는지 보고 싶은 마음에

문을 지나자마자 주위를 살펴보았다.
양편으로 넓게 퍼진 공간이
고통과 괴로움으로 가득 차 있었다.

론 강이 바다로 흘러드는 아를이 그랬고,
물결치는 해류로 이탈리아를 가로막는
쿠아르나로 바다 근처의 풀라에

무덤들이 아수라장을 이루며 전역을 뒤덮었듯이,[10]
여기도 사방이 무덤들 천지였다.
단 이곳은 더 끔찍했다.

타오르는 불꽃이 무덤들 사이로 솟아올라
가장 뜨겁게 달군 쇠처럼 무덤을 내내 뜨겁게 만들었다.
어떤 숙련공이라도 그렇게 하지는 못할 정도였다.

무덤의 뚜껑은 다 열려 있었는데,
슬픈 한탄의 소리가 밖으로 새어 나왔다.
분명 고문당하는 영혼들의 소리였을 것이다.

"선생님! 저들은 누구이기에
이 석관에 누워서 이다지도 슬픈 한숨과
신음을 내도록 고통당하는 겁니까?"

“여기에는 모든 이교도 분파의 두목들과
추종자들이 누워 있는데, 네가 추측하는 것 이상으로
이 무덤들 안에 겹겹이 포개져 있다. 129

여기에는 비슷한 자들끼리 묻혀 있지.
무덤은 묻힌 자에 따라 더 뜨겁기도, 덜 뜨겁기도 하다.”
그러고는 그가 오른편으로 몸을 돌렸다. 우리는

끊임없는 고뇌와 높은 둔덕 사이를 지나갔다. 133

10곡

나의 선생님은 으슥한 좁은 길을 따라서
도시의 성벽과 고통들 사이로
걸어갔다. 나는 그의 뒤를 따랐다.

"오, 이 불경스러운 소용돌이를 돌아보게 해 주시는
고결한 힘이시여!" 내가 말했다.
"알고 싶은 것이 있습니다.

무덤 속에 누워 있는 자들은
다른 이들의 눈에도 보이는지요? 뚜껑이 다 열려 있는데,
감시하는 자가 없군요."

"저들이 세상에 두고 온 육체를 다시 지니고
여호사밧[1]에서 이리로 돌아올 때
이 무덤들은 영원히 닫히고 봉인될 것이다.

이편에는 에피쿠로스[2]와 함께 그 추종자들이
무덤에 갇혀 있는데,
몸이 죽을 때 영혼도 죽는다고 주장했던 자들이다.

네가 방금 입 밖에 냈던 의문은 여기서
금방 대답을 들을 것이다. 또 내게 말하지 않고
감추고 있는 소망 역시 채워질 것이다."

"선한 길잡이여! 전 제 마음을
감추려 하지 않습니다. 단지 말을 적게 하려는 것인데,
선생님은 언제나 그 점을 살펴 주시는군요!"[3]

"오, 토스카나 사람이여! 불의 도시를 거쳐
산 채로 정직하게 말하며 나아가는 사람이여!
이곳에 잠깐 멈추는 것이 좋겠소.

당신 고유의 말투가 내가 태어났던
고귀한 땅을 생각나게 하는구려.
나는 거기서 너무나도 힘이 들었지, 아마도."

그때 한 무덤에서 돌연히 이런 말소리가
들려왔다. 나는 덜덜 떨면서
길잡이에게 더 가까이 다가섰다.

그러자 길잡이가 말했다. "눈으로 보아라! 무얼 하느냐?

저 파리나타[4]를 봐라! 꼿꼿이 섰으니
허리 위로는 다 보일 것이다."

이 말을 듣는 동안 나의 시선은 이미 그에게 향해 있었다.
그는 지옥을 몹시도 비웃는 듯
가슴을 펴고 머리를 바로 세우고 있었다.

길잡이의 준비된 손이 나를 떠밀어
무덤 사이에 있는 그에게 나아가도록 했다.
그가 일렀다. "말을 조심해야 한다!"

내가 그의 무덤에 이르자
그는 나를 물끄러미 보며 거의 얕보는 투로
말했다. "그런데 당신 조상들은 누구인가?"[5]

나는 그의 말에 순순히 따르고 싶었기에
숨김없이 모든 것을 다 말해 주었다.
그러자 그가 눈썹을 약간 올렸다.

"당신 조상들은 나와 내 조상들,
그리고 나의 파벌에 언제나 반대했어.
그래서 난 두 번이나 그들을 격퇴했지."

내가 대답했다. "나의 조상들은 쫓겨나긴 했어도
언제나 돌아왔소. 한 번도 아니고 두 번이나.

그러나 당신 쪽은 그런 기술을 익히지 못한 것 같소."

바로 그때 다른 망령이 일어나는 것이 보였다.
그 망령은 파리나타 옆에 머리만 불쑥 내밀었는데,
무릎으로 일어났던 것 같다.

그는 내가 누구와 함께 왔는지
보려는 듯 주위를 살폈다. 그리고
의심이 완전히 지워지자

울먹이며 말했다. "당신의 위대한 지성으로
이 눈먼 감옥을 활보한다면, 내 아들[6]은
어디 있는 거요? 왜 당신과 함께 있지 않은 거요?"

"나는 혼자 오지 않았소. 저쪽에서 기다리시는 분이
날 이 길로 인도하셨소. 당신의 아들
귀도가 경멸했던 그분이지요."

그가 내게 던진 질문과 그곳에서 받고 있던
고통의 양상으로 미루어 그의 이름을 추측하기는
어렵지 않았으니, 나는 확실하게 대답해 준 것이다.

그는 벌떡 일어나 외쳤다. "뭐라고?
무슨 말이오? 내 아들이 살아 있지 않다니?[7]
부드러운 햇살이 그 애의 눈에 비치지 않는단 말인가?

나는 대답하려다 잠시 망설였다.
그런 내 모습을 보더니 그는
대번에 거꾸러져 다시 나타나지 않았다.

그러나 내 발길을 멈추게 한
그 위엄 있는 자는 상관하지 않고,
머리도 움직이지 않고, 몸도 돌리지 않은 채,

하던 얘기를 계속 이어 나갔다.
"그들이 그런 기술을 익히지 못했는지도 모르겠지만,
생각만으로도 이 무덤보다 더 괴로운 일이구먼.

그러나 당신은 여기를 지배하는 여인[8]의 얼굴이
오십 번 그 빛을 발하기 이전에
그 기술을 배우기가 얼마나 어려운지 알게 되리.

언젠가 당신이 부드러운 세상으로 돌아갈 수 있다면,
말해 보시오! 왜 그 사람들은 이런저런 법을 만들어
우리 가문을 그토록 모질게 대하는가?"

"아르비아 강물을 붉게 물들인
학살과 대접전[9]으로 인해 우리의 성전에서
수많은 기도를 했기 때문이었소."

그는 한숨을 쉬더니 머리를 흔들며 말했다.

"그 전쟁에 참가한 것은 나 혼자가 아니었어.
난 쓸데없이 다른 자들과 어울리지도 않았어.

하지만 모두가 피렌체를 파멸시키려 했을 때
난 피렌체를 위하여 떳떳하게 일어섰지.
그때는 오직 나 혼자였어."

"당신의 후손도 언젠가
평화를 찾을 것이오. 그러니 내 머리를
단단하게 얽어맨 이 문제를 풀어 주시오.

내 바르게 들었다면, 당신네들은
시간이 가져올 일들을 미리 볼 수 있다지만
지금의 일들은 잘 모른다지요."

"우리는 노안이 된 듯 멀리 있는 것들을
잘 본다오. 모든 것을 주관하시는 분의
빛이 비추는 동안만큼만.

그러나 가까이에 뭐가 다가오면, 우리 정신은
텅 비어 버려, 누군가 가르쳐 주지 않는다면
우리는 세상 일들을 알 수 없다오.

미래의 문이 닫히는 순간
우리의 지식이 완전히 죽는다는 것을

이제 당신은 이해하겠지!”[10]

그때 나는 내가 한 말이 마음에 걸려 이렇게 말했다.
“좀 전에 거꾸러진 망령에게 말해 주시오.
그의 아들은 아직 살아 있는 사람들 가운데 있으며,

그의 질문에 침묵을 지킨 것은
단지 내가 틀릴까 걱정했기 때문이었소.
그걸 당신이 바로잡아 준 것이오.”

나의 길잡이가 서둘러 오라고 부르고 있었다.
나는 그 영혼에게 누구와 함께 무덤에 있는지
말해 달라고 재빨리 부탁했다.

“수천의 망령들이지. 이 안에는
페데리코 2세[11]가 누워 있고, 우리 구역에는
추기경[12]도 있지. 나머지는 말하지 않겠어.”

말을 마치자 그는 숨어 버렸다. 나는
옛 시인에게 발길을 돌리며 내게는
별로 좋게 들리지 않았던 그 말들을 곱씹어 보았다.

함께 가면서 그가 내게 말했다.
“왜 그렇게 안절부절못하는 거냐?”
그 질문에 대답하자 현자께서 당부하셨다.

"네가 들은, 네 귀를 거스르는 예언을
가슴속에 잘 새겨 두어라! 그리고
내 말을 잘 들어라!" 그가 손가락을 세워 보였다.

"아름다운 눈으로 모든 것을 보는 그녀의
부드러운 눈길 앞에 설 때 너는
네 삶의 길을 알게 될 것이다."

이렇게 말하면서 그는 왼쪽으로 발길을 돌렸다.
우리는 성벽을 버리고
골짜기로 이어지는 길을 따라 나아갔다.

골짜기의 악취가 우리에게까지 풍겨 왔다.

11곡

우리는 가파른 둔덕 가장자리에 도착했다.
거대한 깨진 바위 덩어리들이 둔덕을 에워싸고 있었다.
아래에는 처참한 영혼들이 무리 지어 있었다.

깊은 골짜기가 내뿜는 악취가 끔찍하도록 심했기에
우리는 어떤 커다란 무덤의 열어젖혀진
뚜껑 뒤쪽으로 피하다가

거기에 쓰인 한 문구를 보게 되었다.
“포티누스로 인하여 올바른 길에서 벗어난
교황 아나스타시우스를 내가 보호한다.”[1]

그때 선생님이 말했다. “천천히 내려가는 것이
좋겠다. 그래야 우리 감각이 이 처참한 냄새에
익숙해질 테니 말이다.”

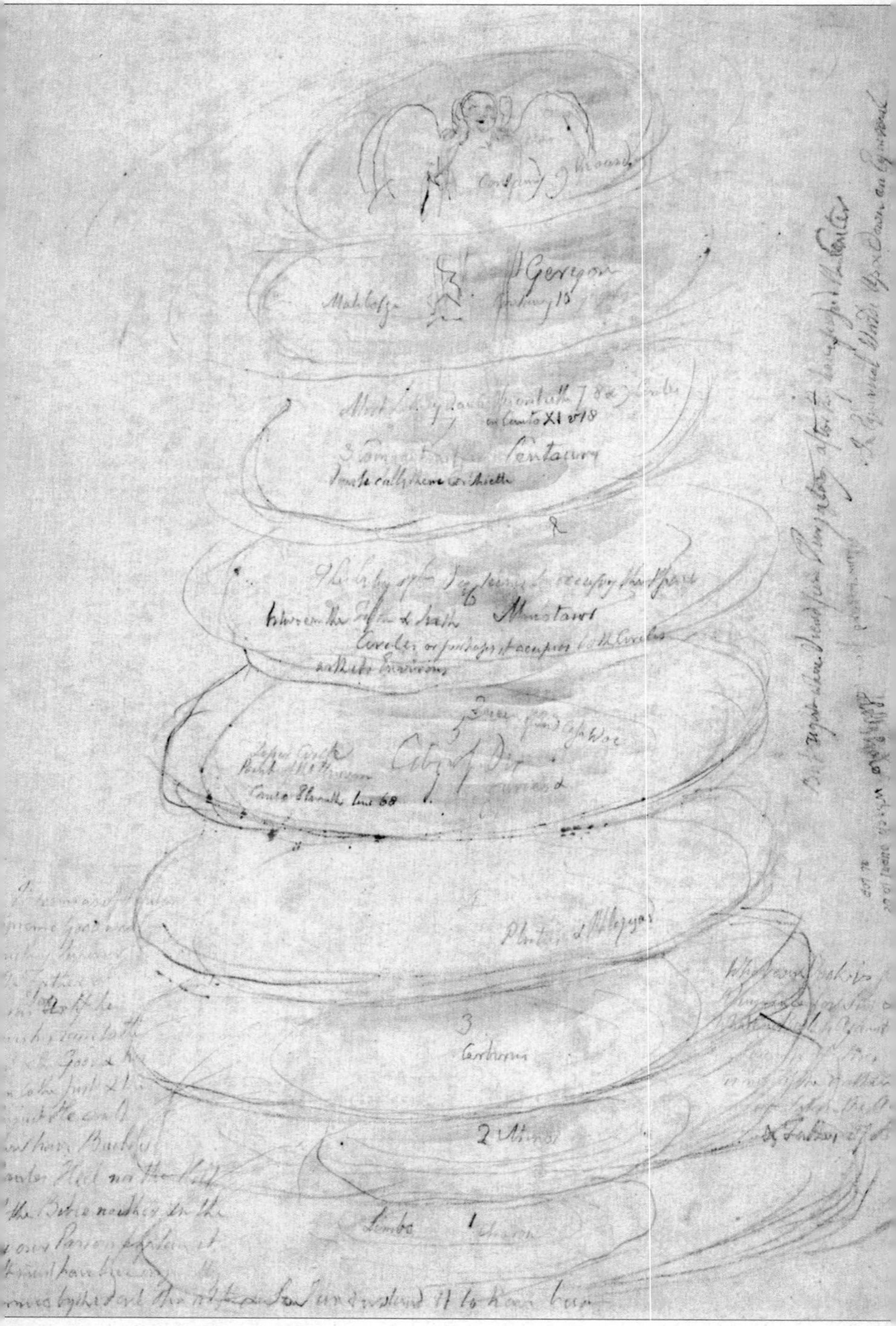
Gerygon
Malebolge
in Canto XI v 18
Centaurs
6
Minotaurs
5
City of Dis
Canto 8 line 68
4
Plutus & Phlegyas
3
Cerberus
2 Minos
Limbo
1 Charon

"그럼 천천히 가는 동안 시간을 낭비하지 않도록
뭔가 다른 일을 생각하시지요."
"나도 그걸 생각하고 있었다.

나의 아들아! 저 거대한 바위 덩어리 안에는
뒤에 남겨 둔 것들과 같은
세 개의 작은 고리들이 층층이 있다.

그 고리들 안에도 저주받은 영혼들이
가득하지. 보기만 해도 어떻게 또 왜 저들이
그곳에 갇혀 있는지 충분히 알 수 있을 거야.

불의는 하늘의 증오를 사는 모든 악덕의
끝이고, 불의의 끝은 다른 사람을
폭력과 배반으로 해치는 것이다.

배반은 사람만이 지니는 악덕이기에
하느님이 더욱 싫어하신다. 그렇기에 사기꾼들은
이 가장 낮은 고리들에서 가장 깊은 고통을 당하지.

그 첫 번째 고리에는 폭력배들이
갇혀 있어. 폭력은 세 부류에게 행사되므로
그 고리는 세 구렁으로 나눠 만들어졌다.

폭력은 이웃과 자기 자신, 그리고 하느님에게,

또한 그들이 가진 것들에 행사된다는 것을
너는 듣고 분명히 이해하게 될 것이다.

폭력은 이웃에게 처참한 죽음과 쓰라린
상처를 입힌다. 그들의 재산을
파괴하고 불사르며 약탈하기도 하지.

그런 살인자, 폭력배, 도둑, 그리고
모리배 들이 첫 번째 구렁에서
무리 지어 벌을 받는다.

사람은 제 손으로 자신과 자기 재산도
파괴할 수 있어. 그런 사람들은
두 번째 구렁에서 뉘우치고 있다.

그들은 세상에서 스스로 제 몸을 더럽히거나
도박으로 살림살이를 탕진하고
그로 인해 비참하게 우는 자들이야.

또 하느님을 마음으로 부정하고 저주하면서
하느님의 선함과 본성을 비웃는 자들이 있는데,
이들이 있는 세 번째 구렁은 가장 좁다.

그곳에서 소돔과 카오르,[2] 또 하느님을
속으로 깔보고 악담을 퍼붓던 자들에게

화인(火印)을 찍어 표시한다.

우리는 양심을 찢어지게 하는 배반의 죄를
자기를 믿어 주는 사람에게나
조금도 믿지 않는 사람 모두에게 저지를 수 있지.

후자의 경우는 운명이 맺어 준
사랑의 끈을 끊어 버릴 뿐이지.
그래서 두 번째 고리에는

위선자, 아첨꾼, 마법사,
허풍쟁이, 도둑, 성직 매매자,
포주, 사기꾼과 같은 추악한 자들이 둥지를 틀고 있어.

마지막으로 자기를 믿는 사람을 배반하는 일은
타고난 사랑과 그에 따라 만들어지는
특별한 믿음을 파괴하는 극악이야.

그래서 지옥 맨 밑바닥의 가장 좁은 고리,
즉 지구의 중심부 디스 주변에 모든 배신자들이
몰려 있고, 그들의 고통은 잠들지 않는 거야."

"선생님 말씀은 참으로 명석합니다.
이 심연과 거기에 처한 사람들의 자리를
아주 잘 설명하시니까요.

그런데 바람에 휩쓸리는 자들,
비를 맞는 자들, 진흙탕 속을 뒹구는 자들,
사나운 말로 서로 다투는 자들은 다 무엇입니까?[3]

이들이 하느님의 노여움을 샀다면
어째서 불로 활활 타는 이 도시에서 벌받지 않습니까?
또 노여움을 사지 않았다면, 왜 고통을 받고 있지요?"

그러자 선생님이 말했다. "너의 마음이
평소보다 왜 이리 흩어져 있는 게냐?
네 정신이 딴 곳에 가 있느냐?

너는 『윤리학』[4]이 하늘이 원하지 않는
세 가지 마음의 상태를 부절제와 악덕, 수심(獸心)으로
널리 밝혀 내고 있음을 잊었느냐?

또 어찌해서 부절제보다 다른 둘이
하느님을 더욱 크게 배반하고
하느님의 질책을 더 받는지 잊었느냐?

네가 이런 가르침을 잘 생각하며
도시 밖에서 고통을 받는 자들이 누구인지
잘 헤아려 본다면 알게 될 것이다.

왜 그들이 이 잔인한 자들과 떨어져 있는지,

왜 성스러운 복수가 그들에게는
덜한 고통을 주는지를."

"흐릿한 나의 시선을 고쳐 주는 햇살이여!
나의 의심을 풀어 주며 날 기쁘게 하시니,
의심함이 아는 것 못지않게 즐거운 일이 되는군요.

다시 한 번 잠시만 앞으로 돌아가서
고리대금업이 하느님의 성덕에 반하는
범죄라고 하신 말씀을 풀어서 설명해 주소서."

"철학은 그걸 배우려는 사람에게
단 하나만 가르치지 않으니,
마치 자연이 성스러운 지성과 그 기술로

제 진로를 잡아 나가는 것과 같다.
『물리학』을 잘 읽어 보면
몇 장 넘기지 않아 마치 학생이 선생을 따르듯이

인간의 기술이 자연을 따르고 있음을
알게 될 거야. 그러니 인간의 기술은
하느님의 자손과도 같은 것이지.

「창세기」를 처음부터 잘 되새겨 보면
인간은 자연과 기술로 삶을 영위하고

번영시켜야 한다는 것을 알게 될 거다.

그런데 고리대금업자는 다른 길을 걸으니,
자연 자체와 그 부속물을 멸시하고
다른 것에 희망을 걸지 않더냐.

자! 이제 날 따라오너라. 떠나는 게 좋겠다.
물고기자리가 지평선 위에서 반짝거리고
북두칠성은 북서쪽에 자리 잡고 있는데

내려갈 절벽은 저 너머 아득히 멀기만 하구나."

12곡

둔덕을 내려와 우리가 온 곳은
매우 험난했다. 더욱이 그곳에 있는 것[1]은
누구라도 눈을 돌리게 만들었을 것이다.

지진 때문인지 혹은 붕괴가 일어났는지,
마치 아디제 강이 트렌토 계곡을 후벼 파
거대한 산사태가 난 것처럼,

산꼭대기부터 허물어진 바위 덩어리가
바닥으로 떨어져 산을 오르는 사람들에게
길을 놓아 준 꼴이었으니,

그 무너진 절벽이 그러했다.
허물어진 절벽의 가장자리에서,
가짜 암소의 배 속에 잉태되었던

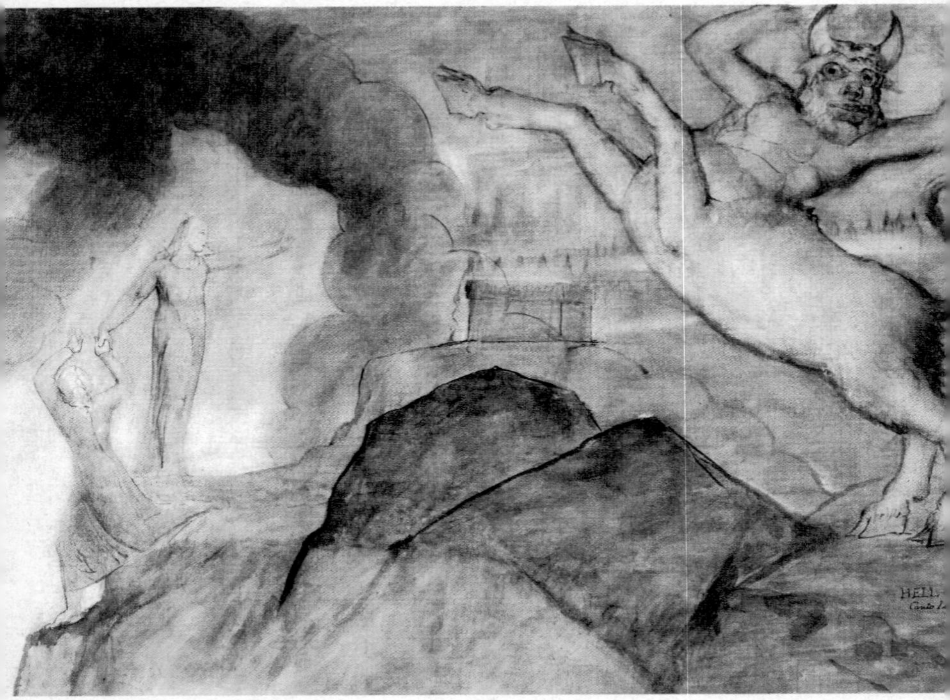
HELL
Canto

크레타의 치욕[2]이 우리 앞을 가로막고
서 있었다. 우리를 보자 그놈은 안에서
분노가 불타오르는 듯 자신을 물어뜯었다.

그러자 나의 현명한 선생님이 소리를 질렀다.
"이 사람이 널 저 세상에서 죽게 한
아테네의 군주라고 생각하는 건가?

짐승아! 물러나라! 이 사람은 너의 누이가
이끌어 주어서 여기 온 것이 아니다.[3] 단지
너희의 고통을 보기 위해 이곳을 지날 뿐이다."

치명적인 한방을 맞은 순간에
고삐 풀린 황소가 얌전히 돌 줄 모르고
길길이 날뛰듯이,

미노타우로스가 내 눈앞에서 꼭 그렇게 했다.
그것을 본 길잡이가 외쳤다. "나가는 길로 뛰어라!
저놈이 날뛰는 동안 얼른 내려가는 게 좋겠다."

우리는 널린 바위들 사이로 뛰어 내려갔다.
바위들은 가끔 새로운 무게[4] 때문에
내 발 아래서 움직였다.

생각에 잠긴 나에게 그가 말했다.

이 산사태가 난 듯한 곳을 생각하는 모양이로구나.
내가 방금 제압한 야수의 분노로 지탱되는 곳이란다.

네가 알았으면 하는 것이 있다.
내가 전에 이곳 깊은 지옥으로 내려왔을 때
바위는 아직 무너지지 않은 상태였지.

내 기억이 맞다면, 이 악취를 풍기는 심연이
꼭대기부터 바닥까지 심하게 요동친 것은 분명
그분이 내려와 위의 고리에 있던

수많은 영혼들을 디스로부터 구하시기 직전이었다.[5]
그걸 보고 우주가 사랑을 느꼈구나 생각했지.
어떤 사람은 그렇게 해서 세상이

여러 번 혼돈으로 거듭났다고 하기도 하더라만.
여기저기서 이 오래된 바위들이 굴러 내린 것은
바로 그런 순간이었어.[6]

이제 계곡을 한번 둘러봐라.
끓는 피의 강물[7]에 가까워지는데,
폭력으로 남을 해친 자들을 삶고 있다."

아, 눈먼 탐욕이여! 어리석은 분노여!
짧은 인생 동안 그렇게 우리 뒤를 쫓아다니더니

영원한 삶에서는 이런 고통 속으로 몰아넣는구나!

나는 거대한 웅덩이를 보았다. 활처럼
둥글게 휘어 있었다. 마치 고리 전체를
감싸고 있는 듯하여 길잡이가 말해 준 그대로였다.

절벽 발치와 웅덩이 사이에서 켄타우로스[8]들이
화살을 들고 무리 지어 달리고 있었다.
마치 세상에서 사냥을 나가는 것과 같았다.

우리가 내려오는 것을 보고 그들이
멈칫했다. 그들 중 셋이 활과 화살을
고르며 앞으로 나섰다.

하나가 큰 소리로 외쳤다. "너희 언덕을 내려오는
자들아! 무슨 죄를 지었기에 이리로 오느냐?
멈춰 서서 말하라. 아니면 활을 쏘겠다."

선생님이 말을 받았다. "그 대답은
케이론[9]에게 하겠다.
넌 언제나 성급한 욕망으로 인해 불행해지리니!"

그러곤 나를 슬쩍 건드리며 말했다. "저게 네소스[10]다.
아름다운 데이아네이라 때문에 죽음을 당했고,
자기 스스로 원수를 갚았던 자야.

HELL

그리고 가운데서 고개를 숙이고 있는[11] 자가
케이론인데, 아킬레우스의 선생이었다.
다른 놈은 분노를 삭이지 못하는 폴로스[12]다.

저놈들은 수천씩 떼를 지어 웅덩이 주위를 맴돌다가
죄가 허용하는 한도를 벗어나 핏물에서
기어 나오는 영혼들에게 활을 쏘아 대지."

우리는 그 날렵한 짐승들에게 다가섰다.
케이론이 화살을 하나 뽑아 들었다. 그리고
오늬로 수염을 턱 양쪽으로 갈랐다.

그렇게 드러난 커다란 입을 벌려
동료들에게 말했다. "너희들 봤나?
저 뒤에 있는 놈이 건드리는 것이 움직이잖아!

죽은 놈들의 발은 저렇게 하지 못한다."
말과 사람의 형체가 합쳐지는 케이론의 가슴 앞에
벌써 서 있던 나의 길잡이가 대답했다.

"그는 진짜로 살아 있다. 정녕 그는 혼자다.
그래서 내가 그를 밤의 계곡으로 이끌어야 한다.
재미가 아니고 필요해서 그를 여기 데려온 것이다.

할렐루야를 노래하는 곳에서 오신 어느 분이

내게 이 고귀한 임무를 맡기셨다.
그는 강도가 아니고 나 또한 도둑의 영혼이 아니다.

그러니 이렇게 험한 길로 내 발길을 인도하시는
그분의 덕성으로 부탁하건대
너희 중 하나를 우리에게 보내

피의 강을 건너는 곳이 어디인지 가르쳐 다오.
그리고 이 사람은 공중을 나는 영혼이 아니니
그곳에 이르면 등에 업고 건네주기 바란다."

케이론은 오른편으로 몸을 돌려
네소스에게 말했다. "돌아가 저들을 안내하라.
다른 무리를 만나거든 비켜서게 하라."

우리는 안전한 호위를 받으며
삶아지는 고통으로 목 놓아 소리치는 무리가 있는 곳으로
시뻘겋게 부글부글 끓는 강을 따라 나아갔다.

나는 눈썹까지 잠긴 영혼들을 보았다.
거대한 몸집의 켄타우로스가 말했다. "저들은 폭군이다.
피를 흘리게 하고 약탈한 놈들이다.

여기서 저놈들은 무자비한 벌을 받으며 울고 있다.
알렉산드로스[13]가 여기 있고, 시칠리아를 고통의 세월에

몰아넣었던 표독한 디오니시오스[14]가 여기 있다.

새까만 머리털이 이마에 난 저놈이
아촐리노[15]고, 금발의 저 다른 놈은
오피초 다 에스테[16]인데, 진정 그는

세상에서 의붓자식에게 살해된 놈이다."
내가 시인에게 몸을 돌리자 그가 말했다.
"이자가 너의 첫째 길잡이고, 난 둘째다!"

잠시 후에 켄타우로스가 다른 무리 위에
멈춰 섰다. 그들은 끓고 있는 붉은 강물 위로
목까지 내밀고 있는 듯 보였다.

켄타우로스는 한쪽에 홀로 있는 그림자를 가리키며
말했다. "저자는 아직도 템스 강에서 존경받는 자의
심장을 하느님의 품 안에서 갈랐던 사람이다."[17]

뒤이어 머리와 가슴까지
물 밖으로 드러난 무리가 보였는데,
그들 중 많은 이들의 이름을 알 수 있었다.

그런 식으로 피의 수위는 점차 낮아져
단지 발목만 뜨겁게 삶을 정도로 낮은 곳에
이르렀다. 그곳이 강을 건널 길목이었다.

켄타우로스가 입을 열었다. "보다시피,
이쪽으로 점점 얕아지는 끓는 피는 그렇게
다른 쪽으로는 점점 더 깊어져서

마침내 폭군들이 신음하는
가장 깊은 곳까지 이른다는 것을
네가 믿기 바란다.

그곳에서 하늘의 정의는 땅에서
채찍을 휘두르던 아틸라와
피로스, 섹스투스를 징벌하고 있다.[18]

또 여기서는 길바닥에서 싸움질을 일삼던
리니에르 다 코르네토와 리니에르 파초[19]를
열기로 쥐어짜 영원히 눈물을 흘리게 한다."

이 말과 함께 그는 돌아서서 길목을 다시 건너갔다.

13곡

네소스가 건너편 둑에 닿기 전에
우리는 숲으로 들어섰다.
그 숲에는 오솔길의 흔적조차 없었다.

숲은 푸르지 않았다. 어두웠다.
가지들은 곧지 않고 매듭투성이에 구부러져 있었다.
열매는 없고 대신 독이 있는 가시들뿐이었다.

비옥한 땅을 싫어하여 체치나와 코르네토 사이[1]에 사는
저 사나운 야생동물들이라도
이렇게 거칠고 칙칙한 숲에는 오지 않을 터였다.

그런데 여기에 더러운 하르피아들[2]이 둥지를 틀었다.
이놈들은 미래의 불행을 예고하면서 트로이 사람들을
스트로파데스 섬에서 몰아낸 적이 있다.

HELL

목과 얼굴은 사람이되 쫙 펴진 날개에
발에는 사나운 발톱이 돋아 있고 흉한 몸통을 깃털로 감춘
이놈들은 괴상한 나무에 앉아 울부짖고 있었다.

어지신 선생님이 말했다.
"더 깊이 들어가기에 앞서 네가 지금
무시무시한 모래밭에 도착하기 전까지

두 번째 구렁에 있다는 것을 알아 두어라.
주위를 잘 봐라. 그러면 내가 말로 설명해도
네가 믿지 않을 것들을 보게 될 것이다."

주위에서는 통곡 소리가 터져 나오고 있었다.
그러나 아무도 보이지 않았다. 나는
어리둥절하여 멈추어 섰다.

선생님은 내가 이렇게 생각한다고 여기셨던 것 같다.
그 통곡 소리는 우리 눈에 띄지 않으려고 몸을 숨긴 사람들이
나무들 사이에서 내는 것이라고.

그래서 선생님은 이렇게 말했다.
"이 나뭇가지를 하나 잘라 보아라. 그러면
네가 가진 생각도 잘릴 것이다."

내가 손을 뻗어 어느 커다란 나무줄기의

실가지 하나를 꺾자 그 줄기가
이렇게 소리쳤다. “왜 날 자르는 거요!”

줄기에서 검붉은 피가 흘러내렸다. 줄기가
다시 말했다. “왜 나를 부러뜨리는 거요?
당신에게는 눈곱만큼도 연민이 없는 게요?

우리는 사람이었으나 지금은 숲이 되었소.
설령 우리가 뱀의 영혼이었다 해도
당신 손은 더 부드러웠어야 할 거요!”

부러진 나무에서는 말과 피가
함께 터져 나왔다. 마치 한쪽 끝이 불타는
푸른 나뭇가지가 다른 한쪽 끝으로 진물을 뿜으며

지나가는 바람을 맞아 소리를 내는 것 같았다.
나는 질겁하여 실가지를 떨어뜨리고
멍하니 서 있었다.

선생님께서 나무에게 이렇게 대답했다.
“상처 입은 영혼아! 이 사람이
나의 시구에서 읽었던 것을 진즉 믿었더라면[3]

손을 뻗어 그대를 해치지 않았을 것이오.
아마 믿을 만한 것이 못 됐던 모양이라 결국 그가

이 일을 저지르게 되었으니 나도 괴롭다오.

하지만 그대가 누구였는지 이 사람에게 말해 주시오.
그러면 그대의 명예는 이 사람이 돌아갈
저 위 세상에서 새로워질 것이오."

그러자 나무가 이렇게 말했다. "그렇게 달콤한 말로
날 달래 주니 내 입을 다물 수가 없구려.
내 마음 가는 대로 말하려 하니 너그럽게 생각하시오.

나는 페데리코의 마음을 움직일 열쇠를 두 개
다 가졌던 사람[4]이오. 그것들을 돌려서
잠갔다가 열었다가 했지요. 그러면서

교묘하게 오로지 몇 사람만 그의 신임을 받도록 했소.
나는 잠과 건강을 희생해 가며
그 영예로운 임무에 충실했지요.

그러나 모두의 죽음과 궁정의 악을 불러온 것은
질투였소. 질투는 왕의 궁정에서
눈을 거둔 적이 없었소.

질투는 모든 마음이 나를 거스르며 불타오르게 했으니,
타오르는 그 마음이 다시 왕의 마음까지 불타게 하여
나의 행복한 영예는 슬픈 통곡이 되어 버렸소.

그런 추악한 일에 시달린 나의 마음은
죽음만이 거기서 벗어나는 길이라 믿고서
올바른 나를 그릇되게 만들었소.

이 나무의 낯선 뿌리에 두고 당신들께
맹세하오. 나는 내가 섬겼던 명예로운 군주의
믿음을 깬 적이 없소.

그대들 중 누군가 세상으로 돌아가면
질투가 가한 충격으로 아직 누워 있는
나의 기억을 위안해 주시오."

시인은 잠시 기다리다 내게 말했다.
"저자가 침묵을 지키는 시간을 틈타
네가 원한다면 그에게 물어보아라."

"제가 알고 싶다고 생각하시는 것을
저 대신 계속 물어봐 주십시오. 저는
그가 가여워 아무것도 묻지 못하겠습니다."

그러자 시인은 다시 말했다. "나무에 갇힌 영혼이여!
이 사람이 당신의 부탁을 틀림없이
들어줄 것이오. 그러니 당신도 말해 주시오.

어째서 영혼이 이 가지에

붙잡혀 있는지를. 또 그 가지에서 벗어나
달아난 영혼이 있는지를."

그때 나무가 세찬 바람을 일으켰다.
잠시 후 바람은 이런 소리로 변했다.
"아주 짧게 대답하겠소.

잔인한 영혼[5]이 육신에서 스스로 떨어져 나와
육신에서 완전히 벗어났을 때
미노스는 그 영혼을 일곱 번째 고리로 보낸다오.

영혼은 숲에 떨어지는데, 떨어질 곳은
택할 수 없지요. 다만 운명이 몰아가는 대로
잡초 씨앗처럼 싹을 틔운다오.

그래서 실가지로 피어올라 야생의 나무가 되는데,
하르피아들이 그 잎을 뜯어 먹으면서
고통을 주고 또 고통을 새롭게 한다오.

다른 영혼들처럼 우리도 육신을
가지러 가겠지만,[6] 그렇다고 입지는 못할 것이니,
일단 버린 것에 대해서는 권리가 없는 법이지요.

다만 우리는 육신을 이곳으로 끌어 올 것이고,
각자 자기가 해친 육신의 나무가 되어

HELL C

이 슬픈 숲에서 영원히 매달려 있을 것입니다."

다른 말이 나올까 하여
우리는 귀를 기울이며 그 나무 곁에 계속 서 있었다.
그때 갑작스러운 소리에 깜짝 놀랐다.

몰이꾼들에게 쫓겨 수퇘지가 달려오는 소리와
가지들이 부러져 나가는 소리를 길목을 지키던 사냥꾼이
별안간에 듣는다면 그와 같으리라.

아니나 다를까 벌거벗은 몸에 온통 할퀸 자국이 선명한
두 놈이 왼쪽에서 있는 힘을 다해 달아나고 있었다.
숲의 가지들이 수도 없이 부러졌다.

앞장선 놈이 울부짖었다. "와라, 와라! 죽음[7]이여!"
그러자 한참 뒤처진 듯한 다른 놈이 외쳤다.
"라노![8] 토포에서 겨룰 때는

네 발이 이렇게 빠르지 않았잖나!"
숨이 가빴는지 그들은
덤불 속에 서로 엉켜 쓰러졌다.

뒤편은 숲이었다. 숲에는 검은 암캐들이
득실거렸다. 암캐들은 목줄에서 풀려난
사냥개들처럼 미친 듯이 내달리고 있었다.

그리고 몰래 도망쳐 덤불에 숨은 놈에게
이빨을 들이대 갈기갈기 물어뜯고 나서
그 고통스러워하는 조각들을 물고 사라졌다.

길잡이가 내 손을 잡고
피가 흐르는 상처 때문에 하염없이 울고 있는
숲으로 끌고 갔다. 숲은 이렇게 말하고 있었다.

"자코모 다 산토 안드레아![9]
내 안에 숨은들 무슨 소용이 있겠느냐?
죄 많은 네 인생에 내가 무슨 잘못을 더했느냐?"

선생님이 숲 곁에 멈춰 서서 말했다.
"너는 누구였기에 그 많은 가지 끝으로
고통스러운 이야기를 피와 함께 쏟아 내느냐?"

"나의 몸에서
이렇게 가지가 꺾이는
무자비한 광경을 보러 온 영혼들이여.

그 가지들을 이 가엾은 나무 발치에 모아 주시오.
나는 처음의 수호신을 세례자로 바꾼
도시[10] 출신이었소. 바로 그 일 때문에

수호신은 자신의 기술에 맹세코 그 도시를

파멸시키려 하고 있소. 만일 지금 아르노 강의 다리에
그의 모습이 남아 있지 않다면,

아틸라[11]가 남긴 잿더미 위에
도시를 새로 건설했던 시민들은
다시 철저하게 파괴될 것이오.

나는 내 집을 교수대로 만들었던 거요."[12]

14곡[1]

내 고향에 대한 얘기를 들으려니 연민의 정이 나를
휘감았다. 나는 말하느라 벌써 목이 잠기고 지쳐 버린
그에게 흩어진 가지들을 모아 돌려주었다.

우리는 두 번째 구렁이 끝나고 세 번째 구렁이 시작하는
가장자리에 도착했다. 거기서 우리는
하느님의 정의가 빚어 낸 무서운 광경을 보았다.

듣도 보도 못한 이런 모습을 명확하게 그려 보자면,
우리가 도달한 벌판에는 나무란 나무는
모조리 뿌리째 뽑혀 나가 있었다.

슬픈 피의 강이 숲을 에워싼 것처럼
고통스러운 숲은 그 구렁에 화환을 두른 듯 보였다.
우리는 그 가장자리에 멈춰 섰다.

땅에는 바싹 마른 잔모래가 깔려 있었다.
그 옛날 카토[2] 장군의 발에 밟히던
모래와 전혀 다르지 않았다.

아, 하느님의 복수여! 눈앞에 펼쳐진
이 진실을 읽는 사람이라면
누구라도 당신을 두려워할 것이로다!

벌거벗은 영혼의 숱한 무리들이
서러워 슬피 울고 있었는데,
자세는 저마다 다른 것 같았다.

어떤 무리는 땅바닥에 벌렁 누워 있었으며
어떤 무리는 웅크리고 앉아 있었고
또 어떤 무리는 계속 서성대고 있었다.

주위를 맴도는 무리가 더 많았고
축 늘어져 있는 자들은 적었지만
더 큰 고통으로 혀는 풀려 있었다.

온 모래사장 위로, 마치
바람 없는 알프스에 눈이 내리는 것처럼,
거대한 불꽃들이 끊임없이 천천히 떨어지고 있었다.

마치 알렉산드로스 대왕이 인도의

무더위 속에서 자기 군대 위로
불꽃이 떨어지는 것을 보고

불꽃이 아직 얼마 없을 때
더 잘 꺼지리라 생각하여
부하들에게 땅바닥을 밟으라고 명령했듯이,[3]

이곳에서도 불꽃은 비가 되어 그칠 줄 모르고 내렸고,
부싯돌 아래의 기름처럼 모래에 불이
확 옮겨 붙어 고통이 배가되었다.

그 가엾은 손들은 한순간도 쉬지 않고
춤을 췄으니, 이곳저곳으로 떨어져 새롭게 타오르는
불꽃들을 몸에서 떼어 내느라 황망했다.

"선생님! 선생님은 디스의 입구에서
우리에게 달려들던 무서운 악마들을 제외하고
모든 것들을 이기셨지요.

그런데 몸집 큰 저놈은 누구입니까?
불길을 깔보고 눈을 흘기며 몸을 꼰 저놈을
불비도 삶아 내지 못하는 듯 보입니다."

그놈은 내가 선생님에게 자기에 대해
질문하는 것을 눈치 챘는지 먼저

HELL
Canto 14

외쳤다. "나는 살았을 때와 같이 죽어서도 이렇다.

제우스가 자기 대장장이가 녹초가 되도록
그에게서 번개를 얻어 내
내 마지막 날에 날 후려쳤지만,

또 플레그라의 전투에서처럼
'착한 불카누스여, 도와다오!' 하고 소리치며
몬지벨로의 시꺼먼 불화로에서

다른 대장장이들을 죄다 녹초로 만들 만큼의
엄청난 불길을 내게 던지게 했지만,[4]
자기 분풀이를 다하지 못했을 것이다."

순간 길잡이가 있는 힘껏 고함을 쳤다.
그가 그토록 크게 소리치는 것은 처음 보았다.
"카파네우스, 이놈! 너의 오만이 수그러지지 않는 한

더 큰 벌을 받을 것이다.
너의 괴로움은 너의 분노에서 나오니
다른 벌이 없을 것이다."

그러고는 고요해진 안색으로 나를 향하여
말했다. "저놈은 테베를 공략하던
일곱 왕들 중 하나였다. 전에도 그랬지만

HELL Canto 14 143

지금도 하느님을 경멸하고 무시한다.[5] 그러나
그놈에게 말했듯이, 경멸은
그놈 가슴에 아주 잘 어울리는 장식이야.

이제 내 뒤를 따라오너라. 불타는 모래밭에
발을 들여놓지 않도록 조심하고
반드시 숲에 바싹 다가서도록 해라!"

우리는 말없이 걸어 숲 밖으로 흐르는
조그만 개울에 도착했다. 개울은 피로 물들어 있었다.
그 붉은빛을 생각하면 아직도 몸이 떨린다.

불리카메에서 흘러나온 냇물이
죄지은 여인들 사이에서 갈라지듯이,[6]
개울은 모래밭을 가르며 흐르고 있었다.

개울의 바닥과 양쪽 기슭,
그리고 양쪽 둑은 모두 돌로 되어 있었다.
덕분에 나는 그곳이 통로임을 알 수 있었다.

"처음에 우리는 누구에게나 열린 문[7]으로
들어왔지. 그 이후로 나는 너에게
많은 것들을 보여 주었다.

그중에서 바로 이 개울만큼

HELL Canto 14

네가 주목해야 할 것은 없었다.
개울이 모든 불꽃들을 잠재우고 있구나."

길잡이의 말이 알고자 하는
나의 입맛을 돋우었기에
나는 더 많은 음식을 부탁했다.

그러자 그가 말을 시작했다. "바다 한가운데에
크레타라 불리던 사라진 나라가 있었다.
일찍이 그 왕[8] 치하에서 크레타는 평온했었지.

그곳에는 이다라는 산이 있는데,
옛날에는 샘과 푸른 숲이 울창했지만
지금은 버려진 곳처럼 황량하기만 하다.

한때 레아는 아들을 지켜 줄 요람으로
그곳을 선택했고, 아들이 울 때에는
잘 감추려고 큰 소리를 내게 했지.[9]

그 산에는 거대한 노인이 우뚝 서 있는데,
다미아타를 향해 등을 돌리고
로마를 거울 바라보듯 보고 있지.[10]

그의 머리는 순금이며
팔과 가슴은 진짜 은이고

가랑이까지는 놋쇠로 되어 있었어.[11]

그 아래는 온통 무쇠고 오직
오른발만 구운 흙이었는데,
다른 발보다 이 발로 몸을 버티고 서 있었지.[12]

순금으로 된 부분 외에는 온통 금이 가 있었는데,
그 갈라진 틈새로 눈물이 방울방울 떨어져
바위에 구멍을 뚫을 정도였지.[13]

물줄기는 바위를 돌아 이 계곡으로 굽이쳐 내려
아케론, 스틱스, 플레게톤 강[14]을 이루고
이 좁은 물길을 따라 더 이상

내려갈 수 없는 곳까지 내려갔지.
그곳에서 물길은 코키토스[15]를 이루는데,
네가 곧 보게 될 테니 더 이상은 말하지 않겠다."[16]

"이 물길이 우리 세상에서 그렇게
흘러 내려온다면 어째서 이 기슭에서만
우리에게 나타나는 겁니까?"

"넌 이곳이 둥근 걸 알고 있구나.
계속해서 왼쪽으로 돌면서
바닥을 향해 내려왔지만 아직 넌

완전히 원을 한 바퀴 다 돌지는 못한 상태야. 그러니
새로운 것이 나타나도
놀란 얼굴을 하지는 마라!"

"선생님! 플레게톤과 레테는 어디 있습니까?
플레게톤은 이 눈물로 만들어졌다 하시고
레테에 대해서는 말씀조차 없으십니다만."

"질문들이 다 맘에 드는구나.
붉은 핏물이 끓는 강은 이미
네 질문들 중 하나에 해답을 주었을 것이다.

레테는 네가 이 거대한 구멍을 벗어나면[17]
보게 될 거야. 회개한 죄가 사라지는 날,
영혼들은 레테에 가서 몸을 씻는다."

그리고 말을 이었다. "자! 이제
숲을 벗어날 때다. 내 뒤를 따라오너라.
불에 타지 않은 강둑이 길을 터 주니,

그 위에서 모든 불은 꺼진다."

15곡

이제 단단한 강둑이 우리를 인도했다.
개울에서 피어오른 뜨거운 김이 그늘을 이루어
물과 언덕을 떨어지는 불로부터 보호하기에 충분했다.

구이산트와 브뤼헤[1] 사이에 살던 플랑드르 사람들이
그들을 향해 몰아치는 사나운 파도가 두려워
바다를 막아 낼 둑을 쌓았고,

브렌타 강변에 사는 파도바 사람들이
키아렌티나[2]가 따뜻해지기 전에
마을과 성곽을 보호했듯이,

그 강둑도 그러한 형상이었는데,
어느 거장이 만들었는지는 몰라도
그렇게 높거나 그렇게 두텁지는 않았다.

우리는 이미 숲을 멀리 벗어나 있었다.
내가 아무리 뒤를 돌아본다 해도
어디가 숲이었는지 알아보지 못할 정도였다.

그때 우리는 한 무리의 망령들과 마주쳤다.
그들은 강둑을 따라 걸어오면서 마치
초승달이 뜬 어슴푸레한 저녁에 낯선 사람을 보듯이

우리를 바라보았다. 늙은 양복장이가
바늘귀를 꿰듯이, 우리를 바라보는 눈매가
속눈썹을 날카롭게 세운 채 매서웠다.

그렇게 그들의 시선을 받던 중
나를 알아보는 이가 있었으니, 그자가
내 옷자락을 부여잡고 외쳤다. "놀랍군!"

그가 내게 팔을 뻗었을 때
불에 익은 그 얼굴을 눈여겨보니
비록 그을린 모습이어도

나의 지성은 그를 알아보았다.
나는 그의 얼굴을 향해 머리를 숙여
대답했다. "브루네토[3] 선생님을 여기서 만나다니요?"

그러자 그가 말했다. "오, 나의 아들아!

나 브루네토 라티니가 잠시 너와 함께 뒤에 처져
무리들을 먼저 보낸다 해도 꺼리지 마라."

"할 수만 있다면 그러길 바랍니다.
선생님이 저와 함께하길 원하시고 또 저와 같이 가는
길잡이가 허락하신다면, 그렇게 하겠습니다."

"아들아! 이 무리 중 누구든
잠시라도 멈춘다면, 앞으로 백 년 동안
불길이 후려쳐도 피하지 못한 채 누워 있어야 한단다.[4]

그러니 앞장서라. 내 널 곁에서 따라가겠다.
영원한 벌 때문에 울면서 가고 있는
이 영혼의 무리는 나중에 다시 만나게 될 거다."

나는 그와 어깨를 나란히 하기 위해
선뜻 둑길에서 내려오지는 못했지만
머리를 숙여 존경의 마음을 표시하며 걸었다.

그가 다시 말을 꺼냈다. "어떤 운명 혹은 숙명이
너를 죽기도 전에 이곳으로 데려왔느냐?
길을 안내하는 저이는 누구냐?"

"저 위 고요한 세상의 어떤 골짜기에서
전 길을 잃었습니다. 나이가

반평생 차기도 전이었지요.

거기를 등진 것은 바로 어제 아침이었습니다.
어떻게든 돌아가려 하고 있었는데, 이분이 나타나
저를 이 길로 해서 집으로 인도하고 계시는 겁니다."

"너의 별을 따라가거라!
행복하게 살아 있는 동안 내가 널 정확히 본 거라면,
넌 영광의 하늘에 닿을 것이다.

내가 이렇게 일찍 죽지 않았다면
네게 그렇게 관대한 하늘을 보면서
너의 일을 함께 기뻐했을 텐데.

그러나 오래전에 피에솔레에서 내려와
아직도 거칠고 야만스러운 기질을 갖고 있는
비열하고 악독한 사람들은[5]

너의 선행 때문에 너와 원수가 될 것이다.
쓰고 떫은 나무들 사이에서
달콤한 무화과가 열릴 수는 없지 않겠느냐![6]

세상의 오래된 격언은 저들의 눈이 멀었다고 한다.
과연 저들은 인색하고 질투심에 교만까지 갖춘 자들이니,
너는 저들의 행위에서 벗어나 너 자신을 깨끗이 하여라.

너의 운명은 그런 명예를 지니고 있으니
양쪽[7]이 다 너를 원하고 끌어들이려 하겠지만,
풀을 산양에게서 멀리 두도록 해라.

피에솔레의 거친 짐승들이 서로를
사료로 삼아 잡아먹도록 하고
풀은 건드리지 않도록 해야 하느니라.

그들의 똥 무더기에서 나무가 자라나고,
악의 새로운 둥지가 만들어졌을 때 살아남았던
로마인들의 성스러운 씨앗이 그곳에서 싹틀지니."[8]

내가 대답했다. "제 소망이
완전히 이루어졌더라면 선생님은 아직
살아 있는 사람들 사이에 계셨을 겁니다.

선생님은 늘 제 마음에 자애롭고 친절한
아버지의 모습으로 머물러 계시니, 괴롭기만 합니다.
선생님은 세상에 계셨을 때 언제나

인간이 영원해지는 법을 가르쳐 주셨지요.
지금 제가 얼마나 기쁜지는, 살아 있는 동안
기록할 저의 말로 드러날 것입니다.

제 앞날에 대해 선생님께서 해 주신 말들을

이곳에서 본 다른 것들과 함께 기억하겠습니다.
그래서 그 여인을 만나면 그녀에게 보여 주겠습니다.

선생님께 분명히 말씀드릴 것은
양심이 절 꾸짖지 않는 한 저는
운명의 뜻에 따를 준비가 되어 있다는 것입니다.

그런 예언은 제 귀에 새롭지 않습니다.
운명의 여신은 원하는 대로 제 바퀴를 돌리고
농부도 자기 괭이를 원하는 대로 휘두르지요."

그때 나의 선생님이 오른쪽으로 몸을 돌려
뒤에 있는 나를 바라보며 말했다.
"잘 듣는 사람이 마음에 새기는 법이다."

그러나 나는 브루네토 선생님과 계속
얘기를 나누었고, 그에게 동행자들 중
가장 유명하고 위대한 사람이 누군지 물어보았다.

"몇 사람의 이름은 댈 만한데,
나머지는 입을 다무는 편이 낫겠다.
길게 얘기하기에는 시간이 짧구나.

요컨대 네가 알아야 할 것은 그들 모두가 성직자였거나
위대한 문인으로 명성을 떨쳤지만

세상에 살면서 똑같은 죄를 지었다는 사실이다.

프리스키아누스[9]가 저 저주받은 영혼들과 동행하며,
프란체스코 다 코르소[10]도 볼 수 있을 것이다.
네가 저 더러운 무리를 간절히 보고 싶어 했다면

노예 중의 노예에 의해 아르노 강을 거쳐
바킬리오네 강으로 옮겨졌고, 거기서
죄 많은 육신을 남긴 자[11]도 보았을 것이다.

더 말하고 싶지만 더 갈 수도, 더 긴 얘기를
할 수도 없구나. 모래사장에서 연기가
새로 솟아나는 것이 보이니 말이다.

내가 함께 있을 수 없는 무리가 저기 오고 있구나.
나의 책 『보전(寶典)』[12]을 기억해라.
아직 난 거기에 살아 있다. 다른 부탁은 없다."

그러더니 그는 몸을 돌렸다. 마치
베로나에서 푸른 잎으로 된 상을 받으려고
들판을 달리는 사람들처럼. 그들 중에서도 그는

패배한 자가 아니라 승리한 자처럼 보였다.[13]

16곡

나는 벌써 다음 고리로 떨어지는,
마치 벌 떼가 윙윙거리듯
물소리가 육중하게 들리는 곳에 와 있었다.

그때 세 그림자가 함께 몰려왔는데,
그들은 불타는 비를 고통스럽게 맞으며
지나가던 무리에게서 떨어져 나온 자들이었다.

그들은 우리를 향해 오면서 한목소리로 외쳤다.
"멈추시오! 입은 옷으로 보아 당신은
우리의 부패한 고향 출신이로군요."

이런! 그들의 몸뚱이는 불에 데어
새로운 상처와 오래된 상처가 얼마나 많았는지!
기억만 해도 괴롭기 짝이 없다.

길잡이는 그들의 외침에 걸음을 멈추고
내게 얼굴을 돌리며 말했다. "기다리자.
저들에게는 예의를 갖춰야 한다.

이곳이 생긴 그대로 떨어지는 불똥들만
없었더라면 그들보다 네가 달려가
저들을 만나는 것이 좋으련만."

우리가 멈칫거리는 동안 그들은 다시
오래된 비탄의 소리를 내며 우리에게 다가오더니
셋이서 둥그렇게 원을 이루어 주위를 맴돌았다.

마치 벌거벗은 몸에 기름을 바른 옛날 검투사들이
서로 치고 찌르기 전에 먼저
어디를 공격할지 엿보는 것처럼,

그들도 시선은 우리를 똑바로 향하고
발은 줄곧 다른 쪽을 향해 움직이면서
주위를 슬금슬금 돌았다.

그중 하나가 입을 열었다. "발이 푹푹 꺼지는 이곳의
비참함과 검게 그을린 우리의 벌거벗은 몰골을 보면
우리가 뭘 원한다는 것이 경멸스럽게 들리겠지만,

그래도 우리의 명성은 당신의 영혼을 움직일 터이니

어떻게 당신은 그렇게 버젓하게 살아 있는 발로
지옥을 활보할 수 있는지 말해 주시오.

내가 밟고 다니는 이 발자국의 주인은
벌거벗고 가죽이 벗겨진 채 비참한 꼴을 하고 있지만
당신이 상상도 할 수 없을 정도로 지체 높은 분이셨소.

어지신 괄드라다의 손자이신
그의 이름은 귀도 궤라.[1] 살아 있을 때
지혜와 칼로 많은 일을 이루신 분이지.

내 곁에서 모래를 밟고 가는 다른 분은
테기아이오 알도브란디[2]인데, 세상은
그분의 음성을 대접했어야 했소.

이분들과 함께 십자가에 매달린 나는
야코포 루스티쿠치.[3] 누구보다도 나를 괴롭힌 것은
사나운 내 아내였다오."

그 불에 델 염려만 없었다면 나는
그들 가운데로 뛰어내렸을 터이고
선생님도 못 본 체하셨을 것이다.

그러나 불은 분명 나를 구워 버릴 것이었기에
저들을 껴안고 싶은 나의 선한 의지는

두려움으로 움츠러들었다.

내가 입을 열었다. "당신들의 처지가 내 마음에
불러일으키는 것은 경멸이 아니라 아픔입니다.
나는 거기서 쉽게 헤어나지 못할 것입니다.

여기 계신 나의 어른이 말씀하셨을 때
나는 곧바로 당신들처럼 고매하신
분들을 만나리라 생각했습니다.

나는 당신들의 고향 사람입니다. 언제나
당신들의 명예로운 이름과 행동을
애정으로 들었고 열렬히 칭송했습니다.

나는 악의 쓴맛에서 벗어나 진실한 선생님이
나에게 약속하신 달콤한 과일을 찾아가는 중입니다.
그러나 우선 세상의 중심까지 내려가야 합니다."

그러자 그가 다시 대답했다. "당신의 영혼이
오랫동안 몸을 이끌고
당신의 명성이 죽은 뒤에도 빛나길 바랍니다.

말해 보시오. 우리의 고향에 예의와 당당함이
옛날처럼 남아 있는지,
아니면 완전히 사라졌는지.

얼마 전부터 우리와 함께 고통을 당하고 있는,
자기 무리와 함께 가는 굴리엘모 보르시에레[4]가
그런 얘기들을 들려주어 마음이 뒤숭숭하오."

"피렌체여! 새로운 부류의 벼락부자들이
네 안에 거만과 부덕의 씨앗을 뿌렸으니,
벌써부터 넌 고통을 당하고 있구나!"

내가 얼굴을 쳐들고 그렇게 부르짖자
세 망령은 그것이 질문에 대한 대답이라 이해하고
진실을 들은 듯이 서로를 멍하니 바라보았다.

그리고 한목소리로 말했다. "다른 사람의 질문에
그렇게 확실하고 솔직하게 대답하는
능력을 지녔으니 참 행복하시겠소!

그러니 이 어두운 곳을 벗어나서
아름다운 별들을 보게 된다면,
'옛날에……' 라고 당당하게 말하게 된다면,

부디 사람들에게 우리 얘기를 해 주시오."
이 말과 함께 그들은 나를 둘러싼 원을 풀고
도망치듯 사라졌다. 그 다리들이

날개처럼 빨라서 아멘 한 번 말할 겨를도 없이

황급하게 시야에서 멀어져 갔다. 선생님은
다시 길을 재촉할 때라고 생각하는 듯했다.

나는 다시 선생님을 따라나섰다. 곧 우리는
가까이서 들려오는 물소리 때문에
서로의 말소리도 들을 수 없는 곳에 이르렀다.

아펜니노 산의 왼쪽 기슭에서 시작하여
비소 산을 끼고 동쪽을 향해
제 길로 흘러가는 그 강줄기,

계곡 아래의 낮은 평원으로 흐르기 전에
상류에서는 '조용한 물' 이라 불리지만,
포를리에 이르면 이름이 없어지는 그 강이,

실제로 천 명을 수용할 수 있었을
알프스의 성 베네딕투스 수도원 위에서
폭포를 이루어 떨어지는 그 울림은 대단하다.

우리가 들은 것은 바로 그렇게 험준한 절벽 아래로
시뻘건 물이 콰르릉 떨어지는
소리였다. 귀가 찢어지는 듯했다.

나는 끈을 하나 허리에 두르고 있었는데,
그것으로 얼룩 가죽의 표범을

잡아 볼까 생각한 적도 있었다.

그때 길잡이가 끈을 달라고 하기에
나는 그것을 몸에서 풀어
만 다음 그에게 건네주었다.

그는 오른쪽을 향해 돌아서서
그 끈이 멀찌감치 떨어지도록
깊은 절벽 아래로 던졌다.[5]

나는 혼자서 중얼거렸다. "선생님이 이렇게
주시하면서 신호를 보내는 걸 보면
분명히 새로운 일이 일어나겠군."

아, 행동뿐 아니라 지혜를 지녀
생각까지 꿰뚫어 보는 사람 곁에서는
얼마나 주의를 해야 하는지!

그가 내게 말했다. "내가 기대하는 것이
곧 나타나고, 네 생각이 그리는 것이 떠올라
곧 네 눈앞에 나타날 것이다!"

진실은 거짓의 여러 얼굴들을 지니는 법이다.
그 앞에서 사람은 되도록 입을 다물어야 한다.
그런 진실을 말하면 자칫 거짓말쟁이가 될 수 있으니.

그러나 난 여기서 침묵할 수가 없다. 내 희극의
구절들을 두고 맹세하노니, 독자여!
그 구절들을 오래오래 사랑해 주기를 바랄 뿐이다.

어떤 강심장이라도 놀랄 한 형체가
무겁고 어두운 허공을
헤엄쳐 올라오는 것이 보였다.

그것은 마치 바다에 숨겨진 암초나 다른 무엇에 얽힌
닻을 풀려고 이따금 물속에
들어갔다가 팔을 벌리고

또 다리는 웅크린 채 돌아오는 사람처럼 보였다.

17곡

“뾰족한 꼬리를 가진 이 짐승을 봐라!
그놈은 산을 타 넘고 성벽과 무기를 부순다.
온 세상에 고약한 냄새를 피우는 놈이 바로 이놈이다.”

길잡이는 이렇게 설명하면서
그놈에게 손짓을 보내 우리가 있는
강둑 끄트머리까지 오게 했다.

추악하고 더러운 그 형상이
가까이 다가왔다. 머리와 가슴을 강둑 위에 걸쳤으나
꼬리는 끌어당기지 않았다.

얼굴은 틀림없이 사람이었다.
겉으로는 말짱하게 사람의 살가죽을 뒤집어썼으나
나머지 몸통은 완전히 뱀의 그것이었다.[1]

두 앞발에서부터 겨드랑이까지 털이 무성했다.
등과 가슴, 양 옆구리에는
매듭과 작은 동그라미[2]가 그려져 있었는데,

타르타르 사람이나 터키 사람이 짜는 베도
그만한 빛깔을 내지 못하고 그만큼 올이 곱지 못하리라.
아라크네[3] 역시 그런 천을 짜지 못했으리라.

마치 나룻배들이 강가를 따라서
일부는 물에 일부는 뭍에 있는 것처럼,
마치 먹성 좋은 게르만 사람들의 땅에 사는

비버가 물고기를 유인하려 꼬리를 담그듯이,
그 사악한 짐승은 모래가 쌓인
바위 강둑 가장자리에 걸터앉아 있었다.

그놈은 전갈처럼 독으로 무장한
갈고리 모양의 꼬리 끝을 냅다
위로 비틀면서 공중에 휘둘러 댔다.

길잡이가 말했다. "우리가 가는 방향을
좀 바꿔야겠구나. 저 무시무시한 짐승이
웅크리고 있는 쪽으로 가는 게 좋겠다."

그래서 우리는 오른쪽으로 내려와서[4]

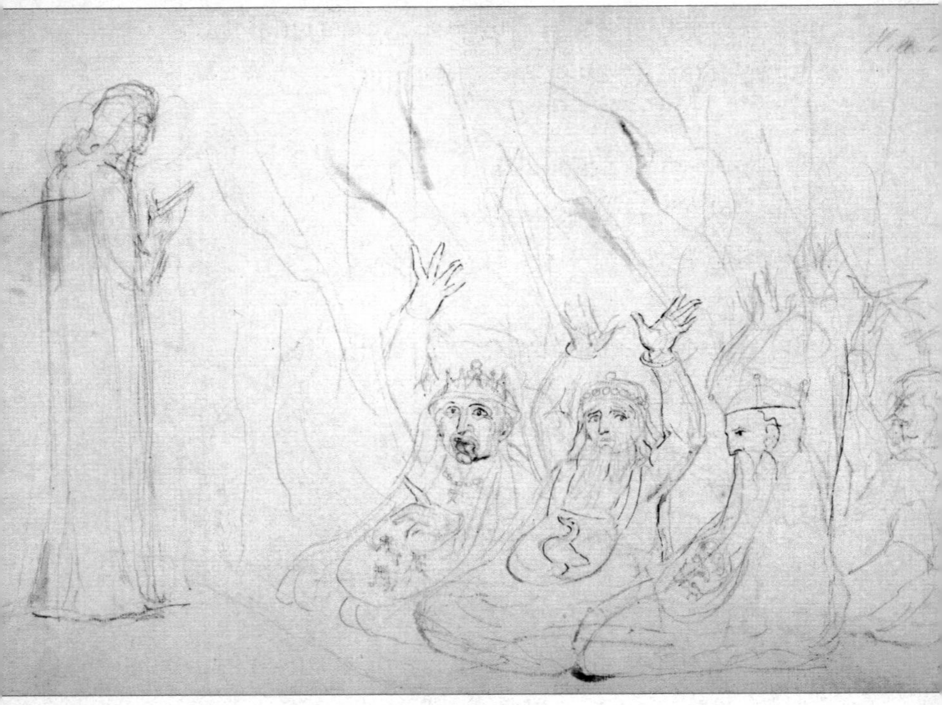

뜨거운 모래와 불꽃을 피하며
가장자리로 열 발자국을 걸었다.

그 무서운 괴물에게 가까이 가자 사람들이 그 너머
아가리를 벌린 심연의 가장자리에 바싹 붙어
모래 속에 몸을 잔뜩 웅크린 채 앉아 있는 게 보였다.

"여기 세 번째 구렁에서 얻은 경험을
온전히 지니고 가려면 저들이
무얼 하고 있는지 가서 잘 살펴보아라.

거기서 얘기를 나눌 시간은
길지 않을 것이다. 네가 돌아올 동안, 나는
이놈을 구슬려 그 강한 어깨를 빌려 보도록 하겠다."

나는 일곱 번째 고리의 가장자리를
그야말로 혼자 걸어서
고통당하는 사람들이 앉아 있는 곳으로 갔다.

그들의 고통은 눈에서 눈물이 되어 터져 나왔다.
그들은 비처럼 떨어지는 불꽃과 뜨겁게 달구어진 모래를
손으로 내저으며 이리저리 피해 다녔다.

마치 여름날에 벼룩, 파리,
빈대에 물어뜯기는 개가 주둥이와

발목으로 버둥대는 것 같았다.

고통스러운 불길이 떨어지는 가운데
몇 사람을 눈여겨보았지만
아무도 알아볼 수 없었다.[5] 그러나 모두가

목에 주머니[6]를 걸고 있음을 깨달았다.
색깔과 문장(紋章)이 선명하게 보였다. 그 와중에도
그들의 눈은 주머니를 흡족하게 여기는 것 같았다.

그들 사이를 돌아보다가 나는
사자의 얼굴과 형체가 하늘색으로
새겨진 노란 주머니[7]를 보았다.

그리고 시선을 계속 이리저리 옮겨
피처럼 붉은 다른 주머니도 보았는데,
버터보다 더 흰 거위[8]가 새겨져 있었다.

또 살찐 푸른색의 암퇘지 형상[9]을 새긴
하얀 주머니를 목에 건 자도 보았다. 그가 내게 말했다.
"당신은 이 웅덩이에서 무얼 하고 있는가?

어서 가시오! 당신은 아직 살아 있으니
나와 동향인 비탈리아노[10]가 여기
내 왼편에 앉으리라는 것을 알아 두시오.

이 피렌체 사람들 중 나만 파도바 사람이오.
저들은 가끔 고막이 터질 듯이 소리친다오.
'주둥이 셋 달린 주머니를 달고 있을

그 잘난 지엄하신 기사[11]여 와 주시오.' 하고."
그러면서 그는 혀를 내밀어 코를 핥는 황소처럼
입을 비틀고 혓바닥을 밖으로 쑥 내밀었다.

나는 선생님에게서 오랫동안 떨어져 있었기에
걱정을 끼칠까 염려스러워, 곤죽이 된
그 영혼들을 뒤로하고 돌아섰다.

선생님은 벌써 그 사나운 짐승의 등에
올라타 있었다. 그가 말했다.
"이제 굳세고 대담해져라!

우리는 이놈을 사다리 삼아 밑으로
내려가야 한다. 자, 앞에 타라. 꼬리에 맞아
몸을 해치면 안 되니, 내가 뒤에 타겠다."

마치 열병에 걸려 손톱이
시퍼렇게 멍들 정도가 되면
그늘만 봐도 오들오들 떠는 것처럼

그의 말에 내 몸도 그렇게 되었지만,

어진 주인 앞에서 강해지는 하인처럼
그분의 말씀에 부끄러워하며 마음을 가다듬었다.

그리고 짐승의 등에 올라탔다.
'날 꽉 잡아 주세요.' 하고 말하고 싶었지만
소리가 입 밖으로 나오지 않았다.

그러자 전에 다른 무서움에서 여러 번 나를
구해 주셨던 그분이 곧바로
두 팔로 꽉 껴안아 주시면서 말했다.

"게리온아! 이제 가자!
원을 넓게 그리면서 천천히 내려가자.
네가 이고 있는 유별난 짐[12]을 생각해라."

마치 작은 배가 정박지에서 나와 슬슬 뒤편으로
물러서는 것처럼, 게리온이 뒤로 계속 물러섰다.
자기 마음대로 움직일 수 있을 만큼 나오자

가슴이 있던 곳으로 꼬리를 향하더니
뱀장어처럼 꼬리를 죽 펴고 흔들며
앞발로는 공기를 자기 몸 쪽으로 움켜 모았다.

그때 맛본 두려움이란 파이톤[13]이
고삐를 놓쳐 하늘이 불탔을 때나

가엾은 이카로스[14]가 녹는 초로 인하여 108

날개가 겨드랑이에서 떨어지는 것을 느끼고
그의 아비가 "넌 길을 잘못 들어섰다!"라고
안타깝게 고함치던 때에 비할 것이 아니었다. 111

사방을 둘러봐도 허공만 보이고
그 짐승만 남고 모든 것이 사라지던 그때
내가 느꼈던 두려움은 그러했다. 114

그놈은 서서히 헤엄치며 빙글빙글 돌아
내려갔다. 밑에서 불어오는 바람만
얼굴을 스치고 지나갔다. 117

벌써 오른쪽에서 우리 밑으로
오싹한 소용돌이 소리가 들려왔다.
나는 눈을 아래로 하여 머리를 내밀었다. 120

그때 불꽃이 보였고 또 신음 소리가 들려왔다.
나는 더 무서워져 몸을 떨었다. 혹시나
몸이 움츠러들어 떨어지지나 않을까 걱정스러웠다. 123

좀 전까지도 보지 못한 거대한
고통들이 사방에서 다가왔다. 우리는
그들에 둘러싸여 돌면서 내려가고 있었다. 126

먹이도 찾지 못하고 신호도 보지 못한 채
오랫동안 날던 매가 "저런! 벌써 내려오다니!" 하는
매잡이의 외침을 들으며,

백 번도 더 선회를 하던 곳에서
지친 몸으로 내려와 화난 매잡이에게서
멀찍이 떨어져 앉듯이,

게리온은 깎아지른 절벽 언저리
바닥에 내려앉았다. 그리고 우리를
내려놓고 곧바로 등을 돌려

시위를 떠난 화살처럼 사라져 버렸다.

18곡

지옥에 말레볼제[1]라고 불리는 곳이 있다.
무쇠 색깔의 바위들이
그 주위를 온통 에워싸고 있다.

이 사악한 벌판의 한가운데에는
웅덩이가 굉장히 넓고 깊게 패어 있다.
그곳의 구조에 대해서 말하고자 한다.

높고 험한 절벽과 웅덩이 사이를
열 개의 깊은 구렁들이 둥그렇게
원을 이루며 나누고 있다.

마치 성벽을 보호하기 위해 해자들이
연이어 동심원을 이루며 성을 에워싸듯이,
내가 있던 그곳의 형상은

바로 그런 모습을 하고 있었다.
그리고 성의 입구부터 가장 외곽까지
다리들이 해자와 해자를 연결하듯이,

절벽의 발치에서부터 둔덕이
둑과 구렁을 가로질러 뻗어 나가
웅덩이에 이르러 모두 끊기고 모여 있었다.

우리가 게리온의 등에서 내린 곳은 바로
이런 곳이었다. 시인이 왼쪽으로 발을
옮기기에 나도 그 뒤를 따랐다.

오른쪽으로 새로운 고통을 받는 망령들과
새로운 고문 방식, 새로운 고문 기술자들이 보였다.
이들은 첫 번째 구렁을 가득 채우고 있었다.

바닥에는 죄인들이 벌거벗은 채 두 열로 걷고 있었다.
한 열은 우리와 마주 보고 움직였고, 다른 한 열은 우리와
나란히, 그러나 우리보다 빠르게 걷고 있었다.

로마 사람들은 성년(聖年)[2]에
수많은 군중이 다리를 두 방향으로
통과해 지나가도록 배려했는데,

한편에서는 모두가 성이 있는 곳에 눈을 두고

산 피에트로 성당을 향하는 반면,
다른 편에서는 산을 향해 몰려가는, 그런 식이었다.

여기저기 거무튀튀한 바위 위에서
기다란 채찍을 든 뿔난 마귀들이
죄인들을 뒤에서 사정없이 내리쳤다.

아, 첫 번 매질에 그들이 발바닥을
얼마나 들어 올렸던가! 누구 하나 두 번째,
세 번째 매질을 기다리는 자는 없었다.

걸어가며 나는 어느 한 사람과 눈이 마주쳤다.
나는 곧바로 중얼거렸다.
"이자는 어디선가 본 듯한데."

그를 좀 더 자세히 보려고 발을 멈추었다.
다정하신 길잡이도 걸음을 멈추고
내가 뒤로 돌아가도록 해 주었다.

매를 맞은 그 망령은 얼굴을 숙여
자신을 감추려 했지만, 아무 소용이 없었다.
내가 입을 열었다. "아, 눈길을 땅으로 돌리는 당신은

얼굴 생김새가 거짓이 아니라면
분명 베네디코 카치아네미코로군요. 그런데

무슨 죄로 이런 고통을 당하는 거요?"[3]

"별로 얘기하고 싶은 기분은 아니지만,
당신의 분명한 어조에 이제는 옛날이 된
지상의 세계가 떠오르는군요.

이 조잡한 얘기가 어떻게 들릴지 모르겠습니다.
나는 예쁜 기솔라벨라를 데리고 가서
후작의 욕망을 채워 주었던 사람이오.

여기서 울고 있는 사람 중에 볼로냐 사람은 나뿐이 아니오.
볼로냐 사람들은 이곳에 그득하지요.
사베나와 레노 사이에서 '시파'를 배우는

사람들도 이처럼 많지는 않을 것이오.[4]
이에 대한 믿음과 증거를 원한다면
우리의 인색한 가슴을 머리에 떠올려 보시오.

이렇게 말하는 동안 마귀 하나가
채찍을 휘두르며 말했다. "꺼져라, 이 뚜쟁이야!
돈줄 당길 계집들이 여기는 없지 않느냐!"

나는 다시 나의 보호자에게 다가섰다.
몇 걸음도 걷지 않아 절벽에서
뻗어 나온 돌다리 하나가 앞을 가로막았다.

HELL
Canto 18

우리는 가볍게 그 위에 올라섰다. 그리고
그 영원한 구렁을 떠나 오른편으로 접어들어
들쭉날쭉한 돌다리 위를 가로질렀다.

매 맞는 자들이 밑으로 지나갈 수 있도록
다리가 활꼴을 이루는 곳에 이르렀을 때
길잡이가 말했다. "잠깐! 악을 타고난

이들의 얼굴을 여기서 보도록 해라.
저들이 우리와 한 방향을 향하고 있으니
아직 네가 그들의 몰골을 보지 못했구나."

우리는 그 오래된 다리 위에서
우리를 향해 저편에서 오는 무리를
바라보았다. 그들은 여전히 채찍에 쫓기고 있었다.

묻지도 않았는데 어진 나의 선생님은
이렇게 말했다. "이리로 오는 저 몸집 큰 사람을 보아라.
아플 텐데 눈물 한 방울 흘리지 않는구나.

아직 왕자의 모습을 지니고 있다니!
저자가 용기와 지혜로 콜키스 사람들에게서
황금 양털을 빼앗은 이아손[5]이란 사람이다.

그는 렘노스 섬으로 건너갔는데,

대담하고 잔인한 여자들이
저들의 남자들을 모두 죽인 다음이었어.

거기서 이아손은 감언이설과 거짓 몸짓으로
젊은 아가씨 힙시필레[6]를 속였지.
그녀 역시 전에 다른 이들에게 사기를 쳤던 여자야.

그리고 임신한 그녀를 혼자 버려두고 떠났지.
이아손은 그 죄로 이런 벌을 받고 있으니,
메데이아의 복수도 함께 이루어진 셈이로구나.[7]

사기 치는 사람들은 모두 이곳에서 그와 함께하고 있다.
첫 번째 구렁과 그 아가리에 물려 있는 사람들이
어떤 이들인지는 이 정도면 충분히 알 것이다."

우리는 벌써 좁은 길이 두 번째 둔덕을
가로지르기 시작하는 곳에 와 있었다.
또 다른 활꼴 다리가 시작되는 곳이었다.

다른 구렁 속에서 숨을 헐떡이며
손바닥으로 자기 몸을 때리는 자들이
흐느끼는 소리가 들려왔다.

양쪽 기슭은 곰팡이로 뒤덮여 있었고,
밑에서 피어오르는 독기가

눈과 코를 괴롭혔다.

바닥은 매우 깊어서, 활꼴로 솟은
다리 가운데에 오르지 않고서는
충분히 볼 수 없었다.

다리 위에 올라 아래 깊은 곳에 있는
사람들을 내려다보니 세상의 변소에서
가져온 듯한 똥물 속에 잠겨 있었다.

눈을 크게 뜨고 이리저리 둘러보니
속인이었는지 성직자였는지 알 수 없는 사람 하나가
머리에 더러운 똥을 뒤집어쓰고 있었다.

그가 내게 소리를 질렀다. "왜 다른 더러운 놈들보다
하필 나를 더 주시하느냐?"
"내 기억이 옳다면, 머리털이 말라 있는

널 전에 틀림없이 본 듯하다. 그래 맞아.
넌 루카 출신의 알레시오 인테르미네이[8] 로구나.
그래서 누구보다 널 유심히 보고 있었다."

그러자 그는 자기 머리통을 때리면서
말했다. "혓바닥이 지칠 줄 모르고 알랑거린 탓에
나는 이 깊은 구석에 처박히게 되었다!"

이 말에 나의 길잡이가 말했다.
"얼굴을 내밀고 저 앞을 봐라.
지저분하고 풀어헤친 머리에 129

똥 묻은 손톱으로 몸을 긁적거리며
웅크려 앉았다 일어났다 하는
저 여자의 꼴을 네 눈으로 좀 봐라. 132

저것이 타이데[9]다. '내가 맘에 드는가?'
기둥서방이 묻자, '정말 기가 막히네요!'
라고 대답하던 창녀였지.

이제 우리가 본 것만으로도 진절머리가 나는구나." 136

19곡[1]

아, 마술사 시몬이여! 불쌍한 추종자들이여!
너희들은 당연히 선의 신부가 되어야 할
하느님의 물건들을 탐욕스러운 본성을 이기지 못하여

금과 은으로 팔아먹고 말았다.[2] 이제
너희들이 갇혀 있는 이 세 번째 구렁에서
너희들에게 나팔이 울려야 마땅하리라![3]

우리는 벌써 구렁의 정확히 중간,
돌다리 한복판에 올라서서
다음 무덤에 이른 뒤였다.

오, 높은 지혜여! 하늘과 땅에, 사악한 세계에
나타내시는 당신의 재주는 얼마나 크며
당신의 힘은 얼마나 정당하게 행사되는가!

구렁의 가장자리와 한복판에 깔린
거무스레한 바위에는 똑같은 넓이와 둘레의
동그란 구멍들이 뚫려 있었다.

이들은 내 아름다운 성 요한 성당에서
세례를 받는 자를 위한 곳으로 만들어진
구멍들보다 더도 덜도 커 보이지 않았다.

몇 년 전 나는 그 구멍들 중 하나를 부순 적이 있었다.
그 안에 빠진 어린이를 구하기 위해서였다.
나의 이 말이 사람들의 소문을 닫았으면 좋으련만.[4]

구멍마다 죄인의 발과 정강이, 넓적다리가
거꾸로 솟아 있었고 몸과 얼굴은
구멍 안쪽에 거꾸로 박혀 있었다.

그들의 양 발바닥에는 불이 붙어
오금이 어찌나 세차게 떨렸는지,
밧줄이나 사슬도 끊어 낼 수 있을 정도였다.

마치 기름을 칠한 물건이 겉에서부터
불꽃을 내며 핥듯이 타오르듯이, 불은 그렇게
각자의 발꿈치에서 발끝까지 타오르고 있었다.

"선생님, 저자는 누구이기에 다른 동료들보다

더 팔딱거리며 아파하고,
또 시뻘건 불꽃이 핥고 있는 겁니까?"

"내가 널 데리고 저 아래
더 낮은 둔덕으로 내려가면 거기서
그의 이름과 지은 죄를 알게 될 것이다."

"괜찮으시다면 전 기쁘게 따르겠습니다. 선생님은
저의 주인, 제가 선생님 뜻에서 벗어나지 않는다는 것과
제가 말하지 않는 것까지도 아십니다."

그러면서 우리는 네 번째 둔덕 위에 도착했다.
우리는 왼편으로 돌아가
구멍이 숭숭 뚫린 좁은 바닥으로 내려갔다.

어지신 선생님은 나를 곁에서 멀어지지 않도록 하고는,
다리를 휘두르며 괴로워하는 한 영혼이
처박힌 구멍에 가까이 다가가도록 해 주셨다.

나는 말을 건넸다. "말뚝처럼 곤두박질한
사악한 망령이여!
당신이 누구인지 할 수 있으면 말해 보시오."

나는 마치 사악한 살인자가 구렁에 처박힌 이후에도
제 죽음을 늦추고자 고해를 핑계로

불러 세운 사제처럼 서 있었다.

그는 소리 높여 외쳤다. "너 벌써 거기 와 있느냐?
벌써 거기 와 있느냐, 보니파키우스?
예언 기록이 날 몇 년 속였구나.[5]

그렇게 빨리 탐욕을 채웠느냐?
탐욕에 눈이 멀어 아름다운 신부도 속였느냐?
게다가 나중에는 성직을 매매하기까지 했느냐?"

그가 무슨 말을 하는지 이해할 수 없었다.
그래서 나는 그런 추궁과 비웃음에
대꾸도 하지 못하고 정신 나간 사람처럼 서 있었다.

그때 베르길리우스가 거들었다. "빨리 말을 해라!
'나는 당신이 생각하는 사람이 아니란 말이오!' 라고."
그래서 나는 그분이 시킨 대로 그에게 대답했다.

그러자 그 영혼은 두 다리를 비틀며
한숨과 울음이 섞인 목소리로 말했다.
"그러면 내게 무얼 원하는 거요?

내가 누구인지 알고 싶어서
저 둔덕을 따라 그렇게 달려왔다면,
내가 전에는 커다란 망토[6]를 입었음을 알아 두시오.

HELL
Canto 19

사실 난 암곰의 아들[7]이었소. 새끼 곰들이 잘 자라기를
너무나 바랐기에 세상에서는 돈을 긁어모아 주머니에
넣었고, 여기서는 나 자신을 주머니에 처박았소.

내 머리 밑에는 다른 놈들이
바위 틈 사이에 갇혀 있는데, 그들은 나보다 앞서서
성물과 성직을 매매하던 자들이오.

좀 전에 당신이 그놈인 줄 알고 내가
갑작스럽게 소리를 쳤는데, 정작 그놈이 이곳에 오면
나도 저 아래로 가게 될 것이오.

나의 발이 불에 타고 이렇게
거꾸로 처박힌 시간은 그놈이 시뻘건 발로
처박혀 있을 시간보다 더 길 것이오.[8]

그것은 그놈 다음에 그놈과 날 능가할 정도로
법도 모르고 신성도, 인성도 전혀 없는
목자가 서쪽에서 오기 때문이오.[9]

그는 새로운 야손[10]일 것이오.
「마카베오」에 나오는 야손에게 왕이 유순했듯이,
프랑스의 왕도 그에게 그럴 것이오.

나는 이 말에 다음과 같이 대답했는데,

너무 어리석었던 것이었는지는 나도 모르겠다.
"지금 말해 보시오. 우리 하느님께서

성 베드로에게 열쇠를 주시기[11] 전에
돈을 얼마라도 요구하셨습니까!
또 '나를 따르라.' 고 요구하지도 않으셨지요?

버림받은 사악한 영혼의 자리를 마티아가
채웠을 때 베드로나 다른 제자들은
은이나 금을 요구하지 않았습니다.[12] 당신은

거기 그대로 있으시오. 온당한 벌을 받고 있으니.
그리고 샤를을 거부하며 불의를 저질러 얻은
사악한 돈이나 잘 간직하시오.[13]

즐거웠던 세상에서 당신이 쥐고 있던
고귀한 열쇠에 대한 존경심이
내게는 남아 있소. 그것만 아니라면

난 더욱 가혹한 말을 했을 거요.
당신의 인색함은 세상을 슬프게 하고
선을 짓밟으며 악인을 추어올렸소.

한때 신랑의 사랑을 받았을 때 신부는
일곱 개의 머리를 지니고 태어나

열 개의 뿔에서 힘을 얻었소.

그러나 복음을 쓴 이는 물 위에 앉아 있는 그 신부가[14]
타락하여 세상의 왕들과 간음하는 것을 보면서 당신처럼
신성을 더럽히는 목자들이 나타날 것을 예감하셨소.

당신은 금과 은으로 하느님을 섬겼으니,
우상숭배자들과 무엇이 다른가?
그들이 하나를 섬겼다면 당신들은 백을 섬겼으니!

아, 콘스탄티누스여! 그대의 개종이 아니라
최초의 부유한 아버지가 그대에게서 받은 봉헌이
얼마나 많은 악의 어머니가 되었던가!"[15]

이런 얘기를 들려주는 동안 그자는
분노 때문인지 양심 때문인지
두 발바닥을 사납게 흔들고 있었다.

길잡이는 나의 진정한 말이 마음에 들었는지
줄곧 귀를 기울이며 아주
만족한 기색이었던 것 같다.

그리고 두 팔로 나를 꼭 품어 안아
가슴 위로 번쩍 들어 올리시더니
내려왔던 길을 따라 다시 오르시니,

그에게 휘감긴 나의 무게에도 지치지 않고
네 번째와 다섯 번째 둔덕을 이어 주는,
활꼴 다리 꼭대기까지 안고 가셨다.

그리고 산양들도 건너기 힘들어할
그 험준하고 거친 돌다리 위에
짐을 가볍게 내려놓으셨다.

거기에는 또 다른 구렁이 입을 벌리고 있었다.

20곡

이제 다른 형벌을 첫 번째 노래[1]의
스무 번째 곡의 소재로 삼아
땅속에 있는 자에 대한 시를 짓고자 한다.

벌써 나는 고통의 눈물로 젖어 있는
저 바닥까지 펼쳐진 광경을
바라볼 수 있는 곳에 와 있었다.

사람들이 말없이 눈물을 흘리며
둥글게 이어진 계곡을 따라 세상에서
미사를 드리듯 천천히 걸어가고 있었다.

그들의 몸을 눈으로 더듬어 내려가니
놀랍게도 그들은 하나같이
턱과 가슴 사이가 비틀린 듯이 보였다.

얼굴이 등을 향해 돌아가 있고, 그에 따라
앞을 볼 수 없기에
뒷걸음치며 걸어야만 했다.

혹 중풍과 같은 어떤 것이 그들을 이렇게
뒤틀리게 만들었을 수도 있겠지만,
나는 그렇게 보지 않았고 그렇게 생각하지도 않았다.

독자여! 그대가 이 글을 읽으면서 열매를 거두도록
하느님의 은총이 내린다면, 생각해 보라!
우리의 형상이 그렇게 뒤틀린 채,

괴로운 눈물이 등골을 타고
엉덩이를 적시고 있는 저들의 모습을 보면서
내 어찌 눈물을 흘리지 않을 수 있었으리오!

거친 돌다리에 삐죽삐죽 솟아난 바위에 기대고서
나는 진짜로 울었다. 나의 길잡이가 말했다.
"넌 여전히 다른 멍청이들과 다를 것이 없구나.

이곳에서는 죽어야 좋을 연민을 살리고 있으니!
하느님의 심판에 인정을 느끼는 것보다
더 큰 죄가 무엇이겠느냐!

고개를 들어라. 그리고 저자를 똑바로 보아라.

테베 사람들 눈앞에서 저자의 발밑 땅이 갈라졌고,
모두가 외쳤지. '암피아라오스![2] 어디로 떨어지는가?

왜 전쟁을 포기하는가?'
그러나 그는 밑으로 곤두박질쳐
그 누구도 놔 주지 않는 미노스에게까지 떨어졌다.

등을 가슴으로 삼고 있는 그의 모습을 봐라!
너무나 앞을 보고 싶었기에
뒤를 바라보며 거꾸로 가고 있구나.

봐라, 테이레시아스[3]를! 그는 먼저
자신의 사지를 완전히 바꿔
남자에서 여자로 변신했지.

나중에 다시 남자의 용모로 돌아가기 위해
엉켜 있는 두 마리의 뱀을
막대기로 후려쳐야만 했다.

그 뒤에 오는 자는 아론타.[4]
루니의 산골 아래에는 카라라 사람들이
살고 있었는데, 그 산골에서 아론타는

흰 대리석 사이로 트인 굴을
자기 집으로 삼고서 별과 바다를

탁 트인 시야로 바라보며 살았다.

그리고 저 여자를 봐라. 네가 보지 못한 젖가슴이
헝클어진 머리카락으로 덮인 채
털이 북슬북슬한 음부의 살가죽을 저쪽으로 돌리고 있구나.

그 이름은 만토.[5] 여러 지방을 떠돌다가
내가 태어난 곳 만토바까지 와 머물고자 했지.
그곳 얘기를 좀 하고 싶구나.

그녀의 아버지가 죽은 다음
바코스의 도시[6]는 노예가 되었지.
그래서 그녀는 오랫동안 세상을 떠돌아야 했다.

아름다운 이탈리아 북쪽의 티랄리보다 위,
게르만의 나라를 에워싸고 있는 알프스 산기슭에
베나코라는 이름의 호수가 있어.

내 믿기에 수천 개의 샘에서 솟아난 물이
그 호수에 고여서 가르다와
발카모니카, 아펜니노 산 사이를 적시고 있지.

그 한가운데에 있는 산타 마르케리타 성당은
트렌토와 브레시아, 그리고 베로나의 목자들이
그 길목을 지날 때마다 축복을 내린 곳이야.

아름답고 견고한 요새 페스키에라는
주변의 제방보다 더 높은 곳에 있어서
브레시아와 베르가모 사람들의 침입을 막아 냈지.

베나코에 온전히 담길 수 없는 물은
바로 거기서 흘러넘쳐서 베로나의
푸른 초원을 지나 아래로 흐른다.

물이 흐르기 시작하면 이제 베나코가 아니라
멘치오라 불리지. 물은 고베르노까지 이르러
포 강으로 흘러 들어간다.

물은 오래 달리지 않아 평지를 만나고
여기저기로 번져 나가 늪을 이루지.
하지만 여름에는 말라서 늪이 썩을 때도 있어.

그 잔인한 처녀는 바로 거길 지나가다
늪 한가운데서 사람 하나 살지 않는
버려진 땅을 보았어.

그녀는 사람들과의 만남을 피한 채,
종들을 거느리고 마술을 부리며 살다가
그곳에 텅 빈 육신만 남겼지.

그 뒤에 주위에 흩어졌던 사람들이

HELL Canto 2

사방이 습지로 둘러싸여 안전한
그곳에 모여들었다.

그들은 죽은 그녀의 유골 위에 도시를 세우고
처음 이곳을 택한 그녀를 기려, 더 점을
치고 할 것도 없이, 만토바라고 불렀다.

어리석은 카살로디가 피나몬테의 술수에
넘어가기 전까지[7]
그곳에는 사람들이 가득했다.

내 너에게 충고하는데, 내 고향에 대해
다르게 말하는 소리에 귀 기울이지 마라.
거짓이 진실을 비틀지 못하게 해야 하리니."

"선생님! 선생님 말씀은 당연히
옳고 믿음이 갑니다.
다른 말들은 불 꺼진 숯과 같습니다.

그런데 앞에 가는 저 사람들 중에서
얘기를 걸 만한 사람이 있는지 봐 주세요.
제 마음이 거기에 온통 쏠려 있습니다."

"구릿빛 수염을 자기 뺨에서
그을린 등까지 휘감은 자는

그리스에 사내들이 없어 요람이

텅 비었을 때[8] 점쟁이 노릇을 했는데,
아울리스에서 언제 닻을 올리면 좋을지
칼카스와 함께 결정했지.

그 이름은 에우리필로스.[9] 나는 나의 고귀한 비극[10]
어디선가 그를 얘기했다. 넌 그 작품을
잘 아니 어느 대목인지도 알겠지.

옆구리에 살점 하나 없는 저 사람은
마이클 스콧[11]으로, 그는
마술의 속임수에 통달했었다.

귀도 보나티가 있구나! 아스덴테[12]도!
자기 일에나 끝까지 매달릴걸 하며
아쉬워하나 이제는 뉘우쳐 봐야 너무 늦었지.

봐라! 바늘과 북, 물레를 버리고
점쟁이가 되어 버린 저 불쌍한 여자들을!
저들은 약초와 인형으로 마술을 부렸다.

자, 이제 가자! 카인과 가시가
남반구와 북반구의 경계에 걸려
세비야 아래의 물결에 부딪히는구나.[13]

어젯밤에 이미 보름달이었다.
언젠가 깊은 숲에서 헤매고 있을 때
보름달이 널 도와주었던 일을 잘 기억해 두어라."

길잡이가 그렇게 말하는 동안 우리는 계속 길을 걸었다.

21곡[1]

그렇게 다리와 다리를 건너면서
이 희극에서는 노래하지 않는 다른 것들을
얘기하며 우리는 발길을 옮겼다.

말레볼제의 다음 구렁과 그곳에서 하염없이 우는 자들을
본 것은 그 도랑 위에 걸린 다리의 꼭대기에
이르렀을 때였다. 그곳에는 참담한 어둠만이 깔려 있었다.

그 어둠은 배를 탈 수 없는 겨울날
베네치아의 부두에서 선원들이 온전하지 못한
저들의 배에 덧칠을 하려

끓이는 역청과도 같았다.
배를 못 타는 대신에 어떤 이는
나무를 덧대고 어떤 이는 수많은 항해로 생긴

뱃전의 틈을 메우는가 하면
어떤 이는 이물을 고치고, 어떤 이는 고물을 고치고
또 어떤 이는 닻줄을 꼬며 또 돛을 기웠다.

그런 식으로, 그러나 불이 아니라 하느님의 힘으로,
진한 역청이 아래에서부터 부글부글 끓어올라
구렁의 양 벽을 온통 새까맣게 칠하고 있었다.

내가 본 것은 그것이었지만, 그 속에는
아무것도 없었다. 단지 거대하게 부풀어 오르다가
사그라드는 검은 거품들뿐이었다.

그 광경을 뚫어지게 바라보고 있는데,
길잡이가 갑자기 "조심해라! 조심!" 외치며 나를
내가 섰던 자리에서 자기 쪽으로 끌어당겼다.[2]

피해야 할 것이지만 보기를 고대하고 있다가
갑자기 섬뜩한 두려움이 엄습하여
슬슬 도망가면서도 뒤를 돌아보는 사람처럼

나는 슬며시 몸을 돌렸다. 그때
우리 뒤에서 시꺼먼 마귀 한 마리가
다리 위로 달려오는 것이 보였다.

아, 그 얼굴이 얼마나 사나웠던지! 날개를 활짝 펴고

HELL Canto 21

발은 가볍게 나는 듯 걷는 듯하는
그 동작이 얼마나 무시무시하게 보였던지!

마귀의 날카롭고 억센 어깨에
한 죄인의 허리가 얹혀 있었다.
죄인의 몸은 다리의 힘줄에 매달려 있었다.

우리가 서 있는 다리에 이르자 마귀가 아래를 향해 소리쳤다.
"말레브란케[3]들이여! 성녀 지타[4]를 다스리던 관리라네.
이놈을 밑에 처박으라고. 이런 놈들이

득실대는 곳으로 난 돌아가네. 그곳에는
본투로[5] 말고는 다 도둑놈들이야. 거기서는
돈이라면 아니요가 예로 변한다네."

마귀는 죄인을 밑으로 던지고는 거친 돌다리로
몸을 돌렸다. 개를 풀어 도둑을 따라잡게 해도
그렇게 빠르지는 않았을 것이다.

죄인은 풍덩 잠겼다가 뒤집혀서 다시 떠올랐는데,
다리 밑에 있던 마귀들이 소리를 질렀다.
"여기선 '산토 볼토'[6]도 소용없어!

네가 살던 세르키오 강에서 헤엄치던 것처럼 하면
곤란하단 말이야. 우리 쇠갈퀴가 싫으면

HELL Canto 18

역청 위로 아예 대가릴 내밀지 말라고!”

그러더니 백 개도 넘는 쇠갈퀴로 그를 찔러 댔다.
“여기선 춤도 역청 밑에서 춰야 해!
그러니 할 수 있다면 숨어서 몰래 허우적거려 보라고!”

그 꼴은 요리사들이 조수들을 시켜
가마솥에 넣은 고기가 떠오르지 않도록
갈고랑쇠로 밀어 넣는 것과 하나도 다르지 않았다.

나의 선량하신 선생님이 말했다.
“넌 들키지 않는 것이 좋겠구나.
바위 뒤에 몸을 가리고 숨어 있거라.

마귀들이 나를 공격해도 무서워할 것 없다.
전에도 이런 일이 있어서
그들의 행태를 잘 알고 있으니까.”

그는 다리를 가로질러 저쪽 끝으로 갔다.
여섯 번째 둔덕에 도착했을 때
그는 마음을 굳게 먹어야 했을 것이다.

구걸하는 처량한 거지에게
느닷없이 포악하게 으르렁대며
달려드는 개들처럼

HELL Canto 21

마귀들이 다리 밑에서 달려 나와
나의 선생님을 향해 갈고리들을 곤두세웠다. 그러나
그가 쏘아붙였다. "어떤 놈도 허튼수작 부리지 마라!

너희들의 갈고랑쇠로 날 찌르기 전에
한 놈만 앞으로 나와서 내 말을 들어 봐라.
그러고 나서 나를 찌를 것인지 의논해 보아라!"

그들이 한목소리로 외쳤다. "말라코다[7]를 내보내자!"
그러자 다른 놈들은 가만히 있는데 한 놈이
몸을 움직여 나서며 말했다. "저놈에게 통할까?"

선생님이 다시 대꾸했다. "말라코다!
너희들은 분명 나를 방해하지만,
하느님의 의지와 섭리 없이

내가 여기에 올 수 있었으리라 생각하느냐?
하늘에서는 저 사람에게 이 거친 길을
가르쳐 주길 바라셨으니, 우리를 지나가게 하라!"

그러자 오만하던 그놈은 풀이 죽어
갈고랑쇠를 발 곁에 내던지고 다른 놈들에게 말했다.
"그럼 건드리면 안 되겠네."

길잡이가 내게 말했다. "다리의 바위 사이에

웅크린 채 숨어서 보고 있구나.
자, 이젠 마음 놓고 이리 나오너라."

나는 몸을 일으켜 그분께 달려갔다.
마귀들이 모두가 앞으로 나섰는데,
나는 그들이 말을 바꾸지나 않을까 두려웠다.

전에 카프로나에서 조약을 맺고 나오던 병사들이
자기를 에워싼 적들을 보고 두려워하던 것을
본 적이 있기 때문이었다.[8]

나는 길잡이에게 달라붙어
전혀 곱지 않은 그들의 태도를
조심스레 살펴보았다.

그들은 쇠갈퀴들을 내리고 나를 보며 서로
말을 주고받았다. "저놈의 등짝을 이걸로 한번 만져 줄까?"
다른 놈이 말을 받았다. "그래, 한번 쳐주자고."

그러나 나의 길잡이와 얘기를 나눈 마귀가
몸을 홱 돌리며 말했다.
"내려놔라, 스카르밀리오네! 내려놔!"

그리고 우리에게 말을 이었다. "여섯 번째 다리는
바닥이 무너져 있으니

그리로 더 나아갈 수가 없을 거요.

그래도 앞으로 가고자 한다면
이 바위 둔덕을 따라서 위로 올라가시오.
가다 보면 다른 돌다리가 있을 것이오.

어제, 지금보다 다섯 시간이 더 지났을 때가
다리가 무너진 지 천이백하고도
육십육 년이 되던 때[9]였소.

그쪽으로 졸개들을 몇 보내 혹시
역청 밖으로 머리를 내밀고 있는 놈이 있나 보게 하겠소.
같이 가시오. 해치지는 않을 거요."

그는 계속해서 말했다. "알리키노! 칼카브리나!
앞으로 나오너라. 그리고 너! 카냐초도 가라!
바르바리치아! 네가 이들을 지휘해라!

리비코코! 드라기냐초! 어금니 날카로운 치리아토!
그라피아카네! 파르파렐로! 그리고
미친 루비칸테! 앞으로 나오너라!

펄펄 끓는 저 구렁을 돌아서 가라!
이 구렁들을 가로지르는 돌다리까지 안내해서
다음 둔덕까지 무사히 건너가도록 해 드려라!"

HELL
Canto 21

나는 말했다. “선생님! 이게 다 뭡니까?
길을 아신다면 안내 없이 우리끼리 가시지요.
전 저놈들한테 원하는 게 없어요.

평소 보시던 것처럼 잘 보신다면
저놈들이 이빨을 갈며
눈짓으로 우리를 위협하는 게 보일 겁니다.”

“마음을 굳게 먹었으면 좋겠구나.
저들 맘대로 이를 갈도록 두자.
역청에 잠겨 괴로워하는 자들 때문이니까.”

그들은 왼쪽 둔덕으로 돌아 걸어가다가
제각기 저들의 대장에게
이빨로 혀를 물어 보이며 신호를 했다.

그러자 바르바리치아가 궁둥이로 나팔을 불었다.

22곡[1]

전에 나는 기사들이 행진을 하고
공격을 개시하며 위용을 과시하고
때로는 후퇴하는 것을 본 적이 있다.

아, 아레초 사람들이여! 난 당신들 땅에서
기병들을 보았고 전위대가 말을 타고 돌진하여
적진을 휘젓고 적을 무찌르는 것을 보았다.

적군이든 아군이든 때로는 나팔 소리에, 때로는 종소리에,
때로는 북소리에, 혹은 성에서 보내는 깃발 신호에 따라,
움직이는 것을 보았다.

그러나 어떤 기병과 보병도, 육지와 별의 신호에 따라
항해하는 어떤 배도, 바르바리치아가 분 이렇게 야릇한
나팔 소리를 따르는 마귀들만큼 일사불란하지는 않았다.

우리는 열 마리의 마귀들과 함께 걸었다.
그 얼마나 무시무시한 동행이었던가! 그러나 교회에는
성인과, 술집에는 술꾼과 함께 간다고 하지 않는가!

내 관심은 오로지 역청에 쏠려 있었는데,
구렁의 생긴 모습과 그 속에서 불에 타는 자들의
온갖 모습들을 보고 싶었기 때문이다.

역청의 고통을 줄이려고
죄인들 중 어떤 자는 등을 내보이다가
번개처럼 다시 역청 속에 숨어들었다.

마치 돌고래들이 활처럼 생긴
등으로 선원들에게 신호를 보내
저들의 배를 구하려는 것처럼 보였다.[2]

웅덩이 기슭의 개구리들이
다리와 몸은 감추고
웅크린 채 코끝만 밖에 내놓듯,

도처에서 죄인들이 그러고 있었다.
그러나 바르바리치아가 가까이 다가가자
부글부글 끓는 거품 속으로 재빨리 숨어들었다.

그때 다른 개구리들이 모두 뛰어드는데 한 마리만

HELL Canto 22

남아 있듯이, 혼자서 뭔가를 기다리고 있는 자가 보였다.
아직도 그 일을 생각하면 마음이 떨린다.

가까이 있던 그라피아카네가
역청에 찌든 그의 머리카락을 잡아채서
끌어냈다. 그는 마치 물개처럼 보였다.

나는 벌써 마귀들의 이름을 다 알게 되었는데,
말라코다가 그들을 뽑을 때 눈여겨보았고 또 나중에
저들이 서로를 부르던 걸 유심히 들었기 때문이다.

"루비칸테! 저놈의 등에
손톱을 찔러 넣어 껍데기를 벗겨라!"
저주받은 마귀들이 이구동성으로 외쳤다.

"선생님! 하실 수만 있다면,
원수들의 야만스러운 손에 떨어진
저 불쌍한 사람이 누구인지 알아봐 주세요!"

나의 길잡이가 그자에게 가까이 다가가
어디서 왔는지 물으니 그가 대답했다.
"나[3]는 나바르 왕국에서 태어났지요.

아버지가 흥청망청 탕진하고
자살해 버린 부랑자였기 때문에

HELL Canto 22

어머니는 나를 어떤 귀족에게 하인으로 보냈습니다

그러다 어지신 테오발도 왕의 신하가 되었는데,
거기서 사기 치는 법을 배웠고,
그 때문에 이 뜨거운 곳에 있게 되었소."

그러자 돼지처럼 송곳니가
입 양쪽으로 삐죽 솟아나온 치리아토가
송곳니가 얼마나 날카로운지를 느끼게 해 주었다.

악랄한 고양이들 속으로 생쥐가 들어온 꼴이었다.
바르바리치아는 그자를 두 팔로 움켜잡고 말했다.
"내 이자를 잡고 있으니 물러나라!"

그리고 나의 선생님께 얼굴을 돌리고 말을 이었다.
"이자에게 더 알아볼 일이 있거든
내 동료들이 해치기 전에 빨리 물어보시오!"

선생님이 말씀하셨다. "말해 보시오.
저 역청 밑에서 허우적대는 사람들 중
당신이 알고 있는 라틴인들이 있는가?"

"조금 전 나와 헤어진 자가 그 근처[4] 출신인데,
그자가 지금 여기 있다면
난 발톱도 갈고리도 두려워하지 않을 것이오."

그 말에 리비코코가 소리를 버럭 질렀다. "우리가
너무 참았군!" 그러고는 갈고리로 그의 팔을 찍어
살점 하나를 가져가 버렸다. 72

드라기냐초도 그에게 와락 달려들어
다리를 찍으려 했다. 그러자 마귀들의 두목이
무시무시한 표정을 지으며 주위를 둘러보았다. 75

그러자 놈들의 소동이 잠시 진정되었다.
자기 상처를 들여다보던 치암폴로에게
나의 길잡이가 내처 물었다. 78

"불쌍하게도 당신이 이 기슭까지 오느라
헤어졌던 그 사람은 누구요?" 그가 대답했다.
"그 사람은 고미타[5]라는 수도사였소. 81

갈루라 사람이었는데, 온갖 기만의 도가니와 다름없었소.
자기 주인의 적들을 손아귀에 넣고서
자기를 받들어 모시게 했고 84

돈을 갈취한 뒤 그들을 놓아주었지요. 전부
그가 말한 내용이오. 그자는 다른 일을 맡아서도
엄청나게 해 먹은 탐관오리였소. 87

로구도로 사람인 미켈레 찬케[6]라는 영주가

그와 함께 저 밑에 있는데, 사르데냐를 말할 때면
그들의 혀는 지칠 줄을 몰랐다오.

이런, 저기 이를 부득부득 가는 마귀를 좀 보시오!
더 얘기했으면 좋겠지만, 내 가려운 곳을 저 마귀가
긁어 주려 하지 않을까 무섭구려."

과연 파르파렐로가 금방이라도 찌르려는 듯
눈을 부라리고 있었다. 그러자 두목이 소리를 질렀다.
"저리 비켜라! 이 빌어먹을 날짐승아!"

그러자 무서워 떨던 그가 다시 입을 열었다.
"당신네가 토스카나 사람이나 롬바르디아 사람을
보기 원한다면 내 그들을 데려오지.

그러자면 이 말레브란케들이 잠시 물러나야 할 거요.
그들은 앙갚음을 두려워하니까.
바로 이 자리에 그대로 앉아서,

나는 혼자지만, 일곱이라도 불러 모으겠소.
휘파람만 불면 되지요. 그건 우리가
밖에 나와 있을 때 으레 하는 신호[7]라오.

카냐초가 그 말에 주둥이를 내밀고 머리를 내저었다.
"기껏 생각한다는 게 저 모양으로 간교하니, 참!

잽싸게 도망가 숨겠다는 거 아냐!"

그러자 술책이란 술책은 다 갖고 있던 그가
말을 받았다. "나야 무척이나 간교하지. 특히
동료들에게 숨 막히는 고통을 준비할 때는 더 그렇고!"

알리키노는 유혹을 참지 못하고 다른 마귀들을 무시하고
그자에게 쏘아붙였다. "네가 지금 도망가면
뛰어서 쫓아가지 않을 것이다. 대신

날개를 퍼덕여 역청 위로 날아올라 널 잡겠다.
우린 언덕을 버리고 네가 둔덕을 방패로 삼도록 해 주겠다.
어디, 너 혼자 우리를 당해 낼지 보자!"[8]

아, 이 글을 읽는 독자여! 참으로 이상한 내기를 들어 보시라!
날쌘 날개만 믿고 마귀들은 모두 둔덕을 향해 몸을 돌렸다.
처음 몸을 돌린 마귀는 가장 반대했던 놈이었다.[9]

그 나바라 사람은 기회를 잘 포착했다.
발을 땅에 잘 딛고 있다가 한순간에
두목의 손아귀에서 벗어나 뛰어 내려갔다.

마귀들은 저마다 잘못을 후회했는데,
가장 그랬던 마귀는 실수를 저지른 놈이었다.
그가 몸을 날리며 외쳤다. "게 서지 못해!"

그러나 나는 것도 소용없었다. 두려움을 이기는 날개는
없는 법이니. 치암폴로는 밑으로 잽싸게 숨어 버렸고,
알리키노는 가슴을 펴고 위로 다시 솟구쳐 올라야 했다.

쫓던 들오리가 재빨리 물속에 뛰어들자
실망한 매가 화를 내며 힘이 빠진 채
다시 위로 날아오르는 것과 같았다.

그 속임수에 화가 치민 칼카브리나는
내심 그가 역청 속으로 도망간 것을 고소하게
생각하면서도,[10] 훌쩍 날아서 그의 뒤를 쫓았다.

탐관오리가 용케 빠져나가자 뒤쫓아간 그놈은
자기 동료에게 발톱을 세웠고
그들은 구렁 위에서 얽히고 말았다.

그러나 알리키노는 진정 사나운 매였기에
칼카브리나를 단번에 발톱으로 낚아챘고, 결국
둘은 끓어오르는 웅덩이 한가운데로 추락했다.

그들은 뜨거워서 화들짝 놀라 서로 떨어졌으나
날개에 역청이 들러붙어서
다시 일어나지 못했다.

부하들과 함께 있던 화가 난 두목 바르바리치아는

네 놈에게 쇠갈퀴를 들려서 곧바로
맞은편 둔덕으로 날아가게 했다. 147

그들은 양편 기슭으로 내려가
이미 역청이 달라붙어 구이가 되어 버린 마귀들을
갈고리로 건져 내려 애썼다.

우리는 그렇게 얽혀 있는 그들을 버리고 떠났다. 151

23곡[1]

단둘이, 길동무도 없이 우리는
작은 형제회[2] 수사들처럼 따로 떨어져
조용히 앞뒤로 서서 걸었다.

조금 전 벌어진 소란을 보며
내 머리에서 떠올랐던 것은
개구리와 생쥐에 대한 이솝 우화였다.[3]

생각을 집중해서 그 처음과 끝을 잘 맞춰 보니,
'이제'와 '지금'의 뜻이 비슷하듯,
그 소란이나 우화나 다를 것이 없었다.

생각은 연이어 일어나는 법.
그런 생각에 이어 또 다른 생각이 떠올랐으니,
처음에 지녔던 무서움이 곱절로 커져 버렸다.

나는 이렇게 생각했다. '이 마귀들은 우리 때문에
속고 나가떨어지고 조롱을 받았으니
틀림없이 굉장히 짜증이 났을 테고,

원래부터 사악하던 마음에 그 짜증이 더해지면
토끼를 물어뜯는 개보다 더 악랄하게
우리 뒤를 쫓아올 것 아닌가!'

나는 무서워서 머리털이 다 쭈뼛
일어서는 것 같았다. 황망하게 뒤를 돌아보며
말했다. "선생님! 선생님과 제가

당장 숨지 않는다면 저 말레브란케들이 우리를
덮치지 않을까 무섭습니다. 놈들이 우리 뒤에 있습니다.
그렇게 생각하니 저들의 소리가 들리는 듯도 합니다."

"내가 납으로 된 거울이라 해도,
너의 겉모습보다 속마음을
오히려 더 빨리 비추겠구나.

너의 생각들이 비슷한 모양과 비슷한 움직임으로
내 생각 안으로 들어왔으니,
난 두 가지 중에서 하나의 결론을 내렸다.

오른쪽 경사면이 좀 덜 가파르니 그쪽을 통해

HELL Canto 23

다음 구렁으로 내려갈 수 있을 테지.
그러면 우리가 예상하는 추격을 벗어날 수 있을 거야."

그 충고가 끝나기도 전에
그리 멀지 않은 곳에서 날개를 펼치고
우리를 잡으러 오는 마귀들이 보였다.

길잡이는 갑자기 나를 덥석 껴안았다.
마치 시끄러운 소리에 잠을 깬 엄마가
가까이서 치솟는 불길을 보고

제 몸보다 아기를 더 염려하며
속옷 바람으로 아기를 안고
부리나케 달아나는 것처럼,

선생님은 거친 둔덕의 가장자리를 타고 넘어,
다음 번 구렁의 한쪽을 막고 있는 바위 위에
몸을 눕혀 미끄러지듯 내려갔다.

물이 수로를 따라 세차게 흘러 물레방아의 바퀴를
돌리기 위해 바퀴의 널빤지로 떨어질 때라도,
그처럼 빠르지는 않을 터였다.

나는 선생님의 동반자가 아니라
자식인 듯했다. 그는 나를 가슴에 끌어안고

둔덕의 가장자리를 미끄러져 내려갔다.

마귀들이 우리를 덮친 것은 선생님의 발이
여섯 번째 구렁을 둘러싼 둔덕 기슭에
닿았을 때였다. 그때는 이미 두려움이 가셨으니,

마귀들에게 다섯 번째 구렁을 지키는 임무만 부여하신
지고하신 섭리가 마귀들이 거기서
빠져나올 힘을 빼앗아 두었기 때문이었다.

우리는 그 아래서 금빛으로 물든 사람들을 발견했다.
그들은 아주 느린 걸음으로 맴돌면서
피로에 지쳐 낙심한 얼굴로 울고 있었다.

그들은 눈까지 내리덮는 모자가 달린
망토를 입고 있었는데, 그 모양이
쾰른의 수도사들이 입었던 것과 흡사했다.

겉은 사람을 현혹할 정도로 화려한 금빛이었지만
안은 완전히 납이어서 굉장히 무거웠다.
페데리코가 입히던 외투[4]는 차라리 지푸라기 같았다.

아, 영원토록 지겨운 망토여!
우리는 언제나처럼 왼쪽으로 돌아
눈물을 흘리는 그들과 함께 걸었다.

무게 때문에 지친 그들의 걸음은
매우 느렸다. 그래서 그들 쪽을 바라볼 때마다
새로운 모습들이 보였다. 나는 길잡이에게

말했다. "가면서 주위를 둘러보고
혹시 행동이나 이름으로 알 만한
망령들을 찾아보도록 하시지요."

그러자 토스카나 말을 알아들은 한 망령이
우리 뒤에서 소리를 질렀다. "멈추시오!
어두운 하늘을 그토록 빠르게 달리는 자들이여!

찾으려 하는 것을 아마 내게서 얻을 수 있을 것이오."
그러자 앞서 가던 길잡이가 몸을 돌려 말했다.
"기다려라. 저자와 발을 맞추자."

나는 멈췄다. 두 망령이 말하고 싶은 강한 희망을
얼굴에 가득 내보이며 서두르고 있었다.
그러나 짐과 비좁은 길 탓에[5] 걸음은 더디기만 했다.

내 앞에 왔을 때 그들은 아무 말 없이 곁눈으로
나를 뚫어져라 쳐다보았다. 그러더니
저들끼리 돌아보면서 말을 주고받았다.

"목을 움직이다니, 이 사람은 살아 있는 사람 같구나.

죽은 자라면 도대체 무슨 특권으로
이 무거운 외투를 벗었단 말인가?"

그리고 내게 말했다. "슬픈 위선자들에게 온
토스카나 사람이여! 언짢게 여기지 말고
당신이 누구인지 말해 주시오!"

"내가 태어나 자란 곳은
아름다운 아르노 강가에 있는 대도시였소.
거기서 가졌던 육신을 지금도 갖고 있지요.

그런데 당신들은 누구요? 당신들의 뺨에는
고통이 눈물처럼 흘러내리는군요. 당신들을 이렇게
금빛으로 번쩍거리게 하는 벌은 무엇이오?"

그러자 그들 중 하나가 대답했다. "이 금빛 망토는
아주 무거운 납으로 되어 있다오.
무게를 달면 저울이 삐걱거릴 거요.

우린 볼로냐 출신의, '향락을 즐기는 교단'[6] 수도사들이었소.
나는 카탈라노, 이자는 로데린고라고 하지.
우리는 당신의 고향 피렌체의 평화를 지키기 위해

부름을 받았어요. 보통 한 사람에 맡겨지는 직책인데
우리는 함께 선출되었소. 아직도

가르딘고 근처에는 우리의 흔적이 남아 있을 것이오."

"당신네 수도사들의 죄는……."
나는 말을 잇지 못했다. 말뚝 세 개로 바닥에 뉘어
십자가에 못 박힌 사람[7]이 나타났기 때문이다.

나를 보자 그는 몸을 비틀며
수염 사이로 한숨을 내쉬었다.[8]
이를 알아차린[9] 카탈라노 수사가

내게 말했다. "당신의 눈에 띈 저 처형된 자는
바리새 사람들에게 전체를 위해서는
한 사람을 순교시켜야 한다고 주장했던 사람이오.

보시다시피 그는 발가벗고 길을 가로질러
누워 있으니, 누구든 밟고 지나가는 자의 무게를
그가 먼저 알게 되는 것이지요.

그의 장인과, 유대인들에게 사악한 씨앗이었던
원로회의 다른 자들도 이 구렁에서
비슷한 형벌을 받고 있어요."

베르길리우스는 십자가에 못으로 박힌 채
참혹한 모습으로 영원한 형벌에 처해진
그자를 보고 놀라는 듯했다.

HELL

그가 마침내 수사에게 말했다.
"불쾌하게 생각하지 마시오. 괜찮다면
오른편에 어떤 통로가 있는지 말해 주시오. 129

우리가 그리로 빠져나갈 수 있다면
우리를 떠나 보내려고 검은 천사들을
이곳까지 오게 할 필요는 없을 거요." 132

한 사람이 대답했다. "돌다리는 당신이 바라는 것보다
더 가까이에 있어요. 다리는 이곳 말레볼제 전체를
둘러싼 외벽에서 시작해 무서운 구렁들을 지나왔지만, 135

이곳에서는 깨져 버려 구렁을 가로지르지 못합니다.
당신들은 바닥과 기슭에 쌓인
바위 조각들을 밟고 구렁을 건널 수 있을 것이오." 138

길잡이는 잠시 머리를 숙인 채로 서 있다가
중얼거렸다. "저쪽에서 갈고리로 죄인을 찌르던
놈이 거짓말을 늘어놓았구나." 141

그러자 수사가 말했다. "전에 악독한 악마에 대한 얘기를
볼로냐에서 들은 적이 있소. 그놈은 그중에서도
천하의 거짓말쟁이, 거짓의 아비라고 들었소." 144

이 말을 듣고 길잡이는 얼굴에 약간 노기를 띤 채

빠른 걸음으로 나아갔다. 나도
무거운 짐을 진 자들과 헤어져

사랑스러운 발길을 따라갔다. 148

24곡

한 해가 시작될 무렵, 물병자리 아래서
태양이 미지근한 빛을 내고
밤은 벌써 하루의 절반을 향해 갈 무렵,

서리가 땅 위에 하얀 자기 누이[1]의
모습을 그려 두려 하지만
그의 붓질이 오래가지 않을 무렵,

양에게 줄 먹이가 바닥난 시골 농부가
아침에 일어나 눈이 내려 하얗게 변한 들녘을
보고 걱정하여 허리를 두드리며

집으로 돌아와 무얼 할지 모르는
사람처럼 안쓰럽게 서성거리다
밖에 나가 보니 그새 온통

바뀐 세상의 모습을 보고
다시 희망에 부풀어 지팡이를 쥐고
양 떼를 몰고 풀을 먹이러 나서는 것처럼,

바로 그렇게 선생님은 찌푸린 이마로 날
놀라게 하시더니 곧바로 나의 아픈 곳에
약을 발라 치료를 해 주셨다.

허물어진 다리에 다다랐을 때 선생님은
내가 산기슭에서 처음 보았던 그
부드러운 모습으로 나를 바라보셨던 것이다.

선생님은 바위 파편들을 잘 살피고
뭔가 생각을 정리한 다음
두 팔을 벌려 나를 단단히 붙잡아 주셨다.

그는 일하면서 신중히 생각하여
다음에 할 일을 대비하는 사람처럼,
불쑥 튀어나온 어느 바위 조각 위로

나를 밀어 올리는 동안 또 다른 바위를 가리키며
말했다. "다음에는 저쪽 튀어나온 부분으로 올라가거라.
그러나 널 지탱할 수 있을지 먼저 가늠해 보아야 한다."

그곳은 납 망토를 입은 자들이 지나다니는 길이 아니었다.

HELL Canto 24

선생님은 가볍게, 나는 그가 밀어 주는 대로
바위에서 바위로 올라갔다.

오르는 둔덕이 다른 둔덕보다
더 낮지 않았더라면 그분은 몰라도
나는 완전히 녹초가 되어 버렸을 것이다.

말레볼제 전체가 제일 낮은 웅덩이를 향해
완전히 기울어진 꼴이어서 어느
구렁이든 바깥 둔덕은 높고

안쪽 둔덕은 그에 비해 낮았다.
어쨌든 우리는 계속해서 올라갔고,
깨진 바위 파편들이 끝난 곳에 도착했다.

꼭대기에 도착했을 때 나는
얼마나 숨이 가빴던지,
더 가지 못하고 그 자리에 주저앉고 말았다.

"이제야말로 네가 나태함을 벗어 버릴 때로구나.
베개를 베고 이불 속에 누워 편안함을 즐기다가는
명성을 얻을 수 없느니라!

명성 없이 삶을 소모하는 사람은
허공의 연기나 물속 거품과 같은

흔적만을 세상에 남길 따름이다.

그러니 일어나라! 무거운 육체에 눌려
주저앉지 않으려면, 모든 싸움을
이기는 정신으로 숨 막히는 어려움을 극복하여라.

우린 더 높은 계단[2]까지 올라가야 한다.
그놈들에게서 벗어났다고 다 끝난 것이
아니다. 알아들었으면 용기를 내라."

이 말에 나는 똑바로 일어났다. 그리고
전보다 호흡이 한결 가벼워진 듯한 모습으로
말했다. "계속 가시죠. 전 강하고 의연합니다."

돌다리를 따라서 우리가 간 길은
자갈투성이에 비좁고 험난했다.
그때까지 오르던 길보다 훨씬 더했다.

나는 약한 모습을 보이지 않으려고
계속 말을 하며 걸었다. 그때 다음 구렁의 밑바닥에서
웬 목소리가 들려왔다. 알아들을 수 없는 말이었다.

활꼴 돌다리의 꼭대기에 있어서 소리는 잘 들렸지만,
무슨 말을 하는지는 알 수 없었다.
다만 말하는 사람은 화를 내고 있는 듯했다.

아래쪽을 내려다보았지만, 어두웠기 때문에
나의 육체의 눈은 바닥까지 이르지 못했고, 이에
선생님께 요청했다. "선생님! 다음 둔덕에 이르면

이 다리 아래쪽으로 내려가시지요.
여기서는 뭔가 들리기는 해도 그 뜻을 알 수가 없고,
보려고 해도 아무것도 보이지 않습니다."

"그렇게 하는 것으로 너에게
대답을 대신하마. 정당한 요구에는
말없는 실행이 따라야겠지."

여덟 번째 둔덕으로 이어지는 다리의
꼭대기에서 내려오자 그때서야
구렁이 모습을 드러냈다.

그 안에는 엄청난 무리의
무시무시한 뱀들이 얽혀 있었다. 그 꼴이 하도 끔찍해
지금 생각해도 피가 거꾸로 흐르는 것만 같다.

살무사, 날아다니는 뱀, 점박이 독사, 아프리카 독사,
머리가 둘 달린 뱀을 리비아 사막의 모래가
먹여 살린다고 자랑은 못할 것이며,

에티오피아와 홍해 언저리의 모래까지

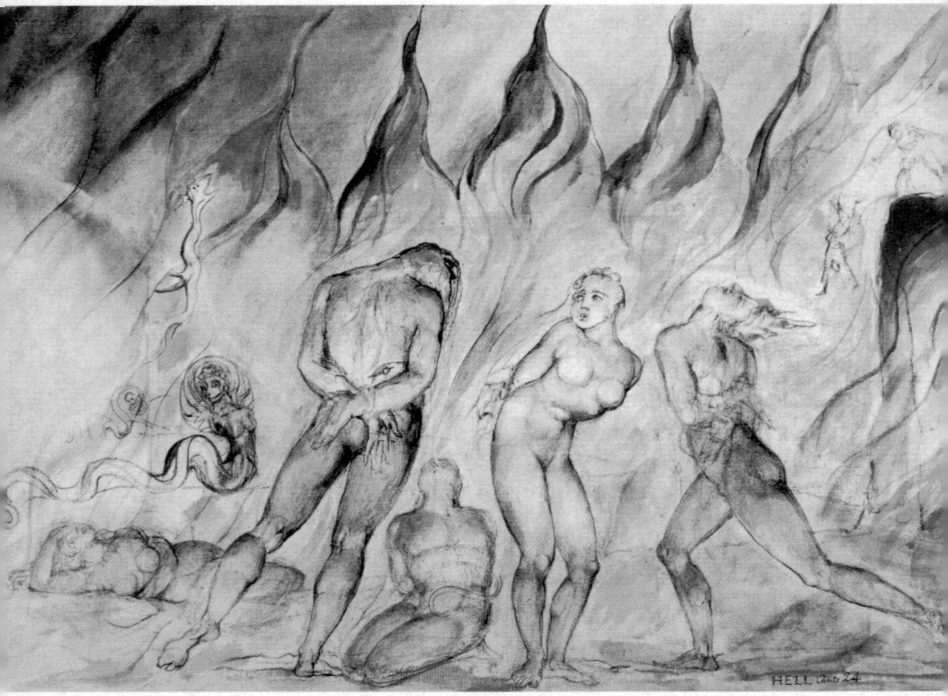
HELL Canto 24

다 합쳐도 이 구렁의 창궐하는 독을
먹여 살리지는 못할 것이다.

벌거벗은 자들은 그 잔인하고 사악한
떼거리 속으로 떨어졌다. 겁에 질린 그들은
숨을 구멍이나 마법의 돌[3]을 기대할 수도 없었다.

손은 뒤로 젖혀진 채 뱀으로 묶였고
허리에는 뱀의 꼬리와 머리가
삐져나와 앞쪽에서 뒤엉켰다.

그때 우리 쪽에 있던 어떤 자에게
뱀 한 마리가 와락 달려들어
목과 어깨가 이어지는 부분을 물어뜯었다.

O자와 I자를 아무리 빨리 쓴다 해도
그자의 몸에 불이 붙고 타버려 재가 되어
부서져 내리는 것만큼 빠르지는 않을 것이다.

그러나 재는 땅에 스러졌다가
또다시 제 스스로 모이더니
순식간에 이전의 형상대로 자라났다.

위대한 현자들의 말에 따르면,
불사조는 죽었다가 오백 년이 지나

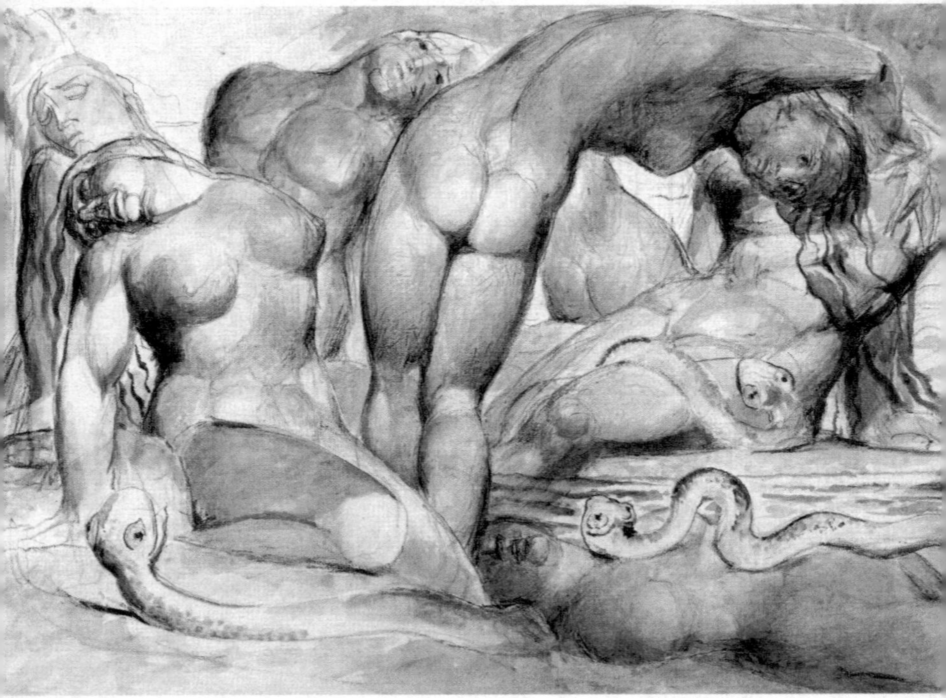

다시 태어나는데,

일생을 곡식이나 풀은 먹지 않고
오로지 유향과 발삼의 진액만 먹고 살며,
몰약과 계피로 제 몸을 감싸며 죽는다고 한다.

땅으로 끌어당기는 악마의 힘 때문인지
사람을 옥죄는 발작 때문인지,
영문도 모르고 자꾸 넘어지는 사람이

다시 일어나서도 자신이 겪은 격렬한
고통 때문에 어쩔 줄 모르고
주위를 돌아보며 숨을 몰아쉬듯이,

우리 눈앞에서 뱀에게 물어뜯긴 사람이 그러했다.
복수를 위하여 그러한 벌을 주시는,
아, 하느님의 전능이여! 그 얼마나 경외로운가!

길잡이가 그에게 누구인지 물었다.
"나는 얼마 전 토스카나에서
이 무시무시한 목구멍으로 떨어졌소.

잡종답게 인간이 아닌 짐승의 삶을
좋아한 나는 짐승 반니 푸치[4]요.
피스토이아는 내가 들어앉기 좋은 굴이었소."

HELL Canto 24

“선생님! 도망치지 말라고 하시고,
무슨 죄로 여기에 처박혔는지 물어보세요.
피로 범벅이 된 저자의 꼴을 본 적이 있어요.”

그자는 내 말을 듣고 주저 없이
나를 향해 얼굴을 들어 세심하게 살피더니
사악한 치욕으로 낯빛이 추하게 변했다.

그리고 험한 말들을 쏟아 냈다. “네놈이 보다시피
비참한 모습으로 널 만난 것이
저 세상에서 생명이 다했을 때보다 더 괴롭구나.

네가 묻는 것을 부정할 수 없으니
아름다운 성물을 제의실에서 훔친
도둑이기 때문에 이곳에 빠져 있는 것인데,

다른 자가 이미 그 죄를 뒤집어썼다.
네가 이 어두운 곳을 벗어나게 된다 해도,
귀를 열고 내 예언을 똑바로 기억해라!

그러면 여기서 날 본 것을 즐기지만은 못하리라.
먼저 피스토이아에서는 흑당이 사라지지만,
새로운 사람과 법으로 피렌체를 변화시킬 것이다.[5]

마르스가 불길한 구름을 겹겹이 두른

마그라 계곡에서부터 번개를 몰아오면,
피체노의 벌판 위에서 모진 폭풍우와 함께

거친 싸움이 벌어질 것이다. 번개가
삽시간에 구름을 찢어 버리면, 상처를 입지 않고
도망가는 백당은 하나도 없을 것이다.[6]

내 이렇게 말하는 것은 네 마음에 고통을 주기 위해서다."

25곡[1]

이 말을 마치자 도둑은 손을 높이 들어
상스러운 손짓을 해 보이며 외쳤다.
"하느님아, 이거나 먹어라!"

이때부터 뱀들은 나의 친구가 되었다.
뱀 한 마리가 오더니 그의 목을 휘감았는데,
마치 '할 말이 고작 그거냐?' 고 말하는 듯했다.

또 다른 뱀이 그의 두 팔을 칭칭 감고서
머리와 꼬리로 앞에서 묶어 버려
그는 꼼짝도 할 수 없게 되었다.

아, 피스토이아여! 피스토이아여! 넌 어찌하여
죄를 지으면서는 조상을 앞서건만[2],
재가 되어 쓰러져 자멸하지 않는가?

HELL Canto 25

깜깜한 지옥의 고리들을 다 둘러보았어도
하느님께 그렇게 방자한 망령은 보지 못했다.
테베의 높은 성벽에서 떨어진 자[3]도 그렇지는 않았다.

그놈은 더 이상 말도 하지 못하고 도망쳐 버렸다.
그때 분통을 터뜨리며 켄타우로스 하나가 달려오며
외쳤다. "어디야, 어디? 그 나쁜 놈이 어디 있는 거야?"

마렘마[4]의 뱀을 다 모아도, 사람의 형체가
시작되는 곳까지 켄타우로스가 등에 싣고 있는
독사들보다 더 많지는 않았으리라.

날개를 쫙 펼친 용 한 마리가
그놈의 목덜미 바로 위에 도사리고 앉아
마주치는 모든 망령에게 불을 뿜어내고 있었다.

선생님이 말했다. "이놈이 카쿠스[5]다.
아벤티누스 산 절벽 아래 살면서
피와 죽음의 호수를 수없이 만든 놈이지.

형제들과 함께 있지 않는 것[6]은 그놈이
사기를 쳐서 이웃의 수많은
가축들을 빼앗았기 때문이다.

헤라클레스의 몽둥이를 맞고서

HELL Canto 20 . 5

나쁜 버릇을 고치기는 했지만, 백 대를 때렸어도
열 대 맞은 느낌도 들지 않았을 거야."

선생님이 말하는 동안 카쿠스는 저편으로 물러났고
세 명의 망령이 우리 밑으로 슬그머니 다가왔다.
그들이 소리치지 않았다면 보지 못했을 터였다.

"너희들은 누구냐?"
그 소리에 우리 얘기는
중단되었고 관심은 그들에게 쏠렸다.

나는 그들이 누군지 몰랐다. 그러나,
우연히 그런 일이 일어나듯, 그들이
서로의 이름을 부르는 것이 들렸다.

"근데 치안파[7]는 어디 간 거야?" 그때
나는 내 입술에 손가락을 갖다 대며
선생님을 향해 조용히 하라는 표시를 했다.

독자여, 지금 내가 말하는 것이
잘 믿기지 않더라도 놀라지 마시라!
직접 본 나도 수긍하기 힘드니까.

저들을 향해 눈을 치켜뜨고 있는데
발이 여섯 개 달린 뱀이 덤벼들어

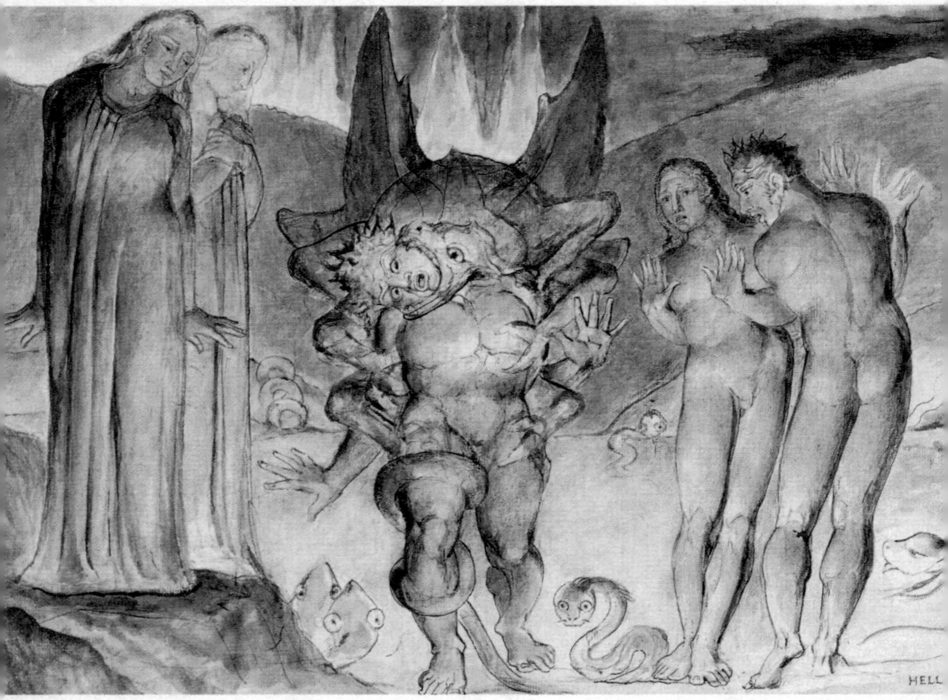
HELL

우리 밑으로 다가온 세 망령 중 하나를 휘감았다. 51

가운뎃발로 배를 휘감고
앞발로 두 팔을 움켜잡더니,
두 뺨을 이리저리 물어뜯었다. 54

뒷발로는 허벅지를 짓누르고 꼬리는
사타구니 사이에 넣어 허리를 휘감아
자기 등 뒤로 뻗어 올렸다. 57

담쟁이덩굴이 아무리 나무를 얽어매도,
그 끔찍한 짐승이 자기 몸으로
다른 놈의 사지를 휘감는 것만큼은 못 될 것이다. 60

마치 뜨거운 초가 녹아내리듯
두 몸은 서로 엉키더니 색깔이 뒤섞여
이전에 지녔던 각자의 모습이 사라졌다. 63

마치 종이가 너울거리는 불꽃 앞에서
처음에는 노란빛을 띠다가 미처
새카맣게 되기도 전에 흰빛이 죽는 것과 같았다. 66

다른 두 망령이 그를 바라보다가
소리쳤다. "저런, 아뇰로.[8] 네 몸이 변하고 있어!
완전히 둘이 된 건 아니지만 그렇다고 하나도 아닌걸!" 69

HEL

두 개의 머리는 벌써 하나가 되어 있었다.
뒤섞인 두 형체에서 두 얼굴이 있던 곳에
하나의 얼굴만이 떠올랐다.

두 개였던 팔이 몸뚱이 네 군데에 뭉툭하게 솟았고,
사타구니와 다리, 배, 그리고 가슴은
인간의 눈으로 본 적이 없는 사지(四肢)가 되었다.

이전의 모습은 온데간데없이 씻겨 나갔다.
뒤바뀐 형상은 둘이면서 아무것도 아닌 듯한
그런 모습으로 느리게 꿈지락거리며 사라졌다.

그때 한여름에 채찍처럼 감겨드는
불볕 아래서 도마뱀이 울타리를
번개처럼 가로질러 넘어가듯이,

후추 알갱이처럼 까맣고 창백한
새끼 뱀 한 마리가 이글거리는 눈을 하고
다른 두 망령을 향해 돌진했다.

그리고 둘 중 하나에게 달려들어
맨 처음 우리가 영양을 섭취하던 부분[9]을 꿰뚫고는
그 앞으로 떨어져 길게 몸을 뻗었다.

배가 뚫린 망령은 뱀을 바라보았지만 아무 말도

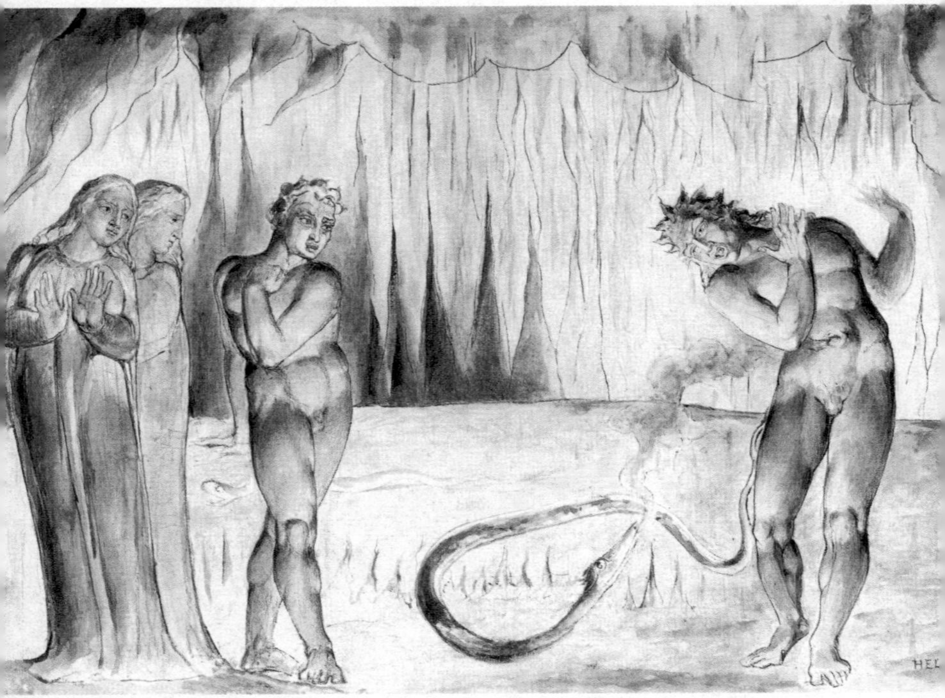
HEL

하지 않았다. 오히려 꼿꼿한 다리로 버틴 채
잠에 취한 듯 혹은 열병에 걸린 듯 하품을 했다.

망령은 뱀을, 뱀은 망령을 마주 보았다.
망령은 상처에서, 뱀은 입에서 연기를
힘차게 내뿜었고, 그 연기들이 서로 부딪혔다.

가엾은 사벨루스와 나시디우스에 대해
묘사했던 루카누스[10]여! 이 순간에는 입을 다물라!
그리고 내가 이제 하는 말에 귀를 기울여라!

오비디우스여! 카드모스와 아레투사에 대해 떠들지 마라.
그 남자를 뱀으로, 그 여자를 샘으로 바꾸는
절묘한 시를 지었어도 난 부럽지 않다.[11]

그들의 두 존재는 서로 형상만 바뀌었을 뿐
두 형상의 질료까지 바꿀 정도로
변신하지는 않았으니.

내가 본 것은 완벽한 변신이었다.
뱀의 꼬리는 쇠스랑처럼 갈라졌고
죄인의 두 발은 하나로 합쳐졌다.

두 다리와 허벅지는 삽시간에 서로
달라붙고 뭉개져 접합된 부분에는

아무 흔적도 남지 않았다. 한편

뱀의 갈라진 꼬리는 그렇게 없어진
상대방의 형상으로 변했는데, 제 가죽은 부드러워지고
상대방의 피부는 딱딱해졌다.

그자의 팔은 겨드랑이 속으로 말려 들어가
파충류의 앞발을 이룰 정도만큼만 남았고
짧던 뱀의 앞발은 그자의 짧아진 팔만큼 늘어났다.

뱀의 뒷발은 서로 얽혀 쪼그라들더니
생식기를 이루었고, 동시에
망령의 그것은 둘로 갈라져 뱀의 뒷발을 이루었다.

연기가 이 둘을 하나로 뒤덮으며 색깔을 변화시켰고,
털이 없던 쪽에서는 털이 나게 하고
다른 쪽에서는 털을 뽑아냈다.

하나는 몸을 일으키고 다른 하나는 주저앉았으나,
그들은 서로의 잔악한 눈길을
피하지 않으면서 서로의 얼굴을 바꾸었다.

서 있는 놈은 튀어나온 제 주둥이를 관자놀이 쪽으로
끌어당겼다. 과도하게 뒤로 밀린 살점은
귀가 되어 반반한 볼 위로 솟아올랐다.

뒤로 밀려나지 않고 남아 있던 살점들은
얼굴에 코를 이루었고,
필요한 만큼 입술로 부풀어 올랐다.

주저앉은 놈은 입을 앞으로 내밀고
달팽이가 더듬이를 집어넣듯이
귀를 머리 안으로 끌어당겼다.

하나여서 이전에 말을 할 수 있었던
혀는 갈라졌고, 다른 놈의 찢어진 혀는
하나가 되었다. 연기가 그쳤다.

짐승이 되어 버린 망령은 씩씩거리며
계곡으로 도망갔다. 다른 놈은 그의 뒤에서
뭔가를 지껄이며 침을 뱉었다. 그러고 나서

새로 만들어진 등을 돌려 멀거니 서 있던
다른 망령에게 말했다. "부오소[12]도 나처럼
이 구렁 전체를 뱀처럼 기어서 갈 거야."

이 일곱 번째 구렁의 망령들은 서로 바꿔
변하고 또 변했다. 나의 글이 새로운 주제를
잘 표현하지 못했다 해도 용서하기를.

비록 눈이 좀 침침하고

마음마저 혼란스러웠지만, 그 두 사람이
몰래 도망가지 못했으니, 나는

금방 알 수 있었다. 처음에 왔던
세 사람의 패거리 중에서 변신하지 않은
유일한 자는 푸치오 시안카토[13]였고,

다른 자는, 가빌레여, 네가 원망하는 자였다.[14]

26곡

기뻐하라, 피렌체여! 너무나도 위대해서
날개를 활짝 펴고 바다와 대륙을 넘어
지옥에까지 이름을 떨쳤으니!

방금 내가 본 도둑들 중 다섯이
너의 사람들이었으니, 난 부끄럽고
너로서는 이보다 큰 명예가 없겠지.

하지만 새벽에 진실을 꿈꾼다면,
프라토[1]가 너에게 무엇을 바라는지
오래지 않아 알 것이다.

벌써 그리되었어도 이른 것은 아니었을 것이다.
마땅히 그래야 할 것이었으니,
늦으면 늦을수록 나의 괴로움은 커지리라.

우리는 그곳을 떠났다. 길잡이는
전에 내려왔던 바위 계단을
다시 오르며 나를 끌어 올렸다.

돌다리의 바위들을 딛고서
외로운 길을 따라갔으니,
손 없이 발만으로는 나아갈 수 없었다.

그때 본 것으로 나는 고통스러웠다. 이제 와
다시 생각하려니 여전히 고통스럽다.
나는 평소보다 더 마음을 가다듬으니,

덕성의 인도 없이 지나치지 않도록 하려는 것이다.
행운의 별 혹은 어떤 은총이 내게
재능을 주었지만 난 남용하지 말아야 한다.[2)]

온 세상을 비추는 태양이 자기 얼굴을
우리에게 덜 가리고 있는 계절,
파리가 모기에게 밀려나는 시각에,[3)]

언덕에서 쉬고 있는 농부가
포도를 경작하고 수확하던 저 계곡에서 떠다니는
무수히 많은 반딧불들을 내려다보듯이,

그처럼 많은 불꽃이 여덟 번째 구렁을

HELL
nto 26

샅샅이 비추고 있었다. 바닥이 훤히
드러나는 곳에 이르렀을 때 그것을 알았다.

곰을 불러 복수하던 자[4]가
말들이 하늘로 날아오르며
엘리야의 마차가 떠나는 것을[5]

눈으로 좇으며 바라보았지만,
높이 치솟는 구름 같은 불꽃들 외에
아무것도 볼 수 없었던 것처럼,

불꽃들이 구렁 어귀를 핥고 지나가며
도둑들을 드러내지 않았지만,
불꽃은 가닥가닥 하나씩 죄인들을 감추고 있었다.

나는 다리 위에서 몸을 내밀어 내려다보고 있었는데,
삐죽 튀어나온 바위 모서리를 잡고 있지 않았다면
그대로 허공으로 떨어졌을지도 모른다.

길잡이는 정신을 바짝 차리고 있는 나를 보고
말했다. "저 불꽃 속에는 망령들이 있다.
그들은 자기들을 태우는 불에 휘말려 있다."

"선생님 말씀을 들으니 분명해집니다만,
그런 줄 짐작했기에

더 묻고 싶은 것이 있었습니다.

에테오클레스가 자기 형제와 함께 불타던
장작더미에서 솟아오르듯, 저렇게
갈라진 불꽃 속에 있는 자는 누구입니까?”[6]

“저 속에는 오디세우스와 디오메데스[7]가
고통을 겪고 있다. 그들은 함께
분노를 샀으니 벌도 함께 받는 것이다.

그 불꽃 속에서 그들은 로마의
고귀한 씨앗이 나가도록 문을 만들어 준
목마의 기습[8]을 한탄하고 있다.

그들은 죽은 데이다메이아[9]가 아직도 아킬레우스 때문에
괴로워하게 만든 술수를 후회하여 통곡하고,
또한 팔라디움[10]의 벌을 받고 있다.”

“저 불꽃 속에서도 저들이 말할 수 있다면,
선생님! 원하고 또 원하며
수천 번을 거듭 원합니다.

뿔 돋친 불꽃이 여기에 닿을 때까지
기다려 주세요. 이 소원 때문에
이렇게 몸을 기울이고 있는 저를 봐 주세요.”

"너의 간청은 큰 칭찬을
받을 만하니 내가 들어 주겠다.
그러니 이제 그만 혀를 멈추게 하라.

네가 원하는 바를 알았으니 말하는 것은
내게 맡겨 두어라. 그들은 그리스인들이었으니
아마 네 말을 싫어할지도 모르겠다."

그러고는 불꽃이 우리 쪽으로 오자
적절한 곳에 이르렀을 때 길잡이가
그들에게 말을 건네는 소리가 들렸다.

"아, 하나의 불 속에 함께 있는 당신들이여!
내가 살았던 동안 당신들에게 도움이 되었다면,
내가 세상에서 고귀한 시구들로 당신들에게

크든 작든 어떤 도움을 주었다면,
걸음을 멈추고 당신들이 어디를 헤매다 죽었는지
둘 중 한 사람이 말해 주시오."

오래된 불꽃의 거대한 뿔이
마치 바람에 흔들리는 듯
알 수 없는 소리를 내면서 펄럭이기 시작했다.

마치 말하고 있는 혀처럼

불꽃의 끝을 이리저리 내저으면서
밖으로 소리를 내보냈다.

"아이네이아스가 가에타[11]라고 부르기 전,
태양신의 딸 키르케는 날 일 년도 더 넘게
숨겨 주었지요.[12] 그녀를 떠났을 때

내 자식의 귀여움도, 늙은 아버지의
연민도, 또 내 아내 페넬로페를 당연히 기쁘게
해 주었어야 할 나의 신실한 사랑도,

세상과 인간의 악과 가치에 대해
모조리 알고 싶은 내 가슴속의
열정을 이겨 낼 수 없었소.

그래서 나는 오직 한 척의 배에 의지해
늘 나와 함께했던 소수의 동료들과 함께
깊고 넓은 바다로 나왔소.

멀리 에스파냐와 모로코까지 이쪽 해안과
저쪽 해안을 보았고, 이 바다에 몸을 적시는[13]
사르데냐와 다른 섬들도 보았소.

나와 동료들은 늙어 갔고 몸도 둔해졌다오.
그 무렵 우리는 그 누구도 넘어가지 못하도록

헤라클레스가 표지를 꽂아 둔

비좁은 어귀[14]에 도착했소.
오른쪽으로는 세비야[15]를 떠난 뒤였고
반대쪽으로는 세타[16]를 떠난 뒤였소.

나는 이렇게 말했다오. '오, 형제들이여! 수많은 위험을
무릅쓰고 드디어 우린 세상의 서쪽 끝에
다다랐다. 우리에게 생명은

이제 정말 얼마 남지 않았다.
하지만 태양의 뒤를 좇아 사람이 살지 않는
세상을 찾아가려는 마음을 버리지 마라!

그대들의 혈통을 생각하라! 그대들은
짐승처럼 살기 위해 태어난 것이 아니라
덕과 지혜를 따르기 위해 태어났다.'

그 짧은 연설에 동료들은
앞으로 나아가고 싶은 욕망에 불타
나중에는 그들을 멈추게 할 수 없을 정도였다오.

선미를 아침에 두고 우리는
미친 듯 파닥거리는 날개처럼 노를 저어서
계속 왼쪽으로 왼쪽으로 항해했소.

밤에는 다른 극의 모든 별들이
보였소. 우리 극의 별들은 낮게 내려와
바다의 수면 위로 올라오지 않았소.[17]

우리가 그 무모한 모험을 시작한 뒤
달 아래의 빛이 다섯 번이나
켜졌다가 다시 꺼졌을 무렵,

산[18] 하나가 멀리 희미하게 나타났는데,
어찌나 높이 솟았던지
그런 산을 본 적이 없었소.

우리는 기뻤소. 그러나 기쁨은 금방 통곡으로
바뀌었다오. 그 낯선 땅에서 풍랑이 일어나
뱃머리를 들이받았기 때문이오.

풍랑은 우리 배를 바닷물과 함께 세 바퀴 돌게 했다오.
네 바퀴째에 선미가 높이 솟아오르더니 뱃머리에서 떨어져,
마침내 바다가 우리 위로 덮쳐 왔소.

하느님께서 원하셨던 대로였다오."[19]

27곡

삐죽하게 솟아올라 펄럭이면서 말하던 불꽃은
더 할 말이 없었는지 잠잠해졌다. 그리고
친절하신 시인의 허락을 받아 떠났다.

그때 그를 뒤따라오던 다른 불꽃 하나가
혼탁한 소리를 내지르며
우리의 시선을 끌었다.

당연한 일이었지만, 자기 몸을
줄로 다듬어 준 사람의 울음을 따라
처음으로 울었던 시칠리아의 황소[1]가

그 안의 비탄에 빠진 사람의 목소리와 함께 울부짖으면,
비록 놋쇠로 만들어졌지만, 마치
고통으로 찢어지는 자의 신음 소리처럼 들리듯,

그렇게 그 불꽃 안에 있는 불타는 영혼으로부터
벗어날 길도, 틈도 찾지 못하던 고통의 소리는
불의 언어로 변해 갈 뿐이었다.

그러나 그 소리가 길을 찾아 불꽃의 꼭대기에 이르자,
죄인의 혀는 불꽃 안에서 소리를 만들던
똑같은 떨림을 주었고, 우리에게는

이런 말이 들려왔다. "내 말을 듣는 당신!
당신은 지금 롬바르디아[2] 말로 말했소.
'자, 가거라. 다시는 널 귀찮게 하지 않겠다.' 라고.

혹 내가 좀 늦게 왔다고 해서
나와 머물러 얘기하기를 꺼려 말고,
내가 이렇게 불타고 있는 것을 보시오.

이 어두운 세계에 떨어진 당신이
내가 온갖 죄를 저지르던 저 아름다운
라틴 땅에서 왔다면,

말해 주시오! 로마냐 사람들이 지금 평화로운지,
아니면 싸움을 벌이는지. 나는 우르비노와
테베레 강이 흐르는 산등성이의 산골 사람[3]이니까."

나는 계속 고개를 숙인 채 생각에 잠겨 있었는데,

나의 길잡이가 옆구리를 슬쩍 찌르며
말했다. "네가 말해라. 이자는 라틴 사람이니까."

이미 대답이 떠올랐던 터라 나는
거침없이 말을 꺼냈다.
"아, 그 아래 불 속에 갇힌 영혼이여!

당신의 로마냐는 지금이나 옛날이나
폭군들이 전쟁을 생각하지 않았던 적이 없지만,
내가 떠날 즈음에는 눈에 띄는 전쟁은 없었소.

라벤나는 오랫동안 그대로이니,
폴렌타의 독수리가 그곳을 품듯이
체르비아도 그 날개 아래 들어가 있소.[4]

이미 오랜 시련을 겪었고 또한
프랑스인들의 피가 얼룩진 땅은
지금은 초록 발톱 아래에 놓이게 되었소.[5]

몬타냐를 괴롭히던 베루키오의
늙은 사냥개와 젊은 사냥개는 같은 자리에 앉아
여전히 송곳 같은 이빨을 드러내고 있소.[6]

라모네와 산테르노의 도시들은
여름부터 겨울까지 당적을 이리저리 바꾸는

하얀 소굴의 새끼 사자가 다스리고 있으며,[7]

사비오 강이 옆을 적시는 도시는
들과 산 사이에 자리 잡고 있듯
폭정과 자유의 나라들 사이에서 살고 있소.[8]

이제 당신이 누구인지 말해 주시오.
당신의 이름이 세상에서 오래 남기를 바란다면,
내가 당신에게 한 것보다 더 친절하기를 바라오."

불은 한동안 제풀에 펄럭거리며
날카로운 혀를 이리저리 날름거리다가
이내 한숨을 짓는 듯했다.

"나의 대답이 세상으로 돌아갈 사람에게
하는 것인 줄 알았더라면 이 불꽃은
나풀거리지 않았을 것이오만,

이 깊은 바닥에서 산 채로 돌아갈
사람은 아무도 없을 터인즉, 아무렴 그럴 테지,
불명예를 두려워 않고 다 말하겠소.

나는 군인이었다가 수도사가 되었소.
허리를 묶은 몸이면 속죄하리라 믿었기 때문이오.[9]
그런데 그 벼락 맞을 사제가 없었더라면,

나의 믿음은 정녕 실현되었을 텐데!
그자는 나를 옛날의 죄악으로 다시 밀어 넣었소.
어쩌다 그렇게 되었는지 내 말을 들어 보시오.

어머니가 주신 뼈와 살의 형체를
지니고 살아 있었을 때 나는
사자가 아닌 여우처럼 행동했소.

갖은 모략과 술수를 꿰뚫고 있었기 때문에
재주를 무척이나 잘 부렸고,
내 소문은 땅 끝까지 퍼져 나갔소.

마침내 누구나 돛을 내리고 닻을
내려야 하는 나이라고 느낄 시기에
내가 이르렀을 때,

나는 즐거웠던 일들에 싫증을 느껴
죄를 뉘우치며 고백했소. 그것으로
구원을 받았더라면 얼마나 좋았겠소!

새로운 바리새 사람들의 왕[10]이
라테라노[11]에서 싸움을 시작했는데,
사라센이나 유대인과의 전쟁이 아니었소.

그의 적은 모두 그리스도교인들이었소.

아크리[12]를 치려는 사람은 아무도 없었고
술탄의 땅의 장사치를 치려는 것도 아니었소. 90

그는 높은 직위도 성스러운 직분도
돌아보지 않고, 비쩍 마른 허리를 졸라매는 끈이
내 허리에 매여 있는 것도 생각하지 않았소. 93

그러나 콘스탄티누스가 문둥병을 고치려고
시라티 산 속의 실베스테르를 찾아갔듯,[13]
그 사람은 내가 의사라도 되는 듯 나를 찾아와 96

자신의 오만의 열병을 고쳐 달라고 했소.
그는 조언을 요구했지만 나는 침묵을 지켰소.
그의 말투가 거만하게 들렸기 때문이었소. 99

그러자 그는 다시 말했소. '의심하지 마라![14]
지금 너의 죄를 사면할 테니 프라이네스테[15]를
어떻게 공략할지 가르쳐 다오. 102

너도 알듯이, 내 선임자[16]는 가지지 못했던,
하늘에 빗장을 지를 수도 풀 수도 있는
두 개의 열쇠를 나는 갖고 있다.' 105

그때 그의 말에는 권위와 논리가 있었소. 그래서
침묵을 지키는 것보다 말하는 것이 좋겠다고 생각하고

이렇게 말했지요. '곧 떨어질 죄악에서

절 구해 주시니 말씀드립니다만,
약속을 길게 하면서 지키기는 짧게 하시면
높은 보좌에서 승리를 거둘 것입니다.'

내가 죽었을 때 성 프란체스코께서 나를 보러
오셨는데 까만 천사[17] 한 마리가 그분께
말했소. '데려가지 마시오. 옳지 않소!

저놈은 기만적인 조언을 했기 때문에
내 졸개들 속으로 떨어져야 마땅합니다.
내가 먼저 저놈의 머리채를 움켜쥐었소.

뉘우치지 않는 자는 죄를 씻지 못합니다.
또 뉘우치면서 동시에 원하는 것은
서로 모순되므로 있을 수 없는 일입니다.'

아, 괴로운 이 내 몸이여! 그놈이 나를 움켜쥐고
'네놈은 내가 논리정연하리라 생각도 못 했겠지.'
라고 말했을 때 정말 무서웠소.

그놈은 나를 미노스에게 끌고 갔소. 미노스는
딱딱한 등에 제 꼬리를 여덟 번이나 감고 나서
불같이 화를 내고 꼬리를 물어뜯으며 말했지요.

'이놈은 불에 타는 도둑놈들한테 갈 놈이군.'
당신이 보다시피 난 이곳에 떨어져
이런 불 옷을 입고 고통 속에 지내고 있소." 129

그가 말을 마쳤을 때 불꽃은
뾰족한 뿔을 비비 꼬며
펄럭거리면서 이내 떠나갔다. 132

우리는 둔덕을 올라 마침내
또 다른 활꼴 다리 위에 도착했는데,
그 밑 구렁에는 이간질 때문에

짐을 진 자들이 죗값을 치르고 있었다. 136

28곡[1]

내가 지금 본 상처와 피의 광경은
그 어느 누가 쉽게 풀어 몇 번을 반복해도
완벽하게 묘사할 수 없을 것이다.

어떤 언어라도 분명 흡족하지 못할 것이다.
그렇게 엄청난 것을 이해하기에
우리의 말과 정신은 너무나 보잘것없다.

오류가 없는 리비우스[2]가 말하듯,
일찍이 풍요로운 땅 풀리아에서
트로이 사람들 때문에, 그리고

수많은 반지들을 노획한 저
긴긴 전쟁[3] 때문에 흘러내린 피로
고통스러워했던 모든 사람들을 불러 모으면

그런 상처와 피를 이해할 수 있을까?
로베르 귀스카르[4]에 대항하여 죽어 간 사람들,
풀리아 사람들 모두가 배신자로 행세했던

체프라노[5]에, 늙은 알라르도[6]가 무기도 없이
손에 넣은 탈리아코초에 아직 뼈를 묻고 있는
사람들을 모두 한자리에 모은다 해도, 그래서

그 더러는 구멍 나고 더러는 잘려 버린 수족들을
모조리 드러내도 이 아홉 번째 구렁의
그 추악한 형상에는 비길 수 없으리라.

나는 턱부터 방귀 뀌는 곳까지 찢어진
어떤 자를 보았는데, 허리나 밑바닥이 구멍 난
낡은 술통이라도 그처럼 깊게 갈라지지는 않았으리라.

두 다리 사이에 창자가 매달려 있고
내장이 드러났으며 먹은 것을 똥으로
만드는 축 처진 주머니도 나타났다.

내가 그를 뚫어지게 바라보자
그는 나를 보면서 두 손으로 가슴을 열어 보이고
말했다. "내가 몸을 찢어 가르니, 보시오!

난도질당한 무함마드의 몸을 보시오!

내 앞에서 울며 가는 저자는 알리.[7]
얼굴이 턱부터 이마의 털까지 찢어졌소.

당신이 여기서 보는 모든 자들은
살아 있을 때 불화와 분열의 씨를 뿌린 자들이오.
그래서 이렇게 찢긴 것이오.

우리 바로 뒤에는 마귀 하나가 대기하고 있다가
우리가 열을 지어 고통의 길을 한 바퀴 돌면
우리 하나하나에게 칼을 휘둘러

또다시 갈기갈기 찢어 놓는다오.
그놈에게 입은 상처는 우리가 길을 돌아
그놈 앞을 다시 지나기 전에 아물기 때문이오.

그런데 돌다리 위에서 망연히 바라보는 당신은
누구요? 고백하고 심판을 받았는데
벌을 받으러 가기가 망설여지는 거요?"

선생님이 대답했다. "이 사람에게 죽음이 이른 것도,
죄가 그를 괴롭힌 것도 아니오.
다만 그에게 완전한 경험을 하게 하려고

이미 죽은 내가 그를 이끌어
지옥의 고리들을 돌아 여기까지 내려왔소.

지금 한 말은 그대로 다 진실이오."

그의 말을 듣고 놀란 수백의 망령들이
고통도 잊어버린 채 구렁 속에서
꼼짝도 않고 나를 바라보았다.

"그렇다면 얼마 뒤에 태양을 보게 되겠군요.
그럼 수사 돌치노[8]에게 말 좀 전해 주시오.
내가 있는 이곳에 뒤따라오기 싫다면,

곡식을 많이 마련해 두라고, 그러면
폭설로 노바라 사람들이 앉아서
승리하는 일은 없을 거라고 말이오."

무함마드는 떠나려고 한쪽 발을 들다가
내게 말을 끝낸 다음에야
그 발을 내려놓으며 떠났다.

목에 구멍이 나고 코는 눈썹까지
잘려 나갔으며, 귀는 한 개만 남은
한 망령이 다른 여러 망령들과 함께

놀란 듯이 지켜보고 있다가
시뻘건 피로 가득한 목구멍을 열어
다른 자들보다 먼저 말했다.

"아, 죄의 형벌을 받지 않는 그대여!
당신을 저 위 라틴 땅에서 본 것 같소.
너무나 닮아서 내가 속은 것이 아니라면 말이오.

당신이 만일 돌아가서 베르첼리에서
마르카보에 이르는 아름다운 평원을 보거든
피에르 다 메디치나[9]를 기억해 주시오.

그리고 여기서 앞날의 예견이 헛되지 않길
바라는데, 파노의 선량한 두 사람
귀도와 안지올렐로[10]에게 이렇게 전해 주시오.

그들은 흉악한 폭군의 배반으로
그들이 타던 배에서 내던져져
카톨리카 부근에서 익사할 것이라고 말이오.

키프로스 섬과 서쪽 끝 마요르카 섬 사이에서,
또 어떤 해적들이나 그리스 사람들 사이에서도,
그런 엄청난 범죄는 포세이돈도 보지 못했을 거요.

한쪽 눈으로만 보는, 배신을 일삼는 그 폭군,
여기 나와 함께 있는 이자가 다시는
보고 싶어 하지 않을 땅을 다스리는 그놈은

그들에게 밀담을 갖자고 유혹한 다음

포카라의 바람을 피하여 맹세나
기도를 할 겨를도 없게 만들 것이오."[11]

내가 말했다. "당신에 관한 얘기를 저 위 세상
누구에게 전해야 하는 거요? 그 땅이
보기 싫다는 자가 누구인지 내게 보여 주시오."

그러자 그는 동료의 턱을 쥐어
입을 벌린 다음 외쳤다. "바로
이자[12]인데 말을 못 한답니다.

쫓겨나 있던 이자는[13] '준비된 사람이
망설이면 다 잃고 맙니다.' 하며 카이사르의 의심을
잠재우고 주사위를 던지게 했었지요."

아, 직언을 서슴지 않았던 쿠리오가
목구멍에서부터 혀를 잘린 채
얼마나 공포에 떨고 있던지!

다른 한 망령은 손이 다 잘린
짤막한 양팔을 어두운 허공에 쳐들고
떨어지는 피로 얼굴을 더럽게 적시며 고함을 쳤다.

"당신! 모스카도 기억하겠지! 그래!
'잘만 되면 모든 게 끝난다.' 라고 말했던 난

HELL Canto 28

토스카나 사람들에게 악의 씨앗이었지."[14]

내가 덧붙였다. "당신 집안의 종말도 그와 같았지!"
그러자 그는 고통에 고통이 쌓여
미친 사람처럼 훌쩍 가 버렸다.

나는 계속 구렁 속의 망령들을 바라보고 있었는데,
한 망령이 눈에 들어왔다. 더 많은 증거가
없었다면 그자를 말하기가 두려웠으리라.

순수의 갑옷 아래 한 사람의 용기를
북돋아 주는 좋은 동료인 양심에
내가 확신을 갖지 않았다면 말로 할 수 없으리라.

그러나 나는 분명히 보았다. 아직도 눈에 선하다.
머리가 잘린 몸체 하나가 다른 온전한 몸을 지닌
슬픈 무리와 함께 태연히 가고 있는 그 모습이.

그자는 자신의 잘린 머리를 초롱불처럼
양손으로 받쳐 들고 있었다. 그 머리는
우리를 쳐다보며 "아이고, 내 신세야!" 하고 말했다.

제 몸으로 제 등불이 되었으니,
하나 속에 둘이요 둘 속에 하나였다.
어떻게 그럴 수 있는지는 그를 벌한 분만 아실 테지.

우리가 돌다리 언저리에 다가가자
그자는 머리를 높이 치켜들어
자신의 말소리를 우리에게 들려주려 했다.

"내가 받는 흉악한 벌을 보시오.
숨을 쉬면서 죽은 자들을 찾아다니는 자여!
이보다 더 끔찍한 것을 본 적이 있는가?

나에 관한 이야기를 전해 주시오. 나는
보른의 베르트랑이요. 젊은
왕에게 사악한 암시를 주어

아버지와 아들을 서로 반목하게 한 사람이오.[15]
압살롬과 다윗을 이간질한 아히도벨의
사악한 교사도 이보다 더하지는 않았을 것이오.[16]

서로 굳게 믿는 자들을 내가 갈라놓았으니,
아, 고달프구나! 나의 머리를 몸뚱어리에서
떼어 내 이렇게 들고 다닌다오.

죗값은 내 안에서 이렇게 나타났다오."

29곡

피를 흘리며 죽어 간 수많은 사람들과 끔찍하여
바로 볼 수 없는 상처들을 나는 취한 듯
흐릿해진 눈으로 지켜보았다. 눈물을 흘리고 싶었다.

그러나 베르길리우스가 이렇게 말했다.
"무엇을 보느냐? 어찌하여 너의 시선을
저 아래에 무참하게 잘린 망령들에 틀어박고 있느냐?

다른 구렁에서는 그러지 않았거늘!
네가 저들을 생각하려 한다면 이 구렁의
둘레가 삼십오 킬로미터라는 것을 알아 두어라.

달이 벌써 우리 발치에 왔다. 우리에게
허락된 시간이 얼마 남지 않았다.
아직 보지 못한 것들이 많다."

“제가 왜 그렇게 망연자실한 눈으로 바라보고
있었는지 선생님께서 아셨다면
더 머물도록 허락하셨을 것입니다.”

길잡이가 걸음을 옮기는 동안 나는
그 뒤를 따르며 그렇게 대답했다.
나는 말을 이었다. “저는 저 구렁 속을

뚫어지도록 바라보았습니다. 그 속에서
제 혈육이 비싼 죗값을 치르며
슬피 울고 있는 것 같더군요.”

“지금부터는 그자를 생각하며
괴로워하지 마라. 그자는
거기에 두고, 다른 자들을 봐라.

나도 그자를 다리 발치에서 보았다.
그는 손가락을 쳐들어 보이며 날 험하게 협박했지.
제리 델 벨로[1]라는 이름이었어.

그때 너는 오트포르를 점령했던
자[2]에게 온통 정신이 팔려
그를 보지 못했고, 그는 이내 떠나 버렸지.”

“아, 나의 길잡이여! 그는 제 숙부였어요.

참혹하게 죽었지요. 가문에서 그 치욕을
갚아 주어야 하는데, 아직 이루지 못했습니다.

그 때문에 그가 나를 경멸하면서
말도 없이 사라진 거라고 생각합니다.
그 때문에 더 슬프기만 합니다."

우리가 이런 말을 주고받으며 다리를
건너고 있을 때 다른 구렁이 나타났다.
빛이 좀 더 있었더라면 속이 훤히 보였을 것이다.

우리는 말레볼제의 마지막 수도원 위에
있었다. 그곳의 수도자들이
우리 눈앞에 모습을 드러냈다.

그들은 수많은 애달픈 화살들을 나에게
쏘아 댔다. 그 상처는 연민으로 물들었고
나는 손으로 귀를 막았다.

7월에서 9월까지 발디키아나와
마렘마, 그리고 사르데냐에서 창궐한
전염병과 그 고통들을 모두

한 도가니에 몰아넣으면 바로
이곳과 같을 것이었다. 여기서 풍기는 악취는

썩어 들어가는 인육에서 나오는 듯했다.

우리는 계속 왼쪽으로 돌아 길게 이어진
다리를 내려가 말레볼제의 마지막 둑에
올라섰다. 그때서야 저 아래 바닥까지

시야에 들어왔다. 그곳에서는 하느님의 사도,
기만을 허락하지 않는 정의가
세상에서 기록한 위조자들에게 벌을 주고 있었다.

아이기나의 모든 백성이 병에 걸리고
공기는 사악한 독으로 가득 차
짐승들은 물론 미물들까지 모두

쓰러졌다는데, 또 시인들이 확고하게
믿듯이 백성들이 개미 떼의 알에서
다시 소생했다고는 하지만,

이 어두운 계곡에서 떼를 지어
괴로워하는 망령들을 보는 것보다
더 슬프지는 않았으리라.[3]

더러는 배를 깔고, 더러는 서로의 등을
베고 눕고, 또 더러는 고달픈 길을
고통스럽게 엉금엉금 기어 다녔다.

우리는 말없이 천천히 걸으며
몸을 가누지도 못하는 이 병든 사람들을
보고 그들의 신음 소리를 들었다.

나는 서로 기대 앉은 두 사람을 보았다.
머리끝에서 발끝까지 딱지가 더덕더덕 붙어 있었다.
마치 불에 달아오른 냄비들처럼 보였다.

미칠 듯이 가려워도 다른 방도가 없는
가려움증 환자처럼 몸부림치면서
손톱으로 제 몸을 할퀴고 있었다.

제 주인에게 들볶인 마구간 소년이나
억지로 밤을 새우는 마부가 말을 벅벅
빗질하는 것도 이보다 더하지는 않았으리라.

그들은 식칼로 잉어나 그보다 더 거친
비늘로 덮인 큰 물고기의 비늘을 벗기듯이
손톱으로 상처의 딱지들을 긁어 떼어 냈다.

나의 길잡이가 그들 중 하나에게 말을 걸었다.
"당신은 손가락으로 집게를 만들어
외투와도 같은 제 몸을 조각조각 떼어 내고 있군요.

말해 주시오! 이 가운데 라틴 사람이 있는지,

WB
HELL
Canto 29&30

또 당신들의 손가락은 영원히
그런 일에만 쓰도록 되어 있는지!"

그러자 그중 하나가 울며 대답했다. "당신이 보고 있는
상처투성이의 우리 둘 다 이탈리아 사람이오.
그런데 당신은 누구라서 이런 질문을 하는 거요?"

길잡이가 대답했다. "나는 이 살아 있는 사람과 함께
암벽에서 암벽을 지나 이 아래까지 내려오며
그에게 지옥을 보여 주고 있소."

그러자 기대고 있던 그들이 서로 떨어지며
부들부들 떨었다. 길잡이의 말을 넌지시 들은
다른 무리들도 떨면서 나를 향해 몸을 돌렸다.

어지신 선생님께서 내게 바싹 다가서며 말했다.
"네가 듣고 싶은 것을 저들에게 말해라."
나는 그가 원하는 대로 말을 시작했다.

"첫 번째 세상[4] 사람들 마음에
당신들에 대한 기억이 사라지지 않고
오랫동안 남아 있게 하고 싶다면,

당신이 누구인지 어느 가문 출신인지 말해 주시오.
또 당신들의 추하고 괴로운 죄를

두려워 말고 모조리 털어놓으시오.”

그중 하나가 대답했다. “나는 아레초 사람[5]이오.
시에나의 알베로가 나를 불 속에 처넣었소.
그러나 그 때문에 이리로 오게 된 것은 아니오.

실은 내가 농담으로 그랬지요.
‘나는 공중을 날 수 있다!’ 그러자
머리에 허영만 잔뜩 든 그자가

그 묘기를 보여 달라고 했소. 그리고 자기를
다이달로스로 만들지 못했다고, 그자를
자식처럼 여기는 자를 움직여 나를 불에 태웠소.

그러나 허위를 용서하지 않는 미노스가 나를
이 맨 밑바닥 열 번째 구렁에서 벌을 받게 만든 것은
내가 세상에서 연금술사 노릇을 했기 때문이오.”

나는 시인에게 물었다. “그 당시에
시에나 사람들처럼 허황된 이들이 또 있었나요?
분명 프랑스 사람들도 그렇지는 않았지요?”

내 말에 귀를 기울이던 다른 문둥이가
말을 받았다. “유산을 방탕하게 써 버리며
분수껏 산 스트리카[6]를 제외시키지는 않겠지요?

그리고 니콜로[7]는 또 어떤가? 그자는
그 비싼 정향을 양념으로 쓰는 요리법을 소개했고
철없는 시에나 사람들은 좋아라 받아들였다지. 129

포도원과 대삼림을 낭비한 카치아 다쉬안과
또 자신의 총명을 으스대던 압발리아토가 속한
그 낭비족도 제외시키면 안 될 거요. 132

그런 시에나 사람들과 다른, 당신 마음에 드는
사람을 찾는다면 나를 잘 보시오.
내 얼굴이 답해 줄 것이오. 135

내가 연금술로 금속을 위조했던
카포키오[8]의 망령임을 당신은 알게 될 거요.
내가 당신을 제대로 보았다면, 당신은 기억할 것이오.

내가 얼마나 원숭이 기질을 타고났는지를!" 139

30곡[1]

헤라가 세멜레 때문에
테베의 혈족에 대해 수도 없이
분노를 퍼붓던 시절,

아타마스는 미치광이가 되어
어느 날 자신의 두 아이를 안고 가는
자기 아내를 보고 소리 높여 외쳤다.

“그물을 쳐 내가 길목에서
암사자와 새끼 사자들을 잡겠다!”
아타마스는 무자비한 이빨을 내밀어

레아르코스라는 이름의 병약한 아이를 물어
빙빙 돌리다가 바위에 내동댕이쳤다. 그러자
이노는 다른 아이와 함께 물에 뛰어들어 죽었다.[2]

운명이 기울어 무엇에든 자신만만하던
트로이인의 오만함이 꺾이고 왕이
제 왕국과 함께 망해 버렸을 때,

노예가 된 불쌍한 헤카베는
폴리세네의 죽음과 바닷가에 밀려온 아들
폴리도로스의 시신으로 인해

가슴이 찢어질 듯 괴로운 심정이 되어
개처럼 울부짖었다. 고통이 너무나 커서
마음을 쉽게 진정하지 못했다.[3]

그러나 테베와 트로이 사람들의 광기가
제아무리 잔혹하게 짐승을 찌르고
사람을 찢었다 해도, 그때 내가 본,

우리에서 풀려 뛰쳐나오는 돼지 떼처럼
서로를 물어뜯으며 내달리던 두 명의 비쩍 마른
망령들보다 잔인하지도 모질지도 않았을 것이다.

그중 하나가 카포키오에게 덤벼들어
목덜미를 이빨로 물어 질질 끌고 갔다.
배가 돌바닥에 긁혔다.

이 광경을 보던 아레초 사람이 덜덜 떨며

내게 말했다. “저 미친 망령은 지안니 스키키[4]요.
저렇게 광포하게 우릴 쫓아다니며 괴롭힙니다.”

나는 그에게 말했다. “다른 망령이 당신을
물어뜯지 않으면 좋겠소만, 그 망령은 대체
누구요? 가 버리기 전에 말해 주시오.”

“죄 많은 미라[5]의 오래된 영혼이오.
미라는 올바른 사랑에서 벗어나
자기 아버지의 연인이 되었소.

이 여자는 다른 사람으로 변장하여
대범하게도 자기 아버지와 죄를 지었소.
저기 가는 저놈과 마찬가지였지요.

저놈은 가축들 중 최고를 얻기 위해
부오소 도나티로 변장하여
유언했고 유서를 변조했지요.”[6]

내가 바라보던 그 미친 두 죄인이
지나간 뒤에 나는 다른 죄인들을
보려고 눈길을 돌리다가

류트[7]처럼 생긴 자를 보았다. 그는
가랑이 아래가 나머지 몸뚱이에서

완전히 잘려 나간 듯 보였다.

극심한 수종이 물기를 죄다 빨아들인 탓에
사지가 이상하게 뒤틀렸던 것인데,
얼굴은 부어오른 몸에 너무나도 어울리지 않았다.

마치 갈증 때문에 입술 하나는
턱을 향하고 다른 하나는 하늘을 향해
쳐들린 것처럼, 노상 입을 벌리고 있었다.

그가 우리에게 말했다. “까닭은 모르지만,
당신들은 이 끔찍한 세상에
아무 벌도 없이 와 있구려. 이 가엾은 장인(匠人)

아다모를 마음에 새겨 두기 바랍니다.
나는 살았을 때 원하던 것을 원 없이 가졌지만,
지금은 물 한 방울을 이렇게 갈망하고 있소.

카센티노의 푸른 언덕에서
아르노 강으로 서늘하고 잔잔하게
흘러내리는 실개천들이 언제나

눈앞에 속절없이 아른거립니다. 그것을
머리에 떠올리는 일이 얼굴 살을 뜯어내는
병보다 더 애타게 목을 태우고 있소.

나를 괴롭히는 엄격하기 그지없는 정의가
하필 내가 죄를 지은 곳을 떠올리게 하며
더 깊은 한숨을 내쉬게 만드는구려.

거기는 로메나, 내가 세례자의 얼굴로[8]
주화를 찍어 위조화폐를 만들던 곳이오. 나는
그 때문에 저 위에 불에 탄 육신을 남겼소.

그러나 만일 귀도나 알레산드로, 혹은
그 형제의 슬픈 영혼들[9]을 여기서 본다면
내가 브란다 샘인들 거들떠보겠소!

주위에서 미쳐 날뛰는 영혼들의 말이 옳다면,
이 안에 귀도가 있다고는 하지만
내 다리가 묶여 있으니 무슨 소용이 있겠소!

백 년에 한 치씩만이라도
움직일 수 있도록 조금만 더 가벼웠더라면
나는 그놈을 찾아 이 슬픈 무리 사이로

벌써 길을 떠났을 것이오. 설사
구렁의 둘레가 십팔 킬로미터에다
너비가 팔백 미터이라도 말이오.

바로 그놈들 때문에 내가 이런 무리에

섞여 있소. 그놈들이 나를 꾀어서
삼 캐럿의 쇠찌꺼기로 피오리노를 찍어 내게 한 것이오."

"당신 오른편에 바싹 달라붙어
누워 있는 두 사람은 누구요? 추운 겨울날
젖은 손처럼 김이 모락모락 오르는군요."

"나는 이 구렁에 떨어졌을 때부터
이들을 보았소. 이들은 단 한 번도 꼼짝하지
않았는데, 앞으로도 그럴 것이오.

한 년은 요셉을 모함하던 거짓말쟁이,[10] 다른 놈은
트로이 출신의 거짓말쟁이 그리스인 시논[11]이오.
그들은 심한 열병으로 독한 냄새를 뿜고 있소."

그러자 그들 중 하나가 이렇게 못된 식으로
이름이 밝혀진 것에 기분이 나빴는지
아다모의 불룩한 배를 주먹으로 쳤다.

북 치는 소리가 났다. 그러자
아다모도 그에 못지않게 뻣뻣한 손으로
그의 얼굴을 후려갈기며 말했다.

"이 몸이 무거워 비록
움직이기 힘들지만,

팔은 아직 얼마든지 쓸 수 있다고!"

그러자 시논이 대꾸했다. "화형대에서는
쓸 일도 없었잖아, 안 그래? 물론
위조화폐를 만들면서는 훨씬 더 빨랐겠지."

수종 환자가 말했다. "그래! 말 한번 잘했다! 그런데
트로이가 진실을 요구했을 때
넌 왜 그렇게 못 했어! 제대로 증언이나 했나!"

시논이 말했다. "내가 거짓말을 했으면, 넌 돈을 위조했어!
난 한마디 말 때문에 여기 있지만,
넌 다른 어떤 마귀보다도 나쁜 놈이야!"

"이 거짓말쟁이야, 목마를 잊었나!"
배가 불룩한 자가 대답했다.
"온 세상이 다 아는데 부끄럽지도 않나!"

그리스인이 말했다. "네 혀를 쪼개는
갈증이나 생각해라. 또 배때기를 빵빵하게 채운
그 썩은 물도 좀 생각해라!"

그러자 위조범이 말을 받았다. "네 아가리가
아직까지는 벌어져서 지껄여 댄다만,
내가 목이 마르고 배에 물이 차 부어오르면,

넌 목이 타고 머리통이 깨져 나가는 거야!
그러니 네놈은 정신 못 차리고
나르키소스의 거울[12]이나 핥아 대겠지!"

나는 그들의 말에 폭 빠져 있었다.
그런 나를 보시더니 선생님이 꾸짖었다.
"계속 보다가는 내가 너랑 싸우겠구나!"

노기 담긴 목소리에 나는 그에게 몸을 돌렸다.
너무나 부끄러웠기에 지금도
그 생각만 하면 어찔하다.

불길한 꿈을 꿀 때 그것이
그저 꿈이기를 바라는, 있는 것이
없던 것으로 되기를 바라는, 그런 심정이었다.

사과하고 싶은 마음이 간절했지만
입을 열 수 없어서 사과를 제대로
했는지 기억나지 않는다. 선생님이

말했다. "작은 부끄러움은
네가 저지른 것보다 더 큰 잘못도
씻어 준다. 이제 걱정을 거두어라.

사람들이 말다툼을 벌이는 곳에

자기도 모르게 끼어들게 되면
내가 곁에 있다는 것을 잊지 마라.

그런 것을 엿들으려 하는 것은 천박한 일이니." 148

31곡[1]

단 하나의 혀[2]는 처음에는 나의 두 뺨을
깨물어 차례로 빨갛게 물들게 하더니
이내 다시 약을 주었다.

내가 듣기에, 아킬레우스와 그 아버지의 창이
처음에는 고통이었으나 나중에는
좋은 약이 된 것과 같았다.[3]

우리는 비참한 골짜기를 뒤로하고
골짜기를 감싸고 있는 언덕 위로
한마디 말도 없이 걸어 올라갔다.

그곳은 밤도 아니고 낮도 아니었다.
나는 앞을 거의 내다볼 수 없었다.
어디선가 드높은 뿔 나팔 소리가 들렸다.

그것은 천둥소리도 잠재울 만큼 컸다.
나는 그 소리가 들려온 길을 따라
두 눈을 집중하여 한곳을 바라보았다.

샤를 마뉴가 고통스러운 패배를 당하며
신망하던 성스러운 용사들을 잃었을 때
롤랑도 그렇게 크게 울리지는 않았을 것이다.[4]

그쪽을 바라본 지 얼마 지나지 않아서
높은 탑들이 멀리서 눈에 어른거리는 것 같았다.
"선생님, 이곳이 어디입니까?"[5] 내가 물으니,

그가 답했다. "네가 어둠 속에서
너무 멀리 보려다 보니
진실을 상상과 혼동한 모양이다.

눈이 멀리 있는 것에 얼마나 속기 쉬운지
저곳에 가면 잘 알게 될 것이다.
그러니 좀 더 빨리 움직이자."

선생님은 다정하게 손을 잡아 주셨다.
"더 나아가기 전에 먼저
네가 분명하게 알아 두어야 할 것은,

네 눈에 어슴푸레 보이는 저것들이

HELL Canto 31

탑이 아니라 거인들[6]이라는 점이다. 그들 배꼽 아래로는
둔덕으로 둘러싸인 웅덩이에 잠겨 있다."

대기에 낀 자욱한 안개 속에
감추어졌던 것이 안개가 걷히면서
눈앞에서 서서히 모습을 드러내듯이,

검고 울창한 대기를 뚫고 언덕을 향해
접근하는 동안 잘못 본 모습들은
달아나고 대신 무서움이 나를 덮쳐 왔다.

몬테레지온[7]이 둥그런 성벽 위에
탑들을 둘러치고 있듯이,
거대한 웅덩이를 에워싼 둑 위에

거인들이 소름 끼치는 모습으로 상반신을
망루처럼 우뚝 세우고 있었다. 천둥이 울릴 때마다
제우스는 하늘에서 그들을 위협하고 있었다.

벌써 그중 한 거인의 얼굴과
어깨, 가슴, 배의 대부분, 그리고
그 옆에 드리워진 팔을 알아볼 수 있었다.

자연이 거대한 인간 생명체를 만들지 않고
마르스에게서 그런 자들을 뺏은 것은

HELL Canto 31

분명 잘한 일이었다. 51

자연은 코끼리나 고래 같은 거대한 것들을
만들긴 했지만, 그것은 잘 생각해 보면
정당하고 사리에 맞는 일이었다. 54

왜냐하면 사악한 의지와 폭력에
이지와 사고력까지 가세하면
아무도 이를 막아 내지 못할 것이기 때문이다. 57

내가 본 거인의 얼굴은 로마에 있는 산 피에트로 성당의
솔방울처럼 길고 컸다. 다른 신체 부분들도
그 얼굴에 어울리게 크리라 생각됐다. 60

그의 하반신의 치마를 이루는
둔덕 위로도 한참을 올려다보아야 했다.
프리슬란트[8] 사람 세 명을 그 위에 63

올려놓아도 그 머리털에는 닿지 못하리라.
사람의 망토 단추를 채우는 곳에서
아래로 둔덕까지 서른 뼘은 족히 되었으니까. 66

"라펠 마이 아메흐 차비 알미."[9]
그 사나운 입이 울부짖기 시작했다. 그에게
그보다 더 달콤한 성가는 없을 성싶었다. 69

HELL
Canto 31

길잡이가 그를 향해 소리쳤다. "바보 같은 망령아!
화가 나거나 다른 감정이 치밀거든
뿔 나팔로나 화풀이해라!

목을 더듬어 거기 매달린 줄을 찾아보면,
이 얼빠진 놈아, 네 거대한 가슴을 감고 있는
뿔 나팔이 손에 잡힐 거다!"

그러고 나서 내게 말씀하셨다. "놈은 변명하는 거야.
이자는 니므롯인데, 자신의 멍청한 고안물 때문에[10]
세상에서는 더 이상 공통어가 쓰이지 않게 되었지.

저자는 버려두자. 쓸데없는 얘기는 하지 말자.
그의 말이 누구에게도 통하지 않듯이,
그에게는 어떤 말도 통하지 않는다."

우리는 더 걸어가다가 왼쪽으로 돌았다.
화살이 닿을 만큼 가까운 거리에서
더 사나워 보이는 거대한 놈을 발견했다.

그놈을 붙잡아 매어 놓으신 분이 누구인지
말할 수는 없으나, 어쨌든 그 거인은 왼팔은
앞으로 오른팔은 뒤로 돌려진 채 쇠사슬에

묶여 있었다. 쇠사슬은 목덜미에서 아래쪽으로

거인의 몸을 단단하게 결박하고 있었다.
눈에 보이는 대로만 세도 다섯 번이나 휘감고 있었다.

길잡이가 말했다. "이 교만한 자는
지존하신 제우스에 대항하여 자기 힘을
실험해 보고 싶어 했지. 그래서 저런 벌을 받는 거야.

이름은 에피알테스.[11] 거인들이 신들을 위협했을 때
놀라운 위력을 보이더니 그 휘두르던 팔을
이제는 꿈쩍도 못하는구나."

"가능하다면, 측량조차 곤란한
거대한 브리아레오스[12]를 경험 삼아
제 눈으로 직접 보았으면 합니다."

"이 근처에서 안타이오스[13]를 볼 것이다.
그는 말도 하고 묶여 있지도 않다.
그가 우리를 죄의 밑바닥으로 데려다 줄 것이다.

네가 보고 싶어 하는 자는 더 멀리 있는데,
그놈은 에피알테스처럼 묶여 있지만
최고로 험악한 놈이다."

그때 갑자기 에피알테스가 몸부림을 쳤다.
아무리 강한 지진이라도 그렇게

견고한 탑을 흔들 수는 없었으리라.

나는 어느 때보다도 그 순간 죽음이 두려웠다.
그놈을 동여맨 쇠사슬을 보지 못했다면
겁에 질려 지레 죽고 말았을 것이다.

우리는 앞으로 나아가서 안타이오스에게
다가갔다. 그는 머리 말고도 두 팔 반이나 됨 직한
몸을 도랑 밖으로 내밀고 있었다.

"당신은 한니발이 부하들을 데리고 도망치고
스키피오가 영광스러운 상속자가 되었던
그 유명한 계곡[14]에서 일찍이

사자 천 마리를 잡아먹고 살았다지요.
또 당신 형제들이 신들에 대항해서 벌인 대전쟁에
당신이 개입했더라면 땅의 아들들인 당신네들이

이겼을 것이라고 모두가 지금도 생각합니다.
추위가 코키토스[15]를 얼리는 곳으로
부디 우리를 내려 보내 주시오.

티티오스나 티폰[16] 따위에게 우리를 보내지 말고.
여기 있는 이 사람은 당신들이 갈망하는 바를
줄 수 있으니 얼굴 찌푸리지 말고 고개를 숙이시오.

HELL Can

그는 살아 있고, 운명이 그를
때 이르게 부르지 않는 한 오래오래 살리라 기대되니,
당신들의 이름을 세상에 널리 알릴 수 있을 것이오."

선생님이 그렇게 말하자,
일찍이 헤라클레스의 손을 호탕하게 뒤흔들어 잡던
그자가 손을 내밀어 선생님을 잡았다.

베르길리우스는 자기가 잡힌 것을 알고는 내게 이렇게
말했다. "내가 널 붙잡을 수 있게 이리로 오너라."
그래서 그와 나는 한 몸이 되었다.

한 가닥 구름이 기울어진 가리센다 탑[17] 위로
지날 때 밑에서 올려다보면 탑의 모습이
마치 구름을 맞이하며 기우는 듯 보이듯이,

안타이오스가 허리를 굽히는 것이
내 눈에는 바로 그렇게 보였으니, 나는
두려워 차라리 다른 길로 가고 싶었다.

그러나 그는 루키페르를 유다와 함께
삼켜 버린 밑바닥에 우리를 사뿐히 내려놓았다.
그러면서 그는 허리를 구부렸지만, 곧

배의 돛대처럼 그 거대한 몸을 일으켰다.

32곡[1]

지옥의 모든 바위들이 내리누르고 있는
저 슬픈 구멍에 잘 들어맞을
거칠고 쓰디쓴 글을 지을 수 있다면

내 생각의 즙을 더 완전하게
짜내련만. 하지만 그렇지 못하여
두려움 없이는 말을 이어 갈 수가 없다.

우주의 중심 바닥을 묘사하는 것이란
농담처럼 가볍게 처리할 일도
엄마 아빠를 부르는 아기의 옹알거림도 아닐 테니까.

그러나 암피온[2]을 도와 테베의 성을
쌓은 여인들이여! 나를 도와 내 말이
사실과 어김없도록 해 주시오!

아, 그 무엇보다 사악하게 창조되어
상스럽기가 묘사하기조차 힘든 자들이여!
차라리 세상에서 양이나 염소였더라면 좋았을 것을!

거인들의 발치를 벗어나서 더 아래로
칠흑같이 깜깜한 웅덩이로 내려왔을 때
나는 다시 높은 둔덕을 바라보았다.

그때 이런 소리가 들려왔다. "네가
어떻게 지나가는지 보리라.
불쌍하고 지친 네 형제들의 머리를 밟지 마라."

몸을 돌려 앞을 보자
발밑에 호수가 펼쳐졌는데, 얼어붙어
물이 아니라 유리처럼 보였다.

겨울의 차가운 하늘 아래
오스트리아의 도나우 강이나 돈 강도 물줄기에
이렇게 두꺼운 너울을 깔지는 못할 것이다.

탐베르키니 산이나 피에트라피아나[3] 산이
그 위에 떨어진다 해도
가장자리에 금도 가지 않을 것 같았다.

시골 아낙네가 봄이 와 이삭을 줍는

꿈속에서 개구리가 물 위로
코만 내밀고 개굴거리는 것처럼,

호수의 얼음 속에 갇힌 영혼들이
부끄러움이 먼저 드러나는 얼굴까지 추위로 납빛이 되어
황새의 입놀림처럼 이를 부득부득 갈고 있었다.

모두가 고개를 푹 숙이고 있었으며,
입에서는 추위가, 눈에서는
슬픈 마음이 드러나고 있었다.

잠시 주위를 둘러보다 발치를 내려다보니
두 영혼이 서로 붙어 있는데,
머리카락이 서로의 머리 위에서 엉켜 있었다.

"이렇게 가슴을 맞대고 있는
당신들은 누구요?" 그들은 고개를 돌려
내 쪽으로 얼굴을 똑바로 세웠다.

처음에는 흐리멍덩했던 눈에서
눈물이 떨어져 입술까지 흘러내렸다. 추위는
입술 사이의 눈물을 얼려 서로를 굳게 접착시켰다.

그 꼴이 쇠로 만든 거멀장이 나무와 나무를
죄어 붙인 것보다 더 단단해 보였다. 분노가 극에 달한 그들은 두 마리 숫염소처럼 맞붙어 싸우던 터였다.

추위로 양쪽 귀를 잃은 다른
영혼 하나가 얼굴을 숙인 채 말했다.
"왜 그렇게 우릴 거울 보듯 보느냐?

이 두 사람이 누군지 알고 싶은가?
비센치오 강이 흘러내리는 골짜기가
그들과 그들의 아버지 알베르토의 것이었다.

그들은 한 몸에서 나왔다. 카이나[4]를 아무리
샅샅이 뒤져 보아도, 이 얼음에 처박히는 데
그들보다 더 어울리는 망령을 발견하기는 어려우리라.

아서 손에 가슴과 그림자마저
구멍 난 그놈[5]이나 포카치아[6]도
그들만 못했다. 그리고 자기 머리로 나를

가로막고 있는 이놈 사솔 미스케로니[7]는,
당신이 토스카나인이라면 잘 알리오만,
역시 이들을 능가하지 못했다.

그러니 당신은 이제 내게 말 좀 그만 시키고,
내가 카미치온 데 파치였으며, 내 죄를 덜어 줄
카를린을 학수고대하고 있다는 것만 알아 두시오."[8]

나는 추위로 짙은 보라색을 띤 수천 개의
개꼴이 된 얼굴을 보았다. 그래서 지금도
얼어붙은 물만 보면 소름이 돋는다. 앞으로도 그러리라.

중력이 모두 모이는 그곳, 중심을 향하여
나아가는 동안, 나는 영원히 지속될
그늘에서 몸을 떨었다.

천명인지 운명인지 모르지만
머리들 사이를 걷던 중
어떤 자의 머리가 발길에 차였다.

그가 울부짖으며 소리쳤다. "왜 날 차는 거냐?
이놈! 몬타페르티의 복수를 하러 왔느냐?
그게 아니면 왜 날 이렇게 괴롭히느냐?"[9]

"선생님, 저자가 나에 대한
의심을 벗도록 여기서 절 기다려 주세요.
그런 다음 선생님 뜻대로 저를 재촉하시지요."

나의 길잡이가 발을 멈췄다. 나는 아직도
저주를 퍼붓고 있는 그자에게 말했다.
"사람을 그렇게 질책하는 넌 누구냐?"

그가 대답했다. "네놈은 누구기에 사람 머리를

HELL Canto 32

걷어차면서 안테노라[10]로 가는 게냐?
살아 있다고 해도 너무한 것이 아니냐?"

"그래, 난 살아 있다. 네가
명성을 원한다면 네 이름을
내 기억 속에 적어 두는 것이 좋겠구나."

"내 소원은 그와 반대다.
어서 여기서 꺼져라. 날 괴롭히지 말고.
그런 입발림은 여기서 안 통해!"

나는 그자의 머리채를 움켜쥐고 대꾸해 주었다.
"네놈 이름을 밝히는 게 좋을 거야!
그렇지 않으면 머리카락이 하나도 안 남을걸!"

"그래 어디 해 봐라! 머릴 다 뽑고
머리통을 수천 번 내던져도
내가 누구인지는 절대 밝히지 않겠다!"

나는 그자의 머리채를 움켜쥐었다.
그자는 눈을 내리깔고 울부짖었다.
벌써 머리카락을 한 움큼이나 뽑아 낸 터였다.

그때 다른 한 놈이 소리쳤다. "보카, 무슨 일이냐?
이빨 떠는 소리만 들어도 족한데 이젠 짖어 대는구나!

HEL

어떤 마귀가 널 건드리는 거야?"

내가 응답해 주었다. "이 사악한 반역자야, 입 닥쳐라!
이제 네 이름을 알았으니, 너의 파렴치함을
온 세상이 다 알도록 해 주겠다!"

그가 대답했다. "꺼져라! 맘대로 떠들고 다녀라!
그러나 이곳을 벗어나면 입을 가벼이 놀린
저놈에 대해서도 말해야 할걸!

저놈은 프랑스인들에게 받은 은전 때문에
여기서 울고 있다. 넌 이렇게 말해라. '죄인들이
얼어붙은 곳에서 두에라 출신의 그놈을 봤다.' 라고.

'또 누가 거기 있었지?' 라고 누가 묻거든
네 옆에 있는 피렌체인들에 의해 목이 잘린
베케리아의 그놈[11]이 저쪽에 있었다고 말해 주어라.

저기 잔니 데이 솔다니에르[12]가 있을 텐데,
가넬로네[13]와, 사람들이 잠자는 틈에
파엔차의 성문을 연 테발델로[14]가 함께 있을 거다."

우리는 그자를 떠났다. 어느 구멍에선가
얼어붙어 있는 두 망령을 보았다.
한 망령의 머리가 다른 망령의 모자가 되어 있었다.

배가 고파 빵을 게걸스레 씹어 먹는 것처럼,
위에 있는 자가 밑에 있는 자의 머리와 목이
맞붙는 곳을 쉴 새 없이 이빨로 깨물고 있었다.

머리와 다른 이곳저곳을 깨물고 있는
그 꼴이 티데우스[15]가 핏대를 세우며 멜라니포스의
관자놀이를 물어뜯는 것과 꼭 같았다.

내가 그에게 물었다. "이자를 그토록
짐승처럼 씹어 먹으며 증오하고 저주를
늘어놓는 이유가 무엇이냐? 그렇게 서러워

우는 이유가 있을 터인즉, 너희들은 누구며
저자의 죄가 무엇인지 알아야
내 혀가 마르지 않는 한

저 위 세상에서 보상을 해줄 것 아니냐!"

33곡[1]

그 죄인은 끔찍하게 변한 먹이에서
입을 떼고는 자기가 씹어 먹던 뒤통수의
헝클어진 머리카락으로 입을 문질러 닦았다.

"내 얘기를 하자니 생각만 해도
너무나 절망스러운 고통이 밀려와
가슴을 짓누르는구려.

그러나 나의 말이 씨가 되어 내가 물어뜯었던
이 반역자에게 치욕을 안겨 주기를
바라는 심정으로 눈물을 흘리며 내 얘기를 들려주겠소.

난 당신이 누구인지 또 어떻게 이 아래
세상으로 왔는지 모르겠으나, 말씨를 들으니
진정 피렌체 사람인 듯하구려.

HELL

난 우골리노 백작이었고, 이놈은
루지에리 대주교였다는 것을 우선 알아 두시오.[2]
이놈 곁에서 이런 짓을 하게 된 연유를 말해 주겠소.

내 이놈을 믿었다가 그 사악한
속임수에 말려들어 사로잡혀서
죽임을 당했다는 것은 새삼 말할 필요도 없소.

당신은 내 죽음이 얼마나 참혹했는지
들어 보지 못했겠지. 그걸 들으면
이놈을 원수로 여기는 걸 당연하게 생각할 거요.

나로 인해 '굶주림' 이란 이름이 붙은,
아직도 다른 사람들을 가두고 있는
그 탑 골방의 좁은 틈새로

달빛이 여러 번 내 앞에 드리워지고 난 뒤,
난 내 앞날의 너울을 벗겨 주는
정말 흉측한 꿈을 꾸었소.

꿈에서 이놈이 나타났는데, 그는 피사인들이
루카를 볼 수 없도록 가로막은 산에서 늑대와
그 새끼들을 사냥해 가는 무리의 대장처럼 보였소.

마르고 날쌘 암캐들을 데리고 이놈은

구알란디를 시스몬디와 란프란키[3]와 더불어
맨 앞에 내세우고 있었소.

얼마 도망가지 못해서 늑대와 새끼들이
기진한 듯 보였고, 이어 날카로운 이빨이
그들의 옆구리를 찢는 장면이 보였소.

그런 꿈을 꾸다가 새벽녘에 잠이 깼는데,
나와 함께 갇혀 있던 자식과 손자들이 잠결에
울면서 빵을 달라고 하는 소리가 들렸소.

스스로 고통을 예고하는 나의 마음을 생각해도
눈물이 나지 않는다면 정녕 매정한 사람이오.
그럴 때 울지 않으면 눈물은 무엇 때문에 있는 게요?

그들도 나처럼 잠에서 깨어 있었소.
먹을 것을 주던 시간이 가까워 오는데, 저마다
꿈을 꾼 것이 정말 일어날까 의아해하고 있었소.

아니나 다를까 그 끔찍한 탑 아래의 입구에서
문에 못질하는 소리가 들려왔소. 나는
미동도 못 하고 자식들의 얼굴을 우두커니 바라보았소.

나는 울지 않았으나 속은 돌이 되었소.
자식들은 울었소. 나의 어린 안셀무치오가 이렇게 말하더군.

'아버지, 왜 그렇게 바라보세요? 무슨 일이세요?'

나는 울지도, 대답하지도 않았소.
그날 하루 종일, 그리고 밤이 지나 또
마침내 다른 태양이 세상에 나올 때까지.

한 줄기 빛이 고통스러운 감옥에
스며들었소. 눈에 보인 내 자식들의 얼굴처럼
나의 모습도 그러리라 생각하니,

괴로운 나머지 손을 물어뜯게 되었소.
그러자 허기를 참지 못해 그러는 줄로 생각하고
자식들이 일어나서 말했소.

'아버지, 저희를 먹으면 저희들의 고통이
훨씬 덜할 거예요! 아버지가 이 불쌍한 육신을
입혀 주셨으니 이제는 벗겨 가세요!'

나는 그들을 더 슬프게 하지 않으려고 평정을 찾았소.
그날도 그다음 날도 우리는 말없이 앉아 있었소.
아, 매정한 땅이여! 어찌하여 열리지도 않는가?

그렇게 나흘째 접어들었을 때
장남 가도가 내게 몸을 던지더니 사지를 늘어뜨리며,
"아버지, 날 좀 도와주세요!" 하고는

Canto 33

이내 죽어 버렸소. 당신이 지금
날 보고 있듯이, 닷새, 엿새가 지나가면서 하나씩 하나씩
나머지 세 명이 죽어 가는 것을 지켜보았소.

벌써 눈이 먼 나는 그들의 몸을 더듬었소.
아이들이 죽은 뒤 이틀 동안 이름을 불렀는데,
고통보다도 배고픔을 참을 수가 없었소."

여기까지 말했을 때 그는 눈을 부릅뜨고
뼈다귀를 씹는 개처럼 그 억센 이빨로
그 처참한 머리를 다시 물어뜯었다.

아, 피사여! '시'[4] 소리가 울려 퍼지는
아름다운 나라에 사는 사람들의 수치여!
주위 도시가 너를 응징하는 데 늑장을 부린다면,

카프라이아 섬과 고르고나 섬이 움직여
아르노 강 어귀에 강둑을 쌓아 너의 모든 사람이
물에 빠져 죽기라도 하면 얼마나 좋을까!

비록 우골리노 백작이 너의 성들을
팔아먹었다는 소문이 있지만, 그렇다고
네가 그의 자식들마저 십자가에 매달 수는 없었다!

새로운 테베여![5] 우구치오네와 브리가타[6],

또 앞서 말한 두 아이들이
그 나이에 무슨 죄가 있었겠는가!

우리는 다른 한 무리가 처참하게
얼어붙은 곳에 이르렀다. 그들의 얼굴은
아래를 향하지 않고 모두 위로 쳐들려 있었다.

거기서는 울음이 울음을 허용하지 않았다.
울음은 두 눈을 가로막는 고통스러운 눈물로 변해
안으로 스며들어 가슴을 죄는 듯한 불안을 키웠으니,

그렇게 눈물은 딱딱한 응어리를 이루어 마치
수정으로 된 눈꺼풀인 듯이 눈썹 아래
움푹 팬 곳을 가득 채우고 있었다.

지독한 추위가 내 얼굴의
모든 감각을 마치 못이 박힌 듯
여지없이 죽여 버린 듯했지만, 그러나

이내 한 가닥 바람이 살랑거림을 느꼈다.
"선생님, 누가 이 바람을 일으킵니까? 열기가 있어야
바람이 일 텐데, 이곳에는 그런 게 없지 않나요?"

그가 내게 말했다. "이제 곧 너는
대답을 해 줄 곳에 닿을 것이고, 네 눈이

그 바람의 원인을 보게 될 것이다.” 108

그때 차가운 얼음을 뒤집어쓴 비참한 망령이
우리에게 소리 질렀다. “아, 최후의 장소로 향하는
잔혹한 망령들이여! 111

내 얼굴에서 이 두꺼운 너울을 걷어,
눈물이 다시 얼어붙기 전에
마음을 찢는 고통을 호소나마 하게 해 다오.” 114

내가 대답했다. “내 도움을 원한다면,
당신이 누구인지 알려 주시오. 그래도 내가 당신을
돕지 않는다면 난 이 얼음 밑으로 떨어질 거요.” 117

“나는 수도사 알베리고.
사악한 과수원에서 키운 열매 때문에 이곳에 와 있소.
여기서는 무화과 대신에 대추야자를 따고 있소.”[7] 120

“저런, 당신은 벌써 죽었단 말이오?”
그가 내 말을 받았다. “저 위 세상에서 내 육신이
어떻게 되었는지 난 전혀 모르고 있소. 123

이 프톨레매오[8]는 그런 특권을 갖고 있어서,
아트로포스[9]가 움직이기 전에
영혼이 이리로 떨어지는 일이 종종 있다오. 126

그대가 좀 더 자진해서 내 얼굴에서
얼어붙은 눈물을 떼어 주도록 이 말을 해 주겠소.
내가 그랬듯, 영혼이 제 육신을 배반할 때,

그 육신은 마귀가 빼앗아 가고
그 이후로 남은 시간은 남김 없이
마귀의 지배를 받는다는 것이오.

내 뒤에서 겨울을 나는 자들도
영혼은 거대한 웅덩이에 빠져 있으나
아마 세상에서는 육체를 볼 수 있으리다.

당신은 방금 여기에 내려왔으니
그가 브란카 도리아[10]라는 것을 알 거요.
그가 여기에 갇힌 지 벌써 여러 해가 지났소."

내가 말했다. "내 생각에 당신은 날 속이고 있어요.
브란카 도리아는 죽지 않았소.
멀쩡히 먹고 자고 옷을 입고 있소."

"위쪽에 끈적끈적한 역청이 끓는
말레브란케의 도랑을 알지요? 그곳에
미켈레 찬케가 미처 도착하기 전

이자는 자기 영혼 대신에 마귀를

자기 육신 안에 밀어 넣었소. 그와 함께
배반을 도모했던 친척 한 사람도 그렇게 했소.

어쨌든 당신 손을 이리 내밀어 내 눈을
열어 주오." 그리고 나는 그의 눈을 열어 주지 않았다.
무자비한 것이 그에게는 예의였으니까.

아, 제노바인들이여! 모든 정직한 전통은
다 버리고 악의만 남긴 사람들이여!
왜 너희들은 세상에서 사라지지 않는가!

너희들 중 하나가 로마냐의 사악한 영혼과
더불어 있는 것을 보았는데, 그 죄 때문에
그 영혼이 코키토스에 빠져 있었지만,

육신은 아직도 저 위에서 살아 있는 것 같았다.

34곡

"지옥의 왕의 깃발들이 우리를 향해
다가오고 있다. 네가 알아볼 수 있는지
앞을 잘 보아라." 선생님이 내게 이르셨다.

마치 자욱한 안개가 밀려들듯이 혹은
우리의 반구가 어둠에 잠길 때
바람에 돌아가는 풍차가 저 멀리 나타나듯이,

그렇게 웬 기묘한 것이 나타나는 듯했다.
바람이 나를 밀어내는데 나는 달리 피할 곳도
없었기에 길잡이 뒤로 몸을 움츠렸다.

어느덧 망령들이 떼를 지어 얼음에 갇혀
유리 속의 볏짚처럼 투명하게 모습을 드러내는 곳.[1]
두려움을 품고 이를 시에 담고자 한다.

이놈들은 누워 있고 저놈들은 서 있는데,
누구는 머리를 밑으로, 누구는 발을 밑으로 하였고,
또 누구는 활처럼 몸을 구부려 얼굴이 발에 닿아 있었다.

길잡이는 한참 더 앞으로 나아가다
이전에 아름다운 용모를 지녔던
피조물[2]을 보여 주시는 것이 즐거웠던지

내 앞을 가로막고 말했다.
"여기에 디스가 있다.
마음을 굳게 먹어야 할 거다."

이 말을 듣고 얼마나 온몸이 얼어붙어 기진맥진해졌는지,
독자여, 묻지 마라! 여기 쓰지 않는 것은
말이 따라갈 수 없기 때문이다!

나는 죽은 것도 산 것도 아니었으니,
그대들에게 조금이라도 그런 재능이 있다면, 내가 느낀 것을
마음속으로 잘 헤아려 보기 바란다.

고통스러운 왕국의 황제가 제 몸의 상반신을
가슴부터 얼음 밖에 내놓고 있었다.
전에 본 거인들은 그의 팔뚝에도 비교할 수 없었다.

오히려 거인들을 나와 견주는 것이 더 나을 지경이었다.

HE
Canto

한 부분이 그러니, 몸 전체는
얼마나 크겠는가! 상상해 보시라!

그는 이전에 아름다웠던 만큼 지금은 추한 모습인데
자기를 만들어 준 분께 눈썹을 치켜세웠으니,
모든 악과 고통은 분명 그놈에게서 나왔다.

아, 그놈 머리에 달린 세 개의 얼굴을 보았을 때
내가 얼마나 큰 놀라움에 사로잡혔던가!
앞쪽의 얼굴은 진홍색[3]이었다.

다른 두 얼굴은 그 얼굴에 맞붙어서
좌우 어깨의 한가운데로 솟아
머리털이 하나로 뭉쳐져 있었다.

오른쪽 얼굴은 하양과 노랑 사이의 색[4]이었고,
왼쪽 얼굴은 나일 강이 흐르는 곳에서 온
사람[5]을 보는 것 같았다.

그 세 얼굴 아래에는 엄청나게 큰 새에게나
어울릴 정도의 거대한 두 날개가 뻗어 나왔는데,
나는 범선의 돛도 그만큼 큰 걸 본 적이 없었다.

날개는 깃털이 없어
박쥐의 그것과 흡사했다.

한 번 퍼덕이면 세 방향으로 바람을 일으켜

코키토스 구석구석을 꽁꽁 얼어붙게 만들었다.
그가 여섯 개의 눈에서 흘린 눈물은 세 개의 턱 위로
흘러 피 맺힌 침과 범벅이 되어 고드름으로 맺혔다.[6]

세 개의 입은 죄인 하나씩을 물고 이빨로 찢는데
마치 삼을 갈기갈기 찢어발기는 것과 같았다.
세 죄인은 못 견디게 괴로워했다.

가운데 죄인에게 물어뜯기는 것은
손톱으로 할퀴어지는 것에 비하면 아무것도 아니었다.
등 껍질이 할퀴어져 벗겨지면 다시 생겨나곤 했다.

선생님이 말했다. "가운데서 제일 큰
벌을 받는 망령은 가리옷 사람 유다[7]다.
머리는 입 안으로 들어갔고 다리는 밖에 걸쳐 있구나.

머리가 아래쪽으로 대롱대롱 매달린 두 망령들 중
검은색 얼굴에 매달린 놈이 브루투스다.
봐라, 말도 못 하고 몸을 비비 꼬는구나.

몸이 더 커 보이는 저놈은 카시우스다.[8]
밤이 다시 온다. 떠나야 할
시간이다. 볼 것은 이제 다 봤다."

선생님이 이르신 대로 나는 그의 목을 껴안았다.
선생님은 시간과 장소를 가늠하다가
그놈 날개가 알맞게 펴졌을 때,

털이 무성한 겨드랑이에 달라붙어
긴 털을 타고 아래쪽으로 얼음 조각들과
무성한 털 사이로 내려왔다.

엉덩이의 곡선, 정확히 넓적다리가
시작하는 곳에 이르렀을 때
길잡이는 지쳐 헐떡거리며

그놈의 정강이 쪽으로 머리를 돌리면서
위로 다시 오르려는 듯 털을 움켜쥐었다.
나는 그가 지옥으로 돌아가려는 줄로만 알았다.

선생님은 숨을 가쁘게 몰아쉬며 말했다.
“꽉 붙잡아라. 다른 길이 없다. 이 사다리로
끔찍한 악의 세계를 빠져나가야 한다.”

그러고는 바위 사이의 거대한 틈으로 빠져나가
나를 그 가장자리에 앉히고 나서
조심스레 몸을 놀려 내 곁으로 올라섰다.

나는 루키페르가 이전에 떠나올 때 모습대로

있으리라 생각하며 눈을 들었는데,
이번에는 다리를 위로 치켜들고 있었다.

그 광경에 내가 혼란스러워했으리라고
무지한 사람들은 생각하겠지만, 그건 그들이
내가 지나쳤던 지점이 어떠했는지를 모르기 때문이다.

선생님이 말했다. "두 다리로 일어나라.
갈 길은 멀고 행보는 거친데
벌써 해는 세 번째 시간 절반[9]에 이르렀구나!"

우리가 도착한 곳은 궁전의
너른 뜰이 아니었다. 희미한 빛이 들어오는
울퉁불퉁한 바닥의 천연 동굴이었다.

나는 몸을 곧추세우며 말했다. "선생님,
이 심연에서 벗어나기 전에 제가
잘못 생각하지 않도록 잠깐 설명 좀 해 주세요.

우리가 방금 보았던 얼음은 어디 있으며,
이자는 어째서 이렇게 거꾸로 처박혀 있는 것입니까?
해는 어떻게 저녁에서 아침으로 금방 바뀌었습니까?"

"아직도 넌 자신이 지구의 중심 저편에 있는 것으로
알고 있구나. 거기서 나는 세계를 관통하고 있는

흉측한 벌레의 털을 붙잡고 있었지.

내가 밑으로 내려가는 동안에는 네가 그곳에 있었지만,
내가 몸을 돌렸을 때 넌 이미 모든 것을 끌어당기는
중력이 모이는 지점을 지나친 것이었어.

우리는 이제 거대한 마른 땅으로 덮인 곳의
맞은편 반구 바로 아래에 와 있다.[10]
그 중심부에서 죄 없이 태어나서

죄 없이 산 분께서 희생하셨지.[11]
너는 지금 주데카의 맞은편 얼굴을 이루는
좁은 공간에 발을 딛고 있다.

여기는 아침이지만 저쪽은 저녁이야.
털로 우리에게 사다리를 놓아 준 이놈은
처음처럼 그대로 처박혀 있단다.

그놈이 하늘에서 떨어진 곳이 바로 여기다.
이전에 이곳으로 우뚝 솟아 있던 땅은
그자가 무서워 바다의 너울을 쓰고

우리의 반구로 옮겨 왔지. 그리고 이쪽에
보이는 땅도 그자를 피하려고
이곳에 동굴을 남기고 솟구쳐 오른 것일 게다."

거기 아래에는 보이는 대신 개울 물소리로 알 수 있는,
베엘제불[12]로부터 멀리 떨어진 만큼
그의 무덤이 미치지 못하는 공간이 있다.

개울은 그 물줄기가 뚫은
바위에 난 구멍으로, 완만한 경사로
구불구불 휘감으며 흘러내린다.[13]

길잡이와 나는 밝은 세상으로
돌아가기 위해 그 거친 길로 들어갔다.
쉴 겨를도 없었다.

그가 앞서고 내가 뒤를 따르며 위로 올라갔다.
마침내 우리는 둥글게 열린 틈을 통해
하늘이 실어 나르는 아름다운 것들을 보았고,

그렇게 해서 밖으로 나와 별들을 다시 보았다.[14]

옮긴이 주

• 1곡 •

1) 1300년 3월 25일 목요일 밤에서 3월 26일 금요일 아침까지.

2) 중세 시대에 인생은 여행, 특히 하느님과 천국으로 향하는 순례로 생각되었다. 이 첫 문장에서 단테는 『신곡』의 중심 모티프를 설정한다. 그것은 하느님께 향하는 인간의 순례 이야기다. "우리"는 인간 전체가 죄와 회개, 구원으로 나아가는 여행길을 걷고 있음을 말해 준다. "우리 인생길 반 고비"란 단테가 서른다섯 살 되던 1300년을 가리킨다. 단테는 인간의 자연 수명이 일흔이라는 「시편」(90: 10)의 판단을 받아들였던 것 같다. 당시 기대 수명은 훨씬 더 짧았고 실제로 일흔까지 산 사람은 전체의 오 퍼센트도 안 됐지만, 「시편」이 지닌 권위는 세속의 현실을 잊게 하기에 충분했던 것 같다. 거기에 기대어 단테는 『향연』에서 삶의 정점이 서른다섯 살이라고 말한다. 1300년은 실제로 단테의 정치적 경력이 최고로 오른 때였다. 1300년 6월 15일부터 8월 15일까지 피렌체를 다스리는 여섯 명의 최고위원 중 하나로 선출되었기 때문이다. 다르게 생각할 수도 있다. 그의 고난은 최고위원으로 선출되면서부터 시작되었다. 그때부터 그는 온갖 음모에 휘말렸고 이 년 후에는 피렌체에서 추방당하면서 다시는 돌아가지 못할 망명 생활을 시작한다. 정점이란 내리막길의 시작이기도 하다. 어쨌든 1300년은 단테에게 가장 큰 의미가 있는 해였다. 1300년은 또한 그리스도가 십자가에 못 박힌 지 1266년이 지난 해였다.(「지옥편」 21곡 112~114) 1266이란 숫자에 관해서는 베아트리체가 태어난 해를 떠올릴 수 있다. 베아트리체는 하느님을 향한 단테의 "고귀한 비행"(「천국편」 15곡 53)을 가능하게 만드는 결정적인 인물이다.

3) "어두운 숲"은 중세에 하느님의 빛이 들지 않는 악 혹은 인간의 문명이 뻗치지 않는 야만을 가리키는 은유적 표현이었고 실제로도 그런 영역으로 간주되었다.

4) 『신곡』에서 "나"라는 일인칭은 작가 단테와 순례자 단테를 가리키는 두 경우로 사용된다. 순례자 단테는 작가 단테가 창조한 허구적 인물이다. 허구의 사건은 과거에 일어난 것으로 나타나고, 작가의 기억 행위와 글쓰기는 현재에 일어나고 있는 것으로 나타난다. 그래서 "이 거친 숲이 얼마나 잔혹하며 완강했는지" 순례자 단테가 과거에 겪은 일을 작가 단테는 지금 "얼마나 말하기 힘든 일인가!" 하고 토로하는 것이다. 이 번역본의 역주에서도 작가 단테는 "단테"로, 등장인물 단테는 "순례자"로 구별한다.

5) 단테는 어두운 숲으로 시작하는 지옥 여행에서 회상하기도 힘들 정도로 잔혹한 일을 겪었지만, 그 과정을 거쳐서 천국에 이르러 하느님의 선(善)을 이해하고 바라볼 수 있게 되었고, 이제 그것을 세상 사람들에게 보여 주려 한다. 단테의 여행 목표는 하느님의 선에 다다르는 것이고 그를 통해 구원의 기획을 이해하고 구원을 받는 것이다. "거기서 보아 둔 다른 것들"은 배움의 과정이다.(「천국편」 26곡 참조)

6) 태양을 가리킨다. 태양은 순례자가 구원의 여행 끝에서 다다르는 곳이며, 그리로 이끄는 하느님의 은총이자 하느님 자신이다.

7) 비평가들을 혼란스럽게 하는 구절이다. 일반적 해석에 따르면, 두 다리는 인간의 사랑을 나타낸다. 한쪽은 하느님을 향한, 다른 한쪽은 세상을 향한 사랑이다. 지금 비탈을 오르는 순례자의 낮은 쪽 다리는 다른 쪽 다리보다 더 단단하다. 뒤를 받치기 때문이다. 이 "단단한 다리"는 순례자가 여행하는 시점에서 세상을 향한 사랑을 가리킨다. 그것은 하느님을 향한 사랑보다 더 단단하고 확고해야 한다. 그렇지 않으면 굳이 여행을 할 이유가 없기 때문이다. 하느님께 오르기 위해 순례자는 더 "단단한 다리"를 위로 끌어 올리고 "어두운 숲"으로 미끄러지지 않도록 힘을 내야 한다. 단테는 앞서 말했듯, "선을 다루기 위해" 무섭고 잔혹한 "다른 것들도 말"해야 하는 작가로서의 소명의식을 지니고 있다.

8) 단테는 「지옥편」과 「연옥편」, 「천국편」의 첫머리에서 순례의 시기를 제시한다.(「천국편」 1곡 주 9) 참조) 이 문장은 순례자가 지금 태양이 양자리에 위치하여 새싹이 돋고 그리스도가 잉태되고 나중에 부활의 역사를 이룬, 일 년 중 가장 축복받은 기간("달콤한 계절")에 순례를 시작한다는 사실을 알려 준다. 정확히 순례자는 1300년 3월 25일 목요일에 순례를 시작하여 4월 1일 목요일 아침에 순례를 마친다. 실제 역사에서 1300년의 금요일은 4월 9일이다. 그러나 보편력에서는 3월 25일이 그리스도가 잉태된 날이자 십자가에 못 박힌 날이며 아담이 창조된 날이기도 하다. 중세의 피렌체에서는 3월 25일을 한 해의 첫 날로 간주했다. 1300년은 교황 보니파키우스 8세가 선포한 역사상 첫 번째 성년(聖年)이었으며, 모든 사람들이 교회로 나아가 죄를 씻을 수 있는 때였다. 따라서 1300년 3월 25일에 순례를 시작하는 것은 모든 것의 시작과 구원을 상징하는 것이었다.

9) 순례자의 길을 막아서는 짐승은 표범과 사자, 암늑대다. 이 셋은 각각 음란과 오만, 탐욕을 상징한다. 인간이 저지르는 모든 죄의 주요 원인들이 지금 순례자를 위협하고 있다.

10) 로마의 위대한 시인 푸블리우스 베르길리우스 마로(기원전 70~19년)를 가리킨다. 죽은 자들의 세계를 여행하는 순례자의 길잡이 노릇을 한다. 로마의 건국 신화가 담긴 서사시 『아이네이스』를 썼다. 단테는 그를 정신적 스승으로 삼았다.

11) 일리온은 트로이에 있는 신전이고, 안키세스는 트로이와 로마의 신화적 영웅인 아이네이아스의 아버지다. 베르길리우스는 『아이네이스』에서 안아이네이아스를, 트로이의 멸망 후 이탈리아 반도로 건너와 로마를 건국한 시조로 묘사하고 있다.

12) 베르길리우스의 『아이네이스』를 가리킨다. 단테는 이 책을 잘 알고 있었고 탐독했다.

13) 베르길리우스의 숭고한 비극적 문체를 가리킨다. 『신곡』을 쓰기 전에 단테는 자신의 시에서 전쟁의 공훈이나 사랑, 도덕적인 우수함을 표현하기 위해(『속어론』 II, ii, iv) 비극적 문체를 차용했다. 『속어론』에서 단테는 숭고하고 엄숙한 비극 문체를 희극 문체나 애가(哀歌) 식의 문체와 구별했다.

14) "사냥개"에 대해서는 여러 견해가 있다. 하인리히 7세(「연옥편」 33곡 주 8) 참조), 샤를 마르텔(「천국편」 8곡 주 7) 참조), 혹은 단테 자신이라고 보는 사람도 있는데, 캉그란데 델라 스칼라(「천국편」 17곡 주 8) 참조)를 가리킨다고 보는 것이 더 맞을 것 같다. 스칼라는 1308년부터 1329년까지 베로나의 영주였으며, 베로나는 펠트로와 몬테펠트로 사이에 있었다. 그의 "지혜와 사랑과 덕"은 단테가 잘 알고 있다. 실제로 단테는 1312년 말부터 1318년 중반까지 캉그란데의 호의 아래 그의 유랑 생활 중 가장 오랜 기간 한곳에서 편안히 머무르며 『신곡』을 집필할 수 있었다. 베르길리우스의 이 예언은 의미가 확실하지 않으나, 다만 이 세상의 악("짐승")을 없애는 삼위일체의 신성("지혜와 사랑과 덕")을 수행할 존재("사냥개")를 기다리는 단테의 염원을 표현하고 있음은 분명하다.

15) 카밀라는 트로이와의 전쟁에서 전사한 매타부스 왕의 딸로 아이네이아스에 대항해 싸운 전사이고, 투르누스는 루툴리족의 왕으로서 트로이와 전쟁 중 아이네이아스에게 살해되었으며, 에우리알로스와 니소스는 루툴리족에 야간 습격을 하다가 전사한 트로이 군인들이었다.

16) "옛"은 지옥에 떨어진 지 오래되었다는 뜻이고, "두 번째 죽음"이란 영혼의 죽음을 말한다. 지옥에서 고통받는 영혼들은 형벌이 영원히 지속되기 때문에 차라리 영혼의 영원한 죽음을 바란다.

17) "축복받은 사람들"은 천국의 영혼들이며, "불 고문을 참고 견디는 영혼들"은 연옥의 영혼들을 가리키는데, 후자는 일정한 벌을 받아 죄를 씻은 뒤에야 천국에 오를 수 있다.

18) "나보다 더 가치 있는 영혼"은 베아트리체를 가리킨다. 베르길리우스는 지옥과 연옥에 한하여 안내하고, 천국의 안내는 베아트리체가 맡는다. 베르길리우스는 기원전의 인물로 기독교를 알지 못했던 인간이었던 반면 베아트리체는 하느님과 인간을 매개하는 천사의 존재인 탓이다.

19) 연옥의 문.

• 2곡 •

1) 3월 26일 금요일, 저녁.

2) 단테는, 뮤즈를 불러내면서 글을 시작하는 고전 서사시 전통을 차용하고 있다. 1곡은 『신곡』 전체의 서두이기 때문에, 지옥의 여정을 실질적으로 시작하는 2곡 첫머리에서 뮤즈를 초대한 것이다. 이 구절은 「연옥편」과 「천국편」의 도입부에서 뮤즈를 불러내는 구절들과 연결된다. 한편 "지고의 지성"은 베르길리우스 혹은 시인의 역할을 하는 단테 자신을 가리킨다.

3) 『아이네이스』에서 실비우스의 아버지인 아이네이아스는 죽은 이들의 세계를 여행한다.

4) 하느님을 가리킨다.

5) 고대 로마와 그 뒤를 이어받았다고 자부하는 신성로마제국을 가리킨다.

6) 사도 바울을 가리킨다.

7) 림보를 가리킨다. 림보는 지옥의 첫 번째 고리를 이룬다. 지상에서 그리스도보다 이전에 태어나서 그리스도와 그의 가르침을 알 기회가 없었던 의로운 영혼들, 그리스도 이후에도 세례를 받지 못하고 죽은, 죄 없는 영혼들이 사는 곳이다. 육체적 고통은 없으며, 하느님의 존재를 안 지금 그분을 만날 희망을 접고 살아야 하는 정신적 고뇌만 있을 뿐이다. 구원은 교회 안에서만 이루어진다는 기독교의 교리를 잘 드러내는 장소다.

8) "가장 작은 궤도를 그리는 하늘"은 "달의 하늘"을 가리킨다. 「천국편」에 나타난 단테의 우주관에 따르면 하늘은 아홉 개의 구역으로 나뉘어 있고, 달의 하늘은 그중 지구에 가장 가까우며 가장 작은 궤도를 그린다.

9) 성모 마리아를 가리킨다. 초기의 비평가들은 비유적으로 해석하여 은총을 가리킨다고 보았다. 여기서 마리아는 긍휼의 표상이다.

• 3곡 •

1) 이 인물을 확인하는 문제는 지난 칠백 년 동안 『신곡』의 비평가와 주석가 사이에 큰 논쟁거리였다. 말년에 자리에서 물러난 디오클레티아누스 황제, 야곱에게 장자 상속권을 넘겨준 에서(「창세기」 25: 21~34), 피렌체 백당의 무능한 당수 비에리 데이 체르키 등 거명된 이들은 숱하게 많다. 그러나 대체로 켈레스티누스 5세를 가리킨다고 보는 의견이 우세하다. 그는 1294년 교황의 자리에 올랐으나 오 개월 만에 직무를 포기하고 보니파키우스 8세에게 교황 직을 넘겼다. 예수를 판결하길 거부한 폰티우스 필라테 역시 유력한 후보다. 그의 중립적인 태도가 결국 그리스도를 십자가에 못 박히게 만들었기 때문이다. 그런 태도는 "단지 자신에게만 충실했던 저 사악한 천사들의 무리"와 상통하며 이는 다시 하느님을 거부했던 지옥의 마왕 루키페르와 연결된다. 필라테는 지옥에서 처음으로 언급되는 인물이며 지옥에서 마지막으로 언급되는 것은 루키페르다. 공교롭게 비슷한 성향의 존재들이 지옥의 처음과 끝을 장식한다.
2) "나는 네가 한 일을 잘 알고 있다. 네가 살아 있다는 말이 있지만 실상 너는 죽었다."(「요한의 묵시록」 3: 1) "어떤 사람들은 후세에 명성을 남겨서 아직도 사람들이 그들을 칭송한다. 그러나 어떤 사람들은 사람들의 기억에 남지 않고 마치 이 세상에 없었던 것처럼 사라지고 말았다."(「집회서」 44: 8~9)
3) 그리스 신화에 나오는 카론이다. 암흑의 신 에레보스와 밤의 여신 닉스 사이에서 태어났으며, 아케론 강에서 죽은 자들을 저승으로 실어 나른다.
4) 카론은 오로지 죄지은 영혼들만 실어 나른다. 그는 순례자가 살아 있는 사람임을 알고 탑승시키기를 거부한다. 이 구절은 단테의 구원을 예고한다. 단테는 "다른 항구를 통해 다른 언덕으로 가"서 연옥과 마침내 천국에 닿게 되는 것이다.

• 4곡 •

1) 이들은 육체적 고통을 당하지 않는다. 다만 천국에 오를 희망이 전혀 없기 때문에 정신적 고통을 당한다.
2) 베르길리우스는 서기 19년에, 그리스도는 33년에 사망했다. 그리스도는 부활했을 때 림보의 영혼들을 선별하여 천국으로 올려 보냈다.
3) 야곱은 라헬을 부인으로 맞기 위해 그녀의 언니 레아를 우선 부인으로 맞고 칠 년을 더 기다렸다.(「창세기」 29: 9~35), (「연옥편」 27곡 100~108, 「천국편」 32곡 8)
4) 인간의 지성을 상징하며, 뒤이어 등장하는 "한 채의 성"에서 나왔다.
5) 그리스어를 몰랐던 단테는 호메로스의 작품을 직접 읽을 수 없었고 라틴어 주석본을 통해 그를 알고 있었다. 『일리아드』와 『오디세이아』를 쓴 호메로스의 이름은 트로이 전쟁과 불가분의 관계에 있었기 때문에 단테는 그를 칼을 든 시인으로 묘사하고 있다.
6) 시인.
7) 전에는 네 명의 시인과 베르길리우스를 가리키는 것으로 보기도 했으나, "가장 고결한 노래"라는 표현에 주목하여 네 명의 시인들 중 호메로스와 베르길리우스를 가리킨다고 보는 것이 유력하다. 다만 그 둘 중 하나를 선택한다면, 아무래도 그리스 문학을 더 중시한 전통으로 보아 호메로스일 가능성이 더 크다.
8) 아리스토텔레스.

• 5곡 •

1) 미노스는 총명함과 뛰어난 판단력으로 고전문학에서 지하세계의 심판관으로 자주 등장한다. 단테는 미노스의 그런 역할을 바꾸지 않았으나, 육체적 특징과 행동을 악마의 모습으로 변형시켰다. 미노스는 지옥의 모든 곳에 영혼들을 보내지만, 단테는 특히 두 번째 고리의 입구에서 그를 묘사함으로써 프란체스카의 안타까운 이야기를 들을 독자가 미노스의 매정한 모습을 떠올리도록 하고 있다. 우리는 프란체스카의 죄에 연민을 품게 되지만, 미노스의 심판은 매정하게 그녀를 지옥으로 보냈기 때문이다.
2) "허물어진 벼랑"은 미노스의 심판대를 가리킨다. 그곳은 죄지은 영혼들

이 저들을 심판하는 미노스 앞으로 떨어지는 곳이다.

3) 여기서 묘사되는 세미라미스(기원전 1356~1314년)는 아시리아의 니누스 황제의 아내였고, 니누스가 죽자 정권을 이어받아 페르시아와 아프리카까지 지배했다. 정복 전쟁과 국가사업으로 전설적인 인물이 된 여제지만, 정욕이 너무 강해 음란을 합법화할 정도였다.

4) 그리스 신화에 나오는 카르타고의 여왕 디도를 가리킨다. 남편 시카이우스가 살해당하자 아프리카 해안으로 도망쳐 카르타고를 건설했으며, 원하지 않는 결혼에서 벗어나기 위해 자살을 택한 인물로 자주 인용된다. 그러나 베르길리우스는 디도와 아이네이아스를 동시대 인물로 만들고, 아이네이아스를 향한 사랑이 좌절되자 디도가 자살한 것으로 그렸다.

5) 그리스에서 가장 아름다운 여인으로, 스파르타의 왕 메넬라오스의 아내였으나 트로이의 왕자 파리스와 트로이로 도망갔다. 그녀를 둘러싼 갈등으로 인해 십 년에 걸친 트로이 전쟁이 일어났다.

6) 아킬레우스는 트로이 전쟁 중 트로이 왕 프리아모스의 딸 폴리세네를 사랑했고, 그로 인한 계략에 말려들어 죽었다는 기록이 있다.

7) 켈트족의 전설을 바탕으로 한 사랑 이야기의 주인공. 트리스탄은 마법에 의해 숙모 이졸데를 사랑하게 되고, 둘 다 비극적인 죽음을 맞는다.

8) 라벤나 영주의 딸 프란체스카와 그의 시동생이자 연인인 파올로. 두 사람은 사랑을 나누다 남편에게 발각되어 죽임을 당한다. 파올로와 프란체스카가 지은 육욕의 죄는 비교적 가벼운 죄다.(「지옥편」 10곡 참조) 그래서 육욕의 죄를 지은 자들은 지옥의 위쪽에 배치된다. 그런데 단테 자신이 육욕의 죄를 어느 정도 범했다는 점(베아트리체는 「연옥편」에서 이 점을 추궁한다.)을 생각하면, 단테는 자신의 죄에 대해 비교적 관대한 자세를 취하고 있음을 알 수 있다.

9) 순례자는 여러 무리들 중 한 쌍의 연인 프란체스카와 파올로를 주목한다. 프란체스카는 순례자의 요청에 따라 두 번에 걸쳐 길게 답변한다. 그 내용으로 보아 그녀는 순례자가 자신들에게 연민을 느끼고 있음을 알고 있으며, 순례자의 관심에 자신들의 애틋한 사연으로 보답한다. 프란체스카의 대사는 일찍이 단테가 청년 시절에 몸담은 청신체파의 우아한 주제와 분위기("온화한 가슴에 이내 자리를 잡는 사랑")를 반영하며 그녀의 사랑 이야기는 애절한 울림을 지닌다. 그러나 우리는 프란체스카의 우아하고 애절한 겉모습 아래 감춰진 가식과 허영을 발견할 수 있다.(「지옥편」 5곡 91~93) 프란체스카는 또한 거짓말도 하고 있다. 예로, "랜슬롯

의 사랑 얘기"(「천국편」 16곡 13~15 참조)를 늘어놓으며 그녀는 자기에게 불리할 수도 있는 사실을 바꾸는 수완을 보인다. 간단히 말해, "랜슬롯의 사랑 얘기"에서 먼저 입을 맞춘 것은 랜슬롯이 아닌 "여왕"이었다. 그러나 프란체스카는 랜슬롯이 먼저 입을 맞추는 것처럼 읽으면서, 바로 그렇게 파올로가 자기에게 입을 맞췄다고 말한다. 만일 프란체스카와 파올로가 "랜슬롯의 사랑 얘기"에서 자극을 받아 입을 맞췄다면, 그 얘기에서 여왕이 그러했듯 프란체스카가 주도권을 잡았을 것이다. 에덴동산에서 아담을 유혹하여 최초의 죄를 짓게 한 이브처럼, 프란체스카는 파올로를 유혹했다. 따라서 그녀는 여자들을 "이브의 딸"로 보았던 중세의 관습적인 여성관의 한 예가 된다. 프란체스카는 파올로와 함께 읽고 있던 책을 왜곡함으로써 결백을 증명하려 한다. 순례자는 "그들이 불쌍해서 정신을 잃을 정도"였기에 그녀의 무죄를 확신하는 듯이 보인다. 수많은 비평가들은, 순례자가 그러했듯, 프란체스카의 애절한 사연에 감동하여 그녀와 파올로의 사랑이 지옥을 따스하게 했다고 주장한다. 그들은 지옥에서도 떨어지지 않고 함께 있다는 것이다. 그러나 그 함께 있음은 분명 그들이 받는 징벌이다. 내내 침묵하며 울고 있는 파올로는 분명 그 상태가 행복하다고 느끼지 않는다. 순례자는 프란체스카의 사연에 가슴이 아파 정신을 잃지만, 단테는 하느님의 구원을 인간의 궁극적 목표로 제시하는 이성을 놓치지 않고 프란체스카의 사랑을 지옥에 두기에 알맞은 애욕의 죄로 규정하고 있다.

10) 하느님("우주의 왕")은 지옥에 떨어진 죄인의 기도를 들을 수 없다. 그 이전에 지옥에 떨어진 죄인이 기도를 생각한다는 것 자체가 논리에 맞지 않다. 프란체스카의 가식과 허영을 엿볼 수 있는 대목이다

11) 프란체스카도 역시 파올로를 시종 담담하게 "이이" 혹은 "그이"라고 부르며 이름을 입에 올리지 않는다. 그녀가 죽는 장면은 아직 그녀를 괴롭힌다. 왜냐하면 그녀는 지금도, 영원히, 벌거벗은 애인과 함께 있어야 하기 때문이다. 그는 그녀 "곁을 아직도 떠나지 않고 있"으며, 그녀가 지옥에 있는 이유와 그녀의 후회를 계속 일깨우고 있다.

12) "하나의 죽음(una morte)"은 그 발음으로 보아 '사랑(amore)'이라는 뜻도 담고 있다. 사랑은 죽음을 불러왔지만, 그 죽음도 역시 사랑이기에 사랑을 갈라 놓을 수 없었다는 말이다. 정확히 말해 이 말은 사랑 자체보다 두 사람의 운명적인 결합이 죽음까지 뛰어넘고 있음을 절묘하게 표현하고 있다.

13) 단테는 지옥의 아홉 번째 고리의 첫 번째 구역을, 동생 아벨을 죽인 카인의 이름을 따 '카이나'라 불렀다.

14) 영국의 아서 왕의 전설 가운데 나오는 일화. 아서 왕이 총애하던 기사 랜슬롯과 왕비 귀네비어의 사랑 이야기.

15) 순례자는 죄의 진정한 본질을 배우는 사람으로서 지옥을 여행하고 있지만, 프란체스카는 순례자가 만나 얘기를 나눈, 지옥의 벌을 받는 첫 번째 영혼이기 때문에, 감정적으로 혼란을 느낀 듯하다. 그 이후 여행을 계속하면서는 이런 반응을 더 이상 보이지 않는다.

• 6곡 •

1) 지옥의 입구를 지키는 머리가 세 개 달린 사나운 개. 누구든 받아들이고 누구도 나가지 못하게 한다.

2) 치아코의 정치적 예언은 지옥의 망령들이 미래를 볼 수 있다는 것을 드러낸다. 그의 예언은 이런 내용으로 풀이된다. 1289년 기벨리니 당을 쫓아낸 뒤 피렌체를 완전히 장악한 겔피 당은 1300년 체르키 가문이 이끄는 백당("거친 쪽")과 도나티 가문이 이끄는 흑당("다른 쪽")으로 나뉜다. 이 두 당파는 1300년 5월 1일 충돌하여 싸우다가 1301년 흑당이 도시에서 추방당한다. 그러나 그들은 1302년 돌아오고("삼 년이 지나지 않아") 교황 보니파키우스 8세("아첨하는 자")의 힘을 빌어 거꾸로 백당을 추방한다. 이들은 백당의 저항("울어 대고 발버둥 쳐도")에도 불구하고 오랫동안 피렌체의 권력을 쥐고, 의로운 자는 거의 남지 않는다. 백당에 속했던 단테는 1302년 추방되었고, 떠돌아다니던 중 1304년부터 『신곡』을 썼으며, 보니파키우스 8세는 1303년에 죽었다. 따라서 이 예언은 단테가 이 글을 쓰던 때에는 이미 일어난 일들이다.

3) 이런 순례자의 의문에 대해 치아코는 단지 그들이 지옥에 있다는 것만 말한다. 그러나 순례자는 나중에 그들을 만난다. 파리나타는 이교도가 벌을 받는 고리에서(「지옥편」 10곡 주 5) 참조), 테기아이오와 루스티쿠치는 색욕의 죄를 지은 자들 사이에서(「지옥편」 16곡), 모스카는 불화의 씨를 뿌린 자들 사이에서(「지옥편」 28곡) 만난다. 아리고는 다시 언급되지 않으며 누구인지 확인되지 않는다.

• 7곡 •

1) 지하세계의 왕으로 그리스 신화의 하데스에 해당하지만 여기서는 또 다른 의미인 '부자' 또는 '풍요를 주는 자'라는 뜻으로 쓰여, 재화를 낭비한 자들과 함께 있다. 베르길리우스는 그의 힘이 별로 강하지 않다는 것을 알고 있다. 과연 그는 돛이 부러지듯 바닥에 고꾸라진다. 배를 힘에 비유하는 경우는 루키페르에게서 발견된다.(「지옥편」 34곡) 단테는 지옥의 마왕 루키페르를 본 적도 없을 정도로 큰 범선의 돛으로 묘사한다.
2) 이탈리아 본토와 시칠리아 섬 사이의 좁은 해협으로, 거친 파도로 유명하다.
3) 탐욕과 낭비의 죄를 가리킨다.
4) 전자는 탐욕의 죄인을, 후자는 낭비의 죄인을 가리키며, 무덤에서 일어나는 것은 최후의 심판을 맞기 위해서다.
5) 하느님께서 하늘의 구석구석을 모두 비추듯이 세상의 재화를 운명의 여신 포르투나에게 관리하도록 했다는 뜻이다.

• 8곡 •

1) "이어서 얘기하자면"이라고 하지만, 8곡에서 들려주는 얘기는 7곡의 얘기를 다시 거슬러 올라간다. 이를 어떤 단절의 흔적으로 보면서, 단테가 망명하기 전에 우선 7곡까지 쓰고 이제 다시 『신곡』의 집필을 시작한 것으로 보는 견해가 많다. 한편 마크 무사는 이를 단지 이야기 서술의 한 기법으로 본다. 7곡은 순례자 일행이 "어느새 높은 탑의 발치에 다다"른 것으로 끝났다. 그리고 이제 탑 꼭대기에 두 개의 불꽃이 타오르는 것을 처음으로 묘사한다. 그 불꽃은 분명 "그 높은 탑의 발치에 다다르기 오래전부터" 그들의 눈에 들어왔을 것이다. 따라서 그들이 탑에 이르기 이전의 일을 다시 되짚는 서술 방식은 적절한 이음새가 될 수 있다. 굳이 확인되지 않은 전기적(傳記的) 해석을 가할 필요는 없는 것이다.
2) 전쟁의 신 마르스의 아들. 태양의 신 아폴론이 자기 딸 코로니스를 유혹하자 아폴론에게 바쳐진 델피 신전을 불태웠다고 한다. 신에 대한 도전으로 지옥에 떨어졌다고 하며, 분노의 화신으로 불린다.
3) 필리포 데이 카비춀리. 「천국편」(16곡 115~117)에서 묘사되는 아디마

리 가문의 파벌. 흑당에 속해서 단테와는 늘 적이었다. 알리기에리 가문에게서 피렌체 시가 압수한 재산을 불하받았다고 알려져 있다. 보카치오의 『데카메론』(아홉 번째 날 여덟 번째 이야기)에서 그에 대한 일화를 읽을 수 있다.

4) 원래 디스파테르(Dis Pater), 즉 '부(富)의 아버지'라는 뜻으로, 로마 신화에서 지하세계를 다스리는 신을 가리킨다. 단테는 지옥의 마왕 루키페르, 혹은 그가 자리 잡고 있는 지옥의 맨 밑바닥을 부르는 말로 사용한다.

5) "더 밖에 있는 문"이란 림보로 들어가는 문을 가리킨다. 앞서 소개되었듯이, 그리스도가 림보에 있는 의로운 영혼들을 구하러 갔을 때 지옥의 악마들이 문을 닫아걸고 저항하자 그리스도는 무력으로 문을 부쉈다. 문은 그때 이후로 열려 있었고 앞으로도 열려 있을 것으로 단테는 생각하고 있다.

• 9곡 •

1) 테살리아의 여자 마법사. 폼페이우스가 파르살로스 전투의 결과를 알려달라고 부탁하자 어느 죽은 병사의 망령을 저승에서 불러냈다고 한다.

2) 지옥의 가장 깊숙한 아홉 번째 고리.

3) 그리스 신화에서 에리니스라 불리는 복수의 세 여신. 메가이라(질투), 알렉토(멈추지 않는 분노), 티시포네(살해의 복수자) 세 자매를 말한다. 여기서는 단테를 구원하려는 천국의 세 여인(마리아, 루치아, 베아트리체)에 대립하는 존재로 등장한다. 삼위일체가 지옥의 방식으로 왜곡된 것이기도 하다.

4) 지하세계의 왕 하데스의 아내 페르세포네. 페르세포네는 제우스와 데메테르 사이에서 태어난 딸이다. 뛰어난 용모를 가진 그녀는 정원에서 꽃을 따다가 하데스에 의해 지하세계로 납치되어 강제로 결혼하게 되었다. 데메테르는 헤르메스를 보내 그녀를 데려오도록 하지만, 이미 그녀는 석류의 사분의 일을 먹었기 때문에 일 년의 사분의 일을 지하세계에서 보내야 했다. 그래서 페르세포네는 봄, 여름, 가을에는 땅 위에 있지만 겨울에는 죽은 자의 세계로 돌아가는 식물의 생장을 상징한다.(오비디우스, 『변신 이야기』 v, 385~408)

5) 이 9곡에서 등장하는 그리스와 로마의 고전은 베르길리우스에게 친숙한

내용들이다.

6) 아티카 전설 속의 영웅 테세우스는 친구 페이리토오스가 페르세포네를 구출하는 것을 돕기 위해 함께 지옥에 내려갔다가 사로잡혔으나 헤라클레스의 도움으로 탈출했다.

7) 그리스 신화에 나오는 괴물로, 원래는 한 마리였으나 헤시오도스에 의해 스테노, 에우리알레, 메두사 세 자매로 늘어났다.

8) 여기서 단테는 자기 글 뒤에 숨은 의미를 찾아내라고 독자에게 말하기 위해 끼어든다. 이런 환기 장치는 「연옥편」 8곡에서도 발견된다. 「지옥편」의 1곡이 전체 서곡임을 생각하면 똑같이 8곡에 이런 장치를 둔 셈이다. 순례자가 본격적으로 지옥과 연옥의 입구에 다다랐을 때 단테는 각각 이런 구절을 삽입했다. 「연옥편」(19~21)에서 이 구절이 연옥에 들어서면서 두 천사가 강림할 때 나오듯, 「지옥편」에서도 이 구절은 천사가 내려와 내부 지옥의 문을 열 때 나온다. 상징적으로 이 구절은 그리스도의 세 번의 강림에 대한 중세의 믿음과 관계가 있다. 그리스도의 첫 번째 강림은 지옥으로 내려온 것이고, 두 번째 강림은 인간의 마음에 언제나 깃들면서 일상적인 죄의 유혹과 싸우는 인간을 돕는 것이며, 세 번째 강림은 산 자와 죽은 자를 심판하기 위해 마지막으로 올 때다. 「지옥편」 9곡에서 천사가 내려온 것은 그리스도가 지옥에 내려와 선택된 자들을 구원한 첫 번째 강림(「지옥편」 3곡)과 유사하다. 다만 그리스도가 인간 전체를 대상으로 하는 한편, 지금 천사는 순례자를 지옥의 힘에서 벗어나게 하여 예정된 여행을 계속하게 한다는 차이가 있다. 그리스도의 두 번째 강림은 천사들이 연옥의 입구에서 죄의 상징인 뱀을 쫓아 버린 것과 유사하다. 그리고 세 번째 강림, 마지막 심판은 베아트리체가 지상낙원에 내려와서 순례자를 천국으로 이끈 것과 유사하다.(「연옥편」 30곡) 이 세 번의 강림은 그리스도가 죽어 부활하면서 지옥을 들러 그리스도 이전의 선택된 자들을 구원하고 그다음에 그리스도 이후를 사는 인간의 일상적인 생활에 깃들며 마침내 모든 인간의 마지막 심판에 임하는 등, 그리스도교 시대에 한정된다. 이런 측면에서 퓨리들과 메두사가 지옥의 입구에서 등장한 것은 그리스도교의 시대가 시작하기 전, 이교의 시대를 상징한다. 퓨리들은 테세우스가 내려왔고 헤라클레스가 그를 구했다는 얘기를 하는데, 그것은 단테를 구원하기 위해 하느님의 천사가 그리스도처럼 내려온 것과 균형을 이룬다. 따라서 단테의 여행은 그리스도의 세 번의 강림의 비유를 통해서 그리스도교가 설계한 인간의 전 역사(미래까지 포함하는)를 보여 주면서

한편으로는 그리스도 이전의 이교의 시대를 돌아보는 것이다. 베르길리우스는 그리스도 이전 시대를 대표하는 인물로서 순례자의 눈을 멀게 하는 메두사의 힘을 믿는다. 『신곡』은 그리스도 이전 고대인의 신화적인 믿음에서 시작하여 그리스도 시대를 거쳐 마지막 심판에 이르는 전체 여정을 제시하고 있다. 베르길리우스는 고대인의 지혜를 상징하지만, 하느님의 은총(천사로 구체화되는)이 없다면 순례자의 여행은 계속될 수 없다.

9) 케르베로스는 테세우스를 구하러 온 헤라클레스를 막으려다 사슬에 묶여 목과 턱의 털이 다 빠져 버렸다고 한다.

10) 아를은 프로방스에서 지중해로 흘러내린 론 강이 삼각주를 이루는 평야의 도시다. 그리스도 이후 로마의 유명한 공동묘지였다. 쿠아르나로는 아드리아 해 북부 이스트라 반도의 앞바다를 가리키며, 그 반도의 항구도시 풀라에 로마인들의 공동묘지가 있었다고 한다.

• 10곡 •

1) 예루살렘 근처의 계곡으로, 최후 심판의 날 모든 영혼은 이곳에 모여 자기 육신과 다시 결합한다고 한다.

2) 그리스의 쾌락주의 철학자. 인간의 영혼을 혼란하게 하지 않는 평정, 즉 아타락시아(ataraxia)에 목적을 두었으며, 진리의 발견보다는 개인의 행복에 중점을 두었다.

3) 순례자는 처음 겪는 저승 여행에서 호기심에 가득 차 많은 질문을 하고 싶지만, 길잡이를 피곤하게 하고 싶지 않다. 길잡이는 지금까지 그런 순례자의 지나친 호기심을 제지시키고 먼저 알아서 그 호기심을 채워 주곤 했다.

4) 피렌체 귀족으로 피렌체 기벨리니 당의 지도자. 1248년과 1260년 두 차례에 걸쳐 궬피 당을 꺾고 피렌체에 진군했다. 1264년 사망한 후 1283년 종교재판에 의해 이단자로 선고되었다.

5) 파리나타의 거만한 성격은 이 물음에 잘 담겨 있다. 게다가 자기와 함께 누가 있는지 묻는 순례자의 물음에 아주 간단하게 대답할 뿐이다. 이런 거만함은 파리나타의 이단의 징후, 즉 지적인 교만을 암시한다.

6) 단테의 친구이자 시인인 귀도 카발칸티.

7) 이 영혼의 이름은 카발칸테 데이 카발칸티이다. 보카치오는 『신곡』의 주

석에서 그 둘을 에피쿠로스의 추종자라고 기술한다. 귀도는 1255년경 태어나 당대를 대표했던 시인으로 단테의 "절친한 친구"(단테 자신이 『새로운 인생』에서 이렇게 표현했다.)였다. 귀도는 1300년 8월에 죽었으므로 단테가 지옥을 여행하던 시기에는 살아 있었던 셈이나, 위에서 말한 "경멸했던"의 과거형이 아버지의 오해를 산 것이다. 이곳의 영혼은, 뒤의 설명대로, 과거와 미래는 알지만 현재의 일은 모르기 때문에 아버지 카발칸티는 "었던"이란 표현과 순례자의 침묵으로 아들 귀도가 죽은 것으로 오해한다. 이 오해는 이 장면의 주된 모티프인 단절과 연결된다. 파리나타는 순례자와 베르길리우스의 대화를 끊으며 등장하고 카발칸티는 파리나타와 순례자의 대화를 끊으며 등장한다. 파리나타는 순례자와 카발칸티의 대화에 전혀 관심을 보이지 않는다. 이런 단절들, 그리고 그로 인한 자기중심적인 태도들을 단테는 이단의 전형이라고 주장하는 듯하다.

8) 지옥의 마왕 플루톤의 아내 페르세포네를 가리킨다. 달의 여신 디아나와 동일시되기도 한다.

9) 1260년 아르비아 강가의 몬타페르티 마을에서 벌어진 기벨리니 당과 궬피 당의 격전. 기벨리니 당이 일방적인 승리를 거둔다. 이 전투를 통해 세력을 잡은 기벨리니 당의 지도자들이 피렌체를 파괴하기로 결정하지만, 파리나타 혼자 반대하며 그들을 설득해 도시를 구했다.

10) 여기 있는 영혼들은 과거와 미래를 완벽하게 아는 능력을 지니고 있다. 그러나 현재의 일은 알지 못한다. 새로 지옥에 오는 영혼들을 통해서만 알 뿐이다. 그러나 최후의 심판과 함께 모든 것이 영원히 결정되고 나면 ("미래의 문이 닫히는 순간") 미래의 지식은 물론 과거의 기억도 사라진다. 더 이상 과거도 현재도 미래도 남지 않기 때문이다.

11) 프리드리히 2세로도 알려져 있다. 이탈리아에서 태어나 1198년부터 시칠리아의 왕이었고, 1220년 신성로마제국의 황제에 올랐다. 십자군 원정 문제로 교황에게 파문을 당했다.

12) 1238년부터 1240년까지 볼로냐의 주교였다가 1245년 추기경이 된 오타비아노 델리 우발디니를 가리킨다. 이단자들의 주장을 방조했던 것으로 알려진다.

• 11곡 •

1) 496년부터 498년까지 교황으로 있던 아나스타시우스 2세는, 폐위 · 파문당했던 전임 콘스탄티노플 총 대주교 아카키우스에게 유화적인 태도를 보였고, 아카키우스 지지자들은 비잔틴 부제(副祭) 포티누스를 교황으로 맞이했으며, 이로 인한 분쟁의 과정에서 사망했다. 단테는 아나스타시우스를 비잔틴의 황제 아나타시우스 1세(491~518년)와 혼동했을지도 모른다. 황제 아나타시우스는 포티누스를 믿어, 예수 그리스도의 신성에 관한 이단설을 받아들였다.
2) 소돔은 「창세기」에 나오는 악명 높은 죄악의 도시. 카오르는 중세 고리대금업자들로 인해 금융 중심지가 된 프랑스 남부의 도시.
3) 차례대로 애욕의 죄인들(「지옥편」 5곡), 탐욕과 탐식의 죄인들(「지옥편」 6곡), 분노한 자들(「지옥편」 7곡), 인색한 자들과 낭비한 자들(「지옥편」 7곡)을 뜻한다.
4) 아리스토텔레스의 『윤리학』. 뒤에 나오는 『물리학』 역시 아리스토텔레스의 저서다.

• 12곡 •

1) 미노타우로스를 가리킨다. 순례자는 지금 폭력의 죄를 지은 영혼들을 벌하는 일곱 번째 고리의 첫 번째 구렁에 내려왔다. 폭력의 죄는 야수성을 띤다. 그것이 반은 사람이고 반은 황소인 미노타우로스의 모습과 상응한다. 미노타우로스는 자연에 폭력을 행사한 결과로 탄생했다.
2) 바다의 신 포세이돈은 크레타의 왕 미노스에게 제물로 쓰라고 황소를 보냈으나 미노스가 약속을 지키지 않고 황소를 살려 두자 포세이돈이 그 벌로 왕비 파시파이를 이 황소와 사랑에 빠지게 했다. 파시파이는 다이달로스에게 부탁해 속을 비운 나무 암소를 만들어 그 안에 들어가 황소와 정을 통했고, 사람의 몸과 소의 머리를 한 미노타우로스를 낳았다.
3) 미노스 왕은 미노타우로스를 미궁에 가두고 해마다 젊은 남녀 일곱 명을 제물로 바쳤다. 테세우스("아테네의 군주")는 이들의 틈에 섞여 들어가 미노타우로스를 죽이고 미노스의 딸 아리아드네("너의 누이")가 준 실타래를 따라서 미궁을 무사히 빠져나왔다.

4) 순례자의 육신의 무게를 가리킨다. 순례자는 지금 저승에서 육신을 지닌 유일한 존재다.

5) 예수가 부활하여 림보의 영혼들을 선별하여 구한 것을 의미한다.

6) 엠페도클레스의 이론을 들어 비유하고 있다. 엠페도클레스에 의하면, 미움은 태초의 조화를 파괴하면서 다양한 사물들의 창조를 야기하고, 사랑은 이러한 여러 다른 요소들을 다시 통합하면서 우주적 일치를 구축한다. 여기서 그리스도의 사랑은 태초에 하나였다가 미움이 침투하여 분리된 지옥이 다시 우주 전체로 돌아가도록 만들었고, 그런 과정에서 지옥 전체가 흔들리고 바위가 쪼개져 굴러 떨어진 것이다. 사랑과 미움의 힘은 특히 물질적인 변화를 일으키는 힘을 가리킨다. 태초의 조화는 혼돈의 상태이기도 했다. 그래서 세상이 하나의 조화로 돌아가는 것은 혼돈으로 거듭나는 것과 같다는 것이다. 베르길리우스는 그리스도가 지옥에 내려온 것을 이교도 철학의 측면에서 묘사하고 있다.

7) 지하세계의 강 중 하나인 불의 강 플레게톤 강을 가리킨다.

8) 켄타우로스 역시 살인자와 폭력 군주를 지키는 반인반마(반은 말이고 반은 사람)의 괴물로, 야수성의 죄를 벌하기에 적절하다.

9) 켄타우로스들의 우두머리로 자주 인용되는 자로서, 총명하고 우아했으며, 의학과 예술에 뛰어난 재질을 보였고, 아킬레우스와 헤라클레스 등을 가르친 명망 높은 선생이었다.

10) 헤라클레스의 아내 데이아네이라를 좋아했던 켄타우로스. 그녀를 범하려다가 헤라클레스의 활을 맞았다. 그러나 숨지기 전에 그녀에게 자기 피에 젖은 옷을 주면서 그 옷이 헤라클레스의 사랑을 유지시킬 것이라고 말했다. 데이아네이라가 옷을 남편에게 입히자 독이 온몸에 퍼져 헤라클레스는 죽고 말았다. 이를 본 데이아네이라는 목을 매달아 자결했다.(오비디우스, 『변신 이야기』 ix, 98 이하)

11) 생각에 잠긴 모습이다. 뒤에서 나오듯, 순례자가 살아 있다는 것을 생각하는 듯하다.

12) 폴로스에 대해서는 많이 알려져 있지 않다. 다만 라피테스의 왕 페이리토스와 히포다메이아의 결혼식 때 술에 취한 켄타우로스들이 여자들을 겁탈하려 했는데 폴로스가 노린 사람은 그날의 신부였다고 한다.(오비디우스, 『변신 이야기』 xii, 104)

13) 마케도니아의 알렉산드로스 대왕. 단테는 그를 폭력적인 인간의 전형으로 보았다.

14) 기원전 4세기 중엽, 시칠리아 지역을 다스린 시라쿠사의 왕. 고대의 야만적인 폭군의 대명사.

15) 로마노 출신의 에첼리노 3세.(단테는 "아촐리노"라고 표기하였다.) 1223년부터 1259년까지 마르카 트레비자나를 다스린 폭군.

16) 에스테 왕가의 오비초(단테는 "오피초"라 표기하였다.)는 페라라의 군주였는데, 아들 아초 8세의 손에 살해당했다. 단테는 여기서 "진정"이라고 말하며 당대의 역사적 비밀을 폭로하고 있음을 강조한다. "의붓자식"과 근친살해가 얽혀 죽음을 맞이한 오비초를 경멸감을 잔뜩 담아 묘사하고 있다. 아초 8세는 「연옥편」에서 다시 거명된다.(「연옥편」 5곡 64~84)

17) 1272년 몽포르(Guy de Montfort)는 영국의 왕 에드워드 1세에게 죽음을 당한 아버지의 복수를 위해 그 사촌이자 리처드 왕의 아들인 헨리 왕자를 비테르보의 교회에서 미사 도중 살해했다. 그의 심장은 황금 잔에 담겨 템스 강 다리 위에 걸렸다고 한다.

18) 훈족의 왕 아틸라(434~453년 재위)는 야만스러운 지배 때문에 "신의 채찍"이라고 불렸다. 피로스는 에페이로스의 왕(기원전 318~272년)으로 세 차례에 걸쳐 로마와 싸웠다. 섹스투스는 폼페이우스의 아들로 카이사르가 죽은 뒤 해적이 되어 아프리카에서 오는 곡물을 막아 로마에 기근을 일으켰다.

19) 단테 시대에 유명했던 노상강도들이다. 전자는 토스카나의 마렘마 지역을 공포에 몰아넣었고, 후자는 1268년 로마로 향하던 실벤세 주교를 살해하여 파문을 당했다.

• 13곡 •

1) 토스카나 지방의 체치나 강과 코르네토 마을 사이에는 마렘마라고 불리는 무척 황량한 습지가 있다.

2) 타우마스와 엘렉트라의 딸들로서, 처음에는 바람의 정령인 듯이 여겨져 전혀 혐오스럽지 않았으나 뒤에 가서 특히 아이네이아스의 전설에서 더럽고 불쾌한 여자 얼굴을 한 새로 묘사되었다. 아이네이아스가 동료들과 함께 섬에 상륙했을 때 이들이 섬기는 황소를 죽이자 이들은 아이네이아스 일행의 식탁을 더럽히고 악담을 퍼부었다. 여자의 얼굴에 새의 몸통과 날개, 그리고 날카로운 발톱을 지닌 그들은 반인반수의 또 다른 예다.

3) 베르길리우스는 『아이네이스』(III, 22~43)에 나온, 아이네이아스가 덤불의 가지를 꺾자 피가 쏟아져 나온 이야기를 말하고 있다. 피가 쏟아져 나오면서 폴리도로스(「지옥편」 30곡)가 묻힌 덤불 아래의 땅에서 목소리가 들려왔다.

4) 법학자, 시인, 문필가로 유명했던 피에르 델라 비냐(1190 ~1249년). 이탈리아 남부 카푸아에서 태어나 볼로냐에서 공부했고 신성로마제국의 황제 프리드리히 2세의 총애를 받았으나 황제를 독살하려는 음모를 꾸몄다는 혐의로 고발되어 눈알이 뽑혀 장님이 되었고, 그 후 감옥에서 죽었다. 상처로 인해 죽었는지 자살했는지는 분명하지 않으나 단테는 자살로 본 듯하다. 피에르 델라 비냐는 프리드리히 황제에게 충성을 다했고 그것을 믿어 주기를 간절히 바라고 있다. 그러나 그의 죄는 자살이었다.

5) 자살한 사람의 영혼을 가리킨다. 그 영혼은 하느님이 부여한 육신을 멋대로 훼손했기 때문에 육신의 형체를 완전히 잃어버린다.

6) 마지막 심판의 날이 오면 지상으로 육신을 찾으러 간다는 말이다.

7) 이들은 두 번째 죽음, 즉 영혼까지 소멸하는 죽음을 갈구하고 있다.

8) 시에나 출신의 에르콜라노 마코니를 가리킨다. 그는 토포에서 벌어진 시에나와 아레초의 전쟁에서 전사했다.

9) 페데리코 2세의 신하였다. 무료함을 달래려 뱃놀이를 하며 강에 돈을 쏟아 붓는가 하면 자기 집을 태우며 즐거워하는 등, 기질이 괴팍하고 방탕했다고 한다.

10) 피렌체는 처음에 전쟁의 신 마르스를 수호신으로 섬기다가 나중에 세례 요한으로 바꾸었다.

11) 단테는 6세기에 피렌체를 침략한 오스트로고트족의 왕 토틸라와 혼동한 것 같다. 당시에는 이 둘을 혼동하는 경우가 많았다고 한다.

12) 자코모는 자기 집에서 목을 매 죽었다고 한다. 그처럼 피렌체도 스스로 파멸의 길을 걷고 있다는 말이다.

• 14곡 •

1) 3월 27일 토요일, 새벽.

2) 로마의 정치가로 기원전 47년에 폼페이우스의 군대와 함께 아프리카의 리비아 사막을 가로질러 건넌 적이 있다. 카토는 자살한 죄로 지옥에 있

어야 하지만, 단테는 그를 자유의 수호자로 평가하면서 연옥의 문을 지키는 자로 배치했다. 나중에 연옥에 이르렀을 때 순례자는 카토를 만난다.

3) 이 얘기는 알베르투스 마그누스의 『유성론(流星論)』에 실린, 알렉산드로스가 인도에서 겪은 모험을 적어 아리스토텔레스에게 보낸 편지를 참고하고 있다. 그 편지에 따르면 알렉산드로스는 처음에 엄청난 눈을 만나자 병사들로 하여금 밟아 다지도록 하고, 이어 불비를 만났을 때에는 옷으로 몸을 가리게 했다. 그러나 단테는 눈을 불로 혼동했는지, 알렉산드로스가 병사에게 불꽃을 발로 밟게 한 것으로 묘사하고 있다.

4) 제우스가 거인족 기간테스와의 싸움에서, 불의 신 불카누스에게 벼락을 만들게 하여 플레그라('불타는 곳'이라는 뜻이다.) 벌판에 던진 이야기를 하고 있다. 몬지벨로는 시칠리아 섬에 있는 활화산이다.

5) 카파네우스는 테베를 공격하면서 제우스를 깔보고 업신여기며 모욕하다가 번개에 맞아 죽었다고 한다.

6) 불리카메는 로마 근교 비테르보에 있는 유황온천이고, "죄지은 여인들"이란 탕녀를 가리키는데, 당시에는 탕녀가 이용하는 온천이 따로 정해져 있었다고 한다.

7) 그리스도가 부순 채로 아직도 열려 있는 지옥의 문.

8) 그리스 창조 신화에 따라 크로노스를 의미한다. 황금시대의 왕이라고도 전해지며, 종종 손에 반달돌칼을 든 노인으로 묘사된다.

9) 크로노스가 자식에게 권좌를 빼앗긴다는 경고를 듣고 태어나는 자식들을 모두 삼켜 버리자 그의 누이이자 아내인 레아는 제우스를 낳자마자 크레타의 이다 산에 숨겼다.

10) 다미아타는 이집트의 항구로서 동방의 이교도 세계를 상징하고, 로마는 그리스도교 세계를 상징한다.

11) 노인의 모습은 「다니엘」(2: 32~35)에서 차용했지만, 상징하는 바는 다르다. 순금 머리는 황금시대(그리스도교 용어로는 아담과 이브의 타락 이전의 시대)를 상징하고, 은으로 된 팔과 가슴, 놋쇠 몸통, 그리고 무쇠 다리는 세 단계로 추락해 온 인간의 역사를 상징한다.

12) 흙으로 된 발은 세속에 관여하고 정치 권력 싸움에 몰두하는 타락하고 나약한 교회를 상징한다.

13) 눈물은 산을 적시고 흘러내려 고인다. 이렇게 단테는 크레타 섬을 아케론과 스틱스, 플레게톤 등 지옥을 흐르는 강들의 수원지로 설정한다. 이 강들은 지옥의 바닥에 있는 "웅덩이 코키토스"로 모여든다. 순수했던 황

금시대를 제외한 모든 시대에 걸쳐 인간의 죄가 지속되어 왔음을 나타낸다. 이다 산에 갇힌 노인은 에덴동산의 원죄 이래로 파멸해 가는 인간을 상징한다. 이다 산은 "옛날에는 샘과 푸른 숲이 울창했"던 에덴과 같은 곳이었지만, 원죄 이후의 인간처럼 더럽혀져 지금은 "버려진 곳"이 되었다.

14) 두 일행이 이미 거쳐 온 강들이다. 아케론은 「지옥편」 3곡에서, 스틱스는 7곡과 8곡에서, 그리고 플레게톤은 이름이 명시되지 않았지만 12곡에서 끓는 피의 강으로 묘사되었다.

15) 지옥의 맨 밑바닥에 있는 웅덩이.

16) 단테가 크레타 섬을 지옥을 흐르는 강들의 수원지로 설정하고 이다 산의 노인을 에덴동산 이래 파멸해 가는 인간으로 상징한 것은 크레타를 트로이와 로마 문명의 발상지로 보았기 때문이다. 크레타 섬은 또한 당시 알려진 세계, 즉 아시아와 아프리카, 유럽으로 둘러싸인 지중해의 중심이었다.

17) 레테는 연옥의 산꼭대기 지상 낙원에 있는 망각의 강이다. 연옥에서 죄를 씻은 영혼들은 이 강에 몸을 적시고 모든 죄의 기억을 지운 뒤 천국으로 오를 준비를 한다.

• 15곡 •

1) 프랑스의 플랑드르 해안의 항구 도시들.

2) 알프스 산맥에 속한 산으로, 봄이 와서 날씨가 풀리면 눈이 녹아 내려 브렌타 강이 범람하는 때가 있다.

3) 피렌체의 작가, 학자, 정치가로서 단테를 포함한 당대 젊은이들에게 지도자 역할을 한 인물. 성적으로 문란한 죄인을 처벌하는 지옥에 와 있지만 단테는 그에 대해 "보이(voi)"라는 존칭을 쓰면서 특별한 존경을 표하고 있다.(「지옥편」 10곡에서 파리나타와 카발칸테에게도 이 호칭을 쓴다.)

4) 불비가 내리는 뜨거운 모래사장을 걸어야 하는 벌을 받고 있는 이들은, 만약 걸음을 멈추었을 때는 백 년 동안 모래사장에 누워 불비를 맞아야 하는 가중처벌을 받았다.

5) 피에솔레는 피렌체 근교의 언덕으로, 에트루리아인들이 정착해 있었으나, 로마인들이 정복하며 피렌체를 세웠고, 그 와중에 피에솔레 사람들도

피렌체로 내려와 정착했다. 단테는 피에솔레인들이 피렌체 내분의 원인이라고 생각했다.

6) "쓰고 떫은 나무들"은 피렌체의 정치 파벌들을, "달콤한 무화과"는 단테를 상징한다.

7) 피렌체의 흑당과 백당을 가리킨다.

8) 피렌체의 한가운데서 로마인의 후예가 다시 일어나 피렌체를 새로 건설한다는 의미다. 피렌체(나아가 이탈리아 전체)의 오염된 상태와 그를 치유할 로마제국의 후예를 기다리는 단테의 바람이 담겨 있다.

9) 5세기경 콘스탄티노플에서 활동한 라틴어 문법학자. 프리스키아누스 주교에게 씌워진 죄들 중 하나는 남색이었다. 그가 남색의 죄를 지었다는 증거는 없다. 단테가 4세기에 이단을 창시한 프리스키아누스 주교와 혼동했다는 의견도 있다.

10) 피렌체에서 명망을 떨치던 법학자(1225~1294년). 볼로냐 대학과 옥스퍼드 대학에서 법을 가르쳤다.

11) 피렌체 출신의 안드레아 데이 모치를 가리킨다. 그는 1287년부터 1295년까지 피렌체의 주교였다. 보니파키우스 8세("노예 중의 노예")의 명으로 비첸차("바킬레오네" 강변에 위치한다.)로 옮겼으나 옮긴 해 혹은 그다음 해에 죽었다. 단테는 "죄 많은 육신"이라 표현하면서 그의 비정상적인 탐욕 혹은 남색을 탐하는 나약한 성격에 주목한다.

12) 브루네토 라티니가 피렌체의 외교사절로 스페인에 갔다가 돌아오면서 프랑스에 들렀다가 피렌체 정부로부터 경질을 당했다는 소식을 듣고 프랑스에 더 머무르며 쓴 일종의 백과사전. 그는 당시 배웠을 것으로 짐작되는 프랑스어(오일(Oïl)어)로 이 책을 썼다. 단테는 라티니의 대표작이 오일어로 쓰인 것에 불만을 가졌을지도 모르지만, 어쨌든 그는 이 책을 소장하고 읽었으며 오일어의 영향도 받았다고 추정할 수 있다.

13) 순례자와 이야기하느라 무리와 떨어진 라티니가 다시 무리에게 가는 모습을, 베로나에서 매년 개최되던 달리기 시합에 출전한 사람에 비유해 묘사하고 있다.

• 16곡 •

1) 어지신 괄드라다는 피렌체의 벨린치오네 베르티(「천국편」 16곡 119)의

딸이었다. 중세 이탈리아에서 널리 퍼진 얘기에 따르면 그녀는 황제 오토 4세의 주선으로 그녀의 미모와 재치, 겸손에 반한 귀도 궤라 4세와 결혼했다. 실제로 그녀가 귀도 궤라와 결혼한 것은 1180년 오토 4세가 황제가 되기 20년 전이었다. 그녀의 손자 이름도 귀도 궤라(1220~1272년)였다. 그는 피렌체 겔피 지도자로 1260년 시에나를 배척하는 정책을 펴지 말라는 조언을 했으나 사람들은 이를 무시했고, 결국 시에나는 피렌체의 겔피 당을 제압했다. 그의 조모 괄드라다("어지신 괄드라다")는 당시 덕성의 상징이었다.

2) 귀도 궤라처럼 피렌체 겔피 당의 지도자였고 시에나와의 화평을 조언했다.

3) 이 사람에 대해서는 알려진 바가 거의 없다. 다만 부유한 상인이었다고 전해진다.

4) 1300년쯤에 죽었다는 것 외에 알려진 것이 없다. 보카치오는 그가 궁정 기사였다고 말한다.

5) 이 부분에 대해서는 여러 해석들이 있다. 허리의 끈이 프란체스코파의 상징이므로 단테가 프란체스코파의 수사였다고 보는 사람도 있고, 표범이 상징하는 음란과 욕망의 절제를 가리킨다고 보는 견해도 있다. 그러나 여기서는 자만심을 상징하는 듯하다. 자만심은 자기 능력을 과신하고 남용하는 것을 말한다. 순례자는 그 끈으로 그가 처음 어두운 숲에서 맞닥뜨린 "얼룩 가죽의 표범을 잡아 볼까 생각"하는데, 이는 순례자의 어리석고 약한 자만심을 일부러 고백하는 것이며, 순례자를 이끄는 길잡이, 즉 이성의 명령으로 끈을 벗어 길잡이(이성)에 의지하여 다가오는 사기죄와의 만남을 준비한다고 볼 수 있다. 사기를 상징하는 게리온은 자만심의 상징인 끈에 유인되어 위로 올라온다. 그것은 자만심에 찬 사람이 사기의 대상이 된다는 뜻이다. 그러나 사기는 이성을 이길 수 없다. 순례자는 이제 연옥에서 카토를 만나 연옥의 산에 오를 수 있도록 그가 갈대를 매라고 할 때까지(「연옥편」 1곡) 끈이 없이 여행한다. 갈대는 겸손, 즉 자만심의 반대를 상징하며 순례자의 또 다른 성장을 표시한다.

• 17곡 •

1) 그리스 신화에 나오는 삼두삼신(三頭三身)의 괴물 게리온에 대한 설명이다. 단테는 그를 사기의 상징으로 등장시켰는데, 그의 생김새("겉으로

는 말짱하게 사람의 살가죽을 뒤집어썼으나 몸통은 뱀의 그것")가 사기의 속성을 드러낸다. 사람의 머리와 뱀의 몸과 사자의 발을 한 게리온(「요한의 묵시록」 9: 7~11 참조)의 세 가지 속성은 또한 삼위일체에 대응하는 죄악의 완전성을 드러낸다. 한편, 베르길리우스의 "손짓"에 순순히 응해(비록 투덜대면서도) 순례자를 안전하게 태워 주는 그의 행동은 사기의 상징을 사기 치는 느낌이다.

2) 사기의 올가미를 상징한다.

3) 그리스 신화에 나오는 천 짜는 기술이 뛰어난 여인으로, 미네르바 여신에게 도전했다가 아라크네의 천이 더 훌륭한 것을 본 여신이 분노하여 천을 찢어 버리고 아라크네를 거미로 만들었다.

4) 순례자는 뒤집힌 원뿔 모양의 지옥을 언제나 왼쪽으로 돌아서 내려간다. 단 이곳과 여섯 번째 고리(「지옥편」 9곡)에서만 유독 오른쪽으로 돈다. 중세에 왼쪽은 악마를 상징했다. 그러나 여기서 순례자가 왜 오른쪽으로 도는 것인지 그 의미는 확실하지 않다.

5) 고리대금업으로 죄를 지은 망령들을 둘러보는 단테의 눈에 아는 사람은 들어오지 않는다. 단테의 친구 포레세 도나티는 단테의 아버지가 고리대금업자라고 비난한 적이 있다. 그러나 단테는 그 점을 인정하지 않는 것이 분명하다. 포레세 도나티는 연옥에 있다.(「연옥편」 23곡)

6) 고리대금업자들을 상징하는 주머니. 뒤이어 나오는 주머니들은 각 가문의 문장을 나타낸다.

7) 피렌체의 잔 필리아치 가문의 문장.

8) 피렌체의 오브리아키 가문의 문장.

9) 파도바의 스크로베니 가문의 문장.

10) 악랄한 고리대금업자였다.

11) 역시 피렌체의 유명한 고리대금업자를 말한다. "주둥이 셋 달린 주머니"는 세 개의 독수리 부리를 문장으로 삼던 베키 가문을 가리킨다.

12) 살아 있는 순례자 단테를 가리킨다.

13) 아버지 헬리오스의 태양 수레를 몰고 하늘을 돌다 수레의 말들을 다스리지 못해 땅에 가까워지자 제우스가 번개를 던져 그를 떨어뜨렸다.

14) 아버지 다이달로스가 밀랍으로 만든 날개를 달고 태양에 너무 가까이 날아갔다가 날개가 녹아 떨어져 죽었다.

• 18곡 •

1) 단테가 만든 단어로, '사악한 구렁'이라는 뜻이다.
2) 교황 보니파키우스 8세가 처음 제정한 1300년을 가리킨다.
3) 베네디코 카치아네미코는 1260년부터 1297년까지 볼로냐 겔피 당의 수장이었다. 사촌을 살해한 혐의도 받고 있으나, 살인의 죄를 벌하는 일곱 번째 고리 대신에 배반의 죄를 벌하는 여덟 번째 고리에 갇혀 있다. 당시 페라라를 다스리던 에스테 가문의 환심을 사려고 누이 기솔라벨라를 팔아넘긴 뚜쟁이 노릇을 했기 때문이다. 단테는 그에게 더 무거운 죄를 묻고 있다.
4) 사베나와 레노는 각각 볼로냐의 동쪽과 서쪽을 흐르는 강이다. "시파"는 볼로냐 방언을 가리킨다. 현세의 볼로냐 인구보다 지옥에서 벌 받는 볼로냐 사람들이 더 많을 것이라는 과장된 표현이지만, 그만큼 당시 볼로냐 사람들이 금전적인 이해에 밝았다는 의미도 담고 있다.
5) 이올코스의 왕자로 이복형제 펠리아스에게 왕권을 빼앗겼다가, 콜키스에 있다는 황금 양털을 가져오면 왕국을 주겠다는 펠리아스의 약속에, 영웅 오십 명과 함께 모험을 떠난다.
6) 이아손이 모험 도중 도착한 렘노스 섬의 공주.
7) 콜키스의 공주이자 마법사 메데이아는 이아손을 사랑하여 마술로써 그가 황금 양털을 얻도록 돕고 그와 결혼하지만 나중에 그에게서 버림을 받는다. 메데이아는 분노로 미쳐서 이아손의 새 아내인 크레우사에게 결혼 선물로 독이 묻은 외투를 보내 죽이고 자식들도 살해했다. 이아손은 이를 슬퍼하다 죽었다. (「천국편」 2곡 참조) 한편 이아손이 항해한 배 아르고는 「천국편」 33곡 94에 등장한다.
8) 인테르미네이 가문은 루카의 백당을 이끌었다. 그러나 알레시오는 13세기 후반의 여러 기록에 나올 뿐 알려진 바가 거의 없다.
9) 로마의 희극작가 테렌티우스의 『환관(*Eunuchus*)』에 나오는 인물. 단테는 이 연극을 잘 몰랐지만, 키케로의 『우정론(*De amicitia*)』에서 알았다. 여기서 타이데의 대답은 아첨꾼들이 늘어놓는 과장된 표현의 전형으로 제시된다.

• 19곡 •

1) 3월 27일 토요일, 오전 6시.
2) 사마리아의 마술사 시몬은 예수의 제자인 베드로와 바울로부터 성령을 전하는 역할을 돈으로 사려 했다.
3) 중세 법정에서는 판결을 공포하기 전에 나팔을 불어서 사람들을 불러 모았다고 한다.
4) 피렌체의 두오모 바로 옆에 있는 성 요한 성당에서는 성 요한의 축일인 6월 14일에 어린이들이 세례를 받았다. 성당에는 세례를 받는 사람들이 서 있도록 통 같은 것을 만들어 놓았다. 어느 날 단테는 그 안에 빠진 어린이를 구하느라 통을 부순 적이 있었다. 통은 성물이므로 성물을 부순 것은 신성모독에 해당했다. 단테는 어디까지나 생명을 구하기 위한 순수한 의도였음을 강조함으로써 이를 둘러싼 입방아를 차단하고자 이렇게 일부러 설명하고 있다. 『신곡』에서 통은 웅덩이와 함께 낮고 어두운 심연과 폐쇄라는 지옥의 이미지를 지닌다. 그 이미지는 성서의 많은 곳에서 발견된다. "주께서 나를 깊은 웅덩이 어두운 곳 음침한 데 두셨사오며."(「시편」 88: 6) 단테가 통에 빠진 아이를 구한 것은 그리스도 예수가 지옥에 내려와 죄인을 구한 장면을 떠올리게 한다. 작가 단테는 자신의 행위가 성물을 부순 것이긴 하지만, 그보다 구원이라는 하느님의 사업에 동참한, 훨씬 더 가치 있는 일이었다고 말하는 듯하다.
5) 주지하다시피 지옥의 영혼들은 미래를 내다볼 수 있다. 이 영혼은 순례자를 보니파키우스 8세로 착각하여 이렇게 말한 것이다.
6) 교황의 법의를 가리킨다.
7) 교황 니콜라우스 3세로, 곰을 문장으로 쓰는 오르시니 가문 출신이었다.
8) 이곳의 죄인들은 발바닥이 불타는 형벌을 받다가 그다음 죄인이 오면 교대하여 자리를 넘기고 더 아래 지옥으로 내려간다. 니콜라우스 3세는 1280년에 사망했으므로 1300년 현재 이십 년 동안 그곳에 있는 셈이다. 한편 보니파키우스 8세는 1303년에 와서 1314년에 다음 죄인(클레멘스 5세)이 사망하여 올 때까지 십일 년을 있게 된다.
9) 클레멘스 5세는 프랑스 출신으로, 프랑스는 이탈리아에서 보면 서쪽이다. 그는 교황에 오르는 대가로 프랑스 왕 필리프 4세와 수많은 비밀 협약을 맺었다. 그는 필리프의 교활한 계획에 부응하여 교황청을 아비뇽으로 옮기는 등 신성한 하느님의 권능을 행사하는 사제의 직무에 오점을 남겼다.

10) 「마카베오」의 기록에 의하면, 야손은 셀레우코스 왕조의 안티오코스에게서 유대의 제사장 직을 부정한 수단으로 얻은 다음 유대의 율법을 무시하고 그리스의 생활양식을 유대인에게 강요했다. 야손이 자신의 지위를 얻기 위해 왕에게 돈을 주고 공모했듯이, 야손의 밑에 있던 메넬라오스는 왕에게 더 많은 돈을 주고 야손을 밀어냈다.(「마카베오 하」 4: 7~27) 결국 안티오코스 왕이 야손과 메넬라오스의 부정한 행위에 동조한 파트너였듯이, 프랑스 왕도 클레멘스가 부정한 수단으로 교황 직을 얻는 과정에 순순히 따른 파트너였다.
11) "나는 너에게 하늘나라의 열쇠를 주겠다."(「마태오의 복음서」 16: 19)
12) 마티아가 유다("사악한 영혼")의 자리를 대신하던 상황을 가리킨다.(「사도행전」 1: 13~26)
13) 13세기 피렌체의 역사가 조반니 빌라니에 따르면, 니콜라우스 3세는 나폴리와 시칠리아의 왕 앙주의 샤를을 치기 위해 그리스 황제 팔레올로구스와 검은 거래를 했다.
14) "신랑"은 하느님을, "신부"는 교회를, "머리"는 성체를, "뿔"은 율법을, "물"은 백성을 비유한다.
15) 로마의 황제 콘스탄티누스(306~337년 재위)는 312년 그리스도교로 개종했다. 동부 지중해를 정복한 후 그는 330년 로마제국의 수도를 콘스탄티노플로 옮겼다. 그것은 당시의 교황 실베스테르 1세(314~335년 재위)("최초의 부유한 아버지")가 그의 나병을 고쳐 준 대가로 제국의 서부 영역을 교회의 관할로 넘겨주기 위한 것이었다. 소위 '콘스탄티누스의 기증서'는 비록 15세기에 로렌초 발라에 의해 위조문서로 밝혀졌지만, 중세 내내 진실로 받아들여졌다.

• 20곡 •

1) 「지옥편」을 뜻한다.
2) 테베를 공략하던 일곱 왕들 중 하나로 예언자이자 명장이었다. 전설에 의하면, 그는 공략 중에 자신이 죽으리라는 예언을 하고, 이를 피하기 위해 전투에 나서지 않고 몸을 숨겼다. 그러나 아내의 책략으로 할 수 없이 전쟁터로 나섰고, 거기서 땅이 갈라져 떨어져 죽고 말았다.
3) 테베의 유명한 장님 예언자. 오비디우스에 의하면, 어느 날 테이레시아

스가 뒤엉켜 교미하는 뱀 두 마리를 보고 막대기로 때리자 자기 몸이 여자로 바뀌었다. 칠 년이 지나 교미하는 뱀 두 마리를 막대기로 치자 다시 남자로 돌아갔다. 나중에 제우스와 헤라가 양성을 경험한 결과 어느 쪽이 더 사랑을 탐닉하는지 물었을 때 그는 여자라고 대답했다. 그러자 헤라는 그를 장님으로 만들었다. 그러나 제우스는 보상으로 그에게 예언의 능력을 주었다.

4) 카이사르와 폼페이우스의 전쟁과 그 결과(카이사르의 승리)를 예언한 에트루리아의 예언자. 대리석으로 유명한 이탈리아의 도시 카라라("루니의 산골")에서 살았다.

5) 테이레시아스의 딸. 역시 예언자로 아버지가 죽자 트레온의 폭정을 피해 테베를 더나 이탈리아로 건너와 도시 만토바를 건설했다. 베르길리우스의 고향이기도 하다.

6) 테베를 말한다.

7) 카살로디 가문의 알베르토 백작은 1272년 만토바의 영주가 되었으나 피나몬테의 술수에 빠져 1291년 영주 자리를 뺏겼다.

8) 남자들이 모두 출전한 트로이 전쟁 때를 말한다.

9) 트로이 전쟁 중("사내들이 없어 요람이 텅 비었을 때") 에우리필로스는 다른 예언자 칼카스와 함께 아가멤논으로부터 그리스 군대를 실은 배가 아울리스 항구에서 출항할 적절한 때를 신탁받으라는 명령을 받았다. 당시는 역풍이 불어 출항할 수 없는 상황이었다. 그는 아르테미스 신을 달래기 위해 아가멤논의 딸 이피게네이아를 제물로 바쳐야 한다고 주장했다.

10) 『아이네이스』를 의미한다.

11) 스코틀랜드 출신의 문학가이자 수학자. 아랍어와 히브리어로 된 아리스토텔레스와 아비켄나의 저술을 라틴어로 번역했다. 마법사와 점성술사로 알려져 있다.

12) 13세기 후반에 예언의 능력으로 유명했던 제화공.

13) 빛이 전혀 없는 깊은 지옥이지만 베르길리우스는 신비로운 힘으로 시간을 정확히 측정한다. 중세 이탈리아에서는 달의 반점이 아벨을 죽인 카인이 가시를 짊어진 모습을 나타낸다고 보았다. 달("카인과 가시")은 북반구(땅)와 남반구(물)의 경계선에서 서쪽 수평선(세비야는 지중해 서쪽 스페인의 도시다.)으로 지고 있다. 대략 오전 6시다.

• 21곡 •

1) 3월 27일 토요일, 오전 7시.

2) 이곳에 배치된 죄인들은 공금 횡령을 범한 망령들이다. 하마터면 구렁에 빠질 뻔한 것을 베르길리우스가 잡아 준다. 단테 자신이 흑당으로부터 공금 횡령의 죄로 기소되었기에 자연스레 이곳을 유심하게 관찰하고 또한 사건을 겪으며 이들을 길게 묘사한다.

3) 이곳의 마귀를 총칭하는, 단테가 만들어 낸 말로, '사악한 앞발'이라는 뜻을 갖고 있다. 이하 말레브란케들 각각의 이름은 모두 단테가 만들어 낸 말이다.

4) 도시 루카의 수호성인. 당시 루카는 궬피 흑당의 본거지였고, 따라서 단테는 루카를 좋지 않게 생각했다.

5) 14세기 초 루카를 지배하던 탐관오리의 대표적 인물. 여기서는 역설적인 표현으로 쓰였다.

6) 죄인이 수면 위로 떠오를 때 팔을 벌려서 십자가 모양이 되었는데, 그것을 가리켜 "산토 볼토", 즉 성스러운 모습이라고 말한 것이다. "산토 볼토"는 검은 나무로 만들어진 비잔티움 시대의 십자가로, 루카에서 숭배되었으며, 루카의 성 마르티노 성당에 보존되어 있다.

7) '사악한 꼬리'라는 뜻. 마귀들의 대부분의 이름은 뜻이 있는데, 마귀의 느낌은 강하지 않다. 뒤이어 나오는 스카르밀리오네는 '산발한 머리', 카냐초는 '크고 사나운 개', 바르바리치아는 '곱슬 수염', 리비코코는 '뜨거운 바람', 드라기냐초는 '괴수 용', 치리아토는 '멧돼지', 그라피아카네는 '할퀴는 개'라는 뜻을 갖고 있다. 이런 이름을 붙이면서 단테가 1300년대 초 피렌체나 루카의 고위 관리들을 조롱했다는 의견도 있다.

8) 카프로나는 피사에 위치한 성을 가리킨다. 1289년 8월 궬피 당의 군대가 이 성을 팔 일 동안 포위하여 함락시켰다. 단테도 이 전투에 참가했다.

9) 1300년 3월 27일 성 토요일 오전 7시다. 그가 말하는 1266년 전의 어제는 기원후 34년 3월 26일 성 금요일이고, 거기에 오전 7시에서 다섯 시간 더 지난 시간은 정오다. 단테는 「루가의 복음서」에 따라 그리스도의 사망 시각을 정오로 보고 있다. 다음 구렁으로 가는 다리가 그리스도의 사망에 따른 지진으로 무너졌지만, 말라코다는 또 다른 다리가 있다고 말한다. 마귀들의 대변인이 고의로 꾸며 낸 거짓말이다.

• 22곡 •

1) 3월 27일 토요일, 오전 8시.

2) 중세에는, 돌고래가 바다 위로 몸을 내밀고 헤엄치면 곧 폭풍우가 다가온다고 믿었다. 이를 보고 선원들은 폭풍우에 대비했다고 한다.

3) 치암폴로라는 이름을 가졌다는 것 외에 알려진 것이 없다.

4) 지중해 중부에 있는 사르데냐 섬을 가리킨다.

5) 사르데냐 출신으로, 사르데냐의 4개 관할구 가운데 한 구역인 갈루라의 영주 밑에서 일했다.

6) 사르데냐의 4개 관할구 중 하나인 로구도로의 영주로, 호색과 간계로 악명을 날렸다. 나중에는 사위에게 배반당하여 살해되었다.

7) 마귀들 모르게 역청 밖으로 나오고 싶은 죄인들은 마귀들이 있는지 서로 휘파람을 보내 알린다.

8) 알리키노는 치암폴로가 자기들을 피해 재빨리 숨을 수 있다는 얘기를 듣고 누가 더 빠른지 내기를 하고 싶어 한다. 뒤에서 나오듯이, 알리키노가 죄인들에게 늘어놓은 말은 거짓말이 되어 버린다. 그는 강력한 날개를 지녔으니 치암폴로가 결코 자기를 당해 낼 수 없을 것이라 확신하고 있다. 그래서 그는 마귀들의 의견도 묻지 않고 혼자 나서서 내기를 제안한다. 치암폴로는 지금 있는 "언덕"(다섯 번째 구렁)에서 출발하고 마귀들은 역청 너머 "둔덕"(여섯 번째 구렁)에서 출발하자고 제안한다. 마귀들은 출발하기 위해 건너편 둔덕으로 가야 하고, 더욱이 지옥의 구조가 안으로 경사져 있음을 생각하면, 마귀들의 출발은 밑에서 위로 향하는 것이 된다. 치암폴로가 도망을 치자 알리키노는 다른 마귀들보다 먼저 치암폴로의 도전을 받아들였다는 듯 하늘로 날아올라 그 뒤를 쫓지만, 잡지 못하고 다른 마귀 칼카브리나와 싸움을 벌이게 된다. 칼카브리나는 내심 치암폴로가 알리키노에게서 도망가길 바랐을 것이다. 전반적으로 단테는 마귀들의 거친 심리를 잘 묘사하고 있다.

9) 치암폴로를 가장 믿지 못하고 이 내기에 반대하던 카냐초를 가리킨다.

10) 일방적으로 내기를 한 알리키노를 못마땅하게 여겼기 때문이다.

• 23곡 •

1) 3월 27일 토요일, 오전 9시.
2) 성 프란체스코 수도회를 가리킨다. 선임 수사가 늘 앞장을 서는 것이 그 수도회의 예법이었다.
3) 생쥐가 개구리에게 강을 건네달라고 부탁하자 개구리는 생쥐를 물에 빠뜨릴 생각으로 승낙하고 생쥐를 자기 다리에 묶는다. 물에 들어가자 개구리는 생쥐를 물속으로 끌어들인다. 생쥐가 필사적으로 허우적대는 동안 독수리가 그들을 모두 낚아채 생쥐를 놔주고 개구리를 먹는다. 하지만 이 우화는 본문의 내용에 딱 들어맞지는 않는다. 다만 생쥐가 개구리에게 속는 부분을 뜻하고자 했던 것 같다. 달리 보면 순례자와 베르길리우스가 생쥐에 해당할 수도 있다. 그런 소동 가운데 생쥐가 살아났듯, 그들도 빠져나갈 수 있었기 때문이다.
4) 페데리코 2세는 죄수들에게 납 옷을 입히고 불을 지펴 몸과 함께 녹이면서 사형시켰다.
5) "짐"은 몸에 걸치고 있는 납으로 된 무거운 망토를 가리킨다. 한편 "비좁은 길"은 길 자체가 좁다기보다는 죄인들이 많다는 뜻으로 읽힌다.
6) 1261년 볼로냐에서 창설된 '영광의 동정녀 마리아 기사단'에 속하는 수도사들을 가리킨다. 원래 당파들의 분쟁을 중재하고 약한 계층을 보호하기 위해 만들어졌지만, 세속적이고 편안한 생활에 빠져서 그렇게 불렸다.
7) 유대인들의 대사제 가야바를 가리킨다. 말뚝에 매여 처형당했다고 한다. 그는 전직 대사제인 그의 장인 안나스와 바리새 사람들이 모인 자리에서 예수가 유대 민족을 대신하여 죽어야 한다고 주장했다.(「요한의 복음서」 11: 49 이하.)
8) 살아 있는 사람의 눈에 띄었기 때문이다. 가야바는 아마 예수의 수난으로 인해 지옥에 와 있는 반면, 바로 그 수난으로 인해 구원의 길을 걷고 있는 순례자를 보고서 분노 혹은 부끄러움을 느끼는 것 같다.
9) 십자가에 못 박힌 사람 때문에 순례자가 말을 멈추고 주의가 산만해진 것을 알아차리고 그 사람에 대해 설명한다.

• 24곡 •

1) '눈[雪]' 을 의미한다.
2) 연옥의 산을 가리킨다.
3) 독을 제거해 준다고 믿었던 돌 .
4) 반니 푸치는 피스토이아 흑당의 지도자였다. 단테 시대에 "피로 범벅이 된" 그의 명성은 살인과 약탈을 일삼은 경력과 함께 널리 퍼져 있었다. 순례자는 그가 폭력의 죄를 지은 다른 망령들과 함께 플레게톤(「지옥편」 12곡)에 있지 않고 여기에 있는 것에 놀라워한다. 1293년 피스토이아의 산 제노 성당의 성물이 사라졌는데, 그때 절도죄로 붙잡힌 사람은 람피노 포레시였다. 그러나 나중에 진실이 드러나 반니 푸치와 반니 델라 몬나가 잡혔는데, 동료가 사형당한 반면 푸치는 도망쳤다.
5) 흑당이 피렌체로 옮겨 간다는 의미다.
6) 피렌체 근교의 도시 피스토이아는 당쟁이 끊이지 않던 곳이었는데, 백당과 흑당도 그중 일부였다. 1301년 피렌체 백당의 도움으로 피스토이아에서 흑당이 쫓겨나지만, 일 년 후 흑당이 다시 백당을 몰아낸다. 단테는 백당에 속해 있었다. 날씨를 은유로 쓰는 것은 단테 시대의 전형적인 기법이었다.

• 25곡 •

1) 3월 27일 토요일, 정오 무렵.
2) 피스토이아는 일찍이 로마에 반역한 카틸리나 장군 군대의 잔당들이 세운 도시였다.
3) 카파네우스를 가리킨다. 「지옥편」 14곡.
4) 뱀이 많기로 유명한 습지.
5) 불카누스의 아들로, 동굴에 살면서 약탈을 일삼던 괴물이었다. 헤라클레스의 소를 훔쳐 그에게 죽음을 당한다.
6) 다른 켄타우로스들은 일곱 번째 고리에 있다.
7) 피렌체의 도나티 가문 출신의 기사였으나, 도둑질을 일삼았다.
8) 피렌체의 브루넬레스키 가문 출신의 도둑이란 것 외에 알려진 것이 없다.
9) '배꼽' 을 말한다.

10) 로마의 시인 루카누스는 『파르살리아』에서 사벨루스와 나시디우스가 겪은 육체적 변형을 묘사한다. 그 둘은 카토의 부하였는데, 뱀에 물려 각각 재가 되고 갈기갈기 찢겼다고 한다.
11) 오비디우스는 『변신 이야기』에서 카드모스가 뱀의 형상으로 변하고 아레투사가 샘으로 변하는 장면을 묘사했다.
12) 역시 유명한 도둑으로 알려져 있다.
13) 갈리가이 가문 출신으로 기벨리니 당원이었으며, 1268년 피렌체에서 추방당했다.
14) 프란체스코 데이 카발칸티를 가리킨다. 그는 피렌체 근방의 작은 마을인 가빌레 사람들에게 살해되었고, 그에 대한 복수로 많은 가빌레 사람들이 또한 살해당했다.

• 26곡 •

1) 피렌체 근교의 도시로 오랫동안 피렌체의 지배를 받았다. 여기서는 피렌체의 지배를 받은 근교의 모든 도시들을 가리킨다.
2) 순례자는 방금 본 죄인들이 하느님이 주신 재능을 남용해서 지옥에 떨어졌다고 생각한다. 그래서 자기 재능도 남용해서는 안 된다고 다짐하는 것이다.
3) 계절은 여름을 의미하고, 시각은 저녁을 의미한다.
4) 이스라엘의 예언자 엘리사를 가리킨다. "엘리사는 그곳을 떠나 베델로 올라갔다. 그가 베델로 가는 도중에 아이들이 성에서 나와 '대머리야 꺼져라. 대머리야 꺼져라.' 하며 놀려댔다. 엘리사가 돌아서서 아이들을 보며 야훼의 이름으로 저주를 하자 암곰 두 마리가 숲에서 나와 아이들을 죽였다."(「열왕기 하」 2: 23~24)
5) 엘리야는 엘리사의 선생이며 역시 예언자인데, 죽으면서 불타는 말이 끄는 불 수레를 타고 하늘로 날아올랐다고 한다.(「열왕기 하」 2: 11)
6) 에테오클레스는 테베의 왕 오이디푸스의 아들이다. 왕이 눈이 멀어 정처 없는 유랑의 길을 떠나자 그는 형제 폴리네이케스와 정권을 다투다가 일곱 왕의 공격을 받게 되었다.(「지옥편」 14곡) 두 형제는 같은 전투에서 만나 서로를 죽였다. 그들은 함께 화장되었으나 서로 반목이 심했듯 불꽃이 둘로 갈라졌다고 한다.

7) 트로이 전쟁에서 그리스의 승리를 이끈 영웅들. 그들은 아킬레우스를 전쟁에 참가시켰고 목마의 기습을 이끌었으며 팔라디온 여신상을 훔치는 등, 여러 전략을 구사하여 트로이 전쟁을 승리로 이끌었다.

8) '트로이의 목마'로 알려진, 그리스의 트로이 기습 작전. 이 전략으로 트로이는 함락되고, 전쟁이 끝나자 아이네이아스("고귀한 씨앗")는 이탈리아로 건너가 로마의 조상이 되었다.

9) 스키로스의 왕 리코메데스의 딸. 아킬레우스가 어렸을 때 어머니 테티스는 그가 트로이 전쟁에서 죽을 운명임을 알고 여자로 변장시켜 리코메데스에게 맡겼다. 이렇게 숨어 지내던 아킬레우스를 오디세우스와 디오메데스가 찾아냈고 결국 트로이 전쟁에 참가하여 죽게 된다. 아킬레우스를 사랑했던 데이다메이아는 이를 슬퍼하여 자살했다.

10) 트로이의 수호 여신 아테나의 여신상. 오디세우스와 디오메데스는 이 상을 훔쳐서 아르고스로 가져갔다.

11) 이탈리아 남부의 항구 도시. 아이네이아스의 유모 카이에타가 묻힌 데서 이름이 유래되었다.

12) 모험 중인 오디세우스가 동료들과 함께 키르케가 사는 섬에 들렀을 때 키르케는 그의 동료들을 멧돼지로 변신시키지만 오디세우스의 설득으로 원래 모습대로 돌려놓고 오디세우스와 일 년을 함께 보낸다.

13) 처음 해안은 유럽을, 두 번째 해안은 아프리카를, 마지막 해안은 지중해를 의미한다.

14) 지중해에서 큰 바다로 나가는 유일한 통로인 지브롤터 해협을 의미한다.

15) 스페인 서남쪽의 도시. 「지옥편」 20곡에도 등장한다.

16) 아프리카 북부 해안의 도시.

17) 오디세우스 일행은 남극("다른 극")을 향해 항해하고 있다. 남극에 가까워질수록 북극("우리의 극")의 별들은 보이지 않는다.

18) 연옥의 산을 의미한다. 단테 시절 남반구는 바다로만 이루어졌다고 생각했으며, 단테는 연옥의 산이 북반구의 예루살렘의 대척점에 솟아 있다고 상상했다.

19) 오디세우스의 비극은 하느님으로부터 부여받은 재능을 남용한 결과다. 오디세우스의 항해 이야기는 문학적, 역사적 근거를 찾을 수 없다. 단테의 창작으로 보인다.(「연옥편」 1곡 주 12) 참조)

• 27곡 •

1) 아테네의 명장(明匠) 페릴루스는 시칠리아의 폭군 팔라리스에게 놋쇠 황소를 만들어 바쳤다. 팔라리스는 죄인을 황소 안에 넣어 태워 죽이면서 죄인의 비명 소리가 황소의 울음소리처럼 울려 나오도록 했다. 그 첫 번째 희생자가 바로 페릴루스 자신이었다.

2) 베르길리우스의 고향이다.

3) 로마냐 지방을 다스리던 기벨리니의 당수 귀도 다 몬테펠트로를 가리킨다.

4) 라벤나는 로마냐 지방의 도시다. 단테가 피렌체에서 추방된 뒤 떠돌아다니다가 여생을 보낸 곳. 이곳에 그의 무덤이 있다. 가문의 문장이 독수리인 폴렌타 가문이 당시 오랫동안 라벤나를 지배했으며 또한 라벤나 아래에 위치한 체르비아도 다스렸다.

5) 1281년 교황 마르티누스 4세는 프랑스 군대를 연합하여 기벨리니가 다스리던 포를리("땅")를 포위 공격하였다. 1282년 5월 귀도 다 몬테펠트로는 용감하게 저항하여 수많은 적을 살상하고 결국 승리했다. 그러나 1300년 포를리는 오르델라피 가문의 지배를 받았다. 이 가문의 문장은 녹색 사자("초록 발톱")를 품고 있다.

6) 베루키오 가문의 말라테스타와 그 아들 말라테스티노("늙은 사냥개와 젊은 사냥개")는 라벤나 남쪽 지방 리미니를 다스리던 기벨리니의 몬타냐를 몰아내고 권력을 장악했다.

7) 라모네 강변에 위차한 파엔차와 산테르노 근처의 이몰라를 다스리던 마기나르도 파가니의 군대는 하얀 바탕에 파란 사자가 그려진 옷을 입었다. 그는 로마냐의 기벨리니와 토스카나의 궬피 사이에서 정치적으로 불안정했다.

8) 체세나를 말하며, 이곳은 위에서 언급된 도시들과 달리 전제군주가 다스리지 않았다. 비록 완전한 민주주의는 아니었으나 귀도 다 몬테펠트로의 사촌 갈라소 다 몬테펠트로라는 유능한 군주가 다스렸다.

9) 성 프란체스코파의 수도사들은 허리에 끈을 매고 다녔다. 이 말을 하는 귀도는 1297년 이 수도회에 들어갔고, 다음 해에 숨을 거두었다.

10) 보니파키우스 8세를 가리킨다.

11) 교황이 거주하던 로마의 궁전.

12) 시리아의 도시. 십자군 운동이 전개되는 동안 그리스도교 군대의 최전

선이었다.

13) 「지옥편」 19곡 주 15) 참조.

14) 귀도는 보니파키우스 8세가 자신의 조언 때문에 어떤 끔찍한 결과를 만들지 않을까 걱정하고 있다. 그 점을 간파한 보니파키우스 8세가 그를 달래기 위해 이렇게 말하는 것이다.

15) 로마 동쪽의 마을로, 콜로나 가문의 본거지였다.

16) 코넬레스티누스 5세를 가리킨다. 그는 1294년 스스로 교황의 자리에서 물러났다.

17) 케루빔을 가리킨다. 케루빔은 천사의 두 번째 품급인데, 하느님에게 반항하다가 마귀가 된 자들도 있다. 단테는 천사 케루빔을 천국의 여덟 번째 하늘에 위치시켰듯, 이들을 지옥의 여덟 번째 구렁에 위치시켰다.

• 28곡 •

1) 3월 27일 토요일, 오후 1시.

2) 로마의 위대한 역사가.

3) 2차 포에니 전쟁(기원전 218~201년)을 가리킨다. 카르타고의 한니발 장군은 풀리아에서 벌어진 전투에서 로마를 굴복시켰는데, 죽은 로마 병사들의 금반지를 모으니 산처럼 쌓였다고 한다. 여기서 "트로이 사람"이란 로마인을 가리킨다.

4) 노르만족의 왕으로 11세기 중엽 이탈리아를 차지하기 위해 수많은 전투를 벌였다.

5) 1266년 앙주의 카를로 1세가 시칠리아와 나폴리를 공격했을 때 만프레트 왕은 체프라노에서 그를 저지하려 했으나, 그곳 영주들의 배반으로 패했다. 전쟁터는 실제로 체프라노가 아니라 베네벤토였다. 카를로 1세는 베네벤토(1266년)와 탈리아코초(1268년)에서의 전투를 통해 나폴리와 시칠리아를 정복했다.

6) 카를로 1세 휘하의 장군.

7) 이슬람의 예언자 마호메트의 사위이자 4대 칼리프.

8) 본명은 돌치노 토르니엘리(1250?~1307년). 선생이 이단자로 처형되자 자신이 그리스도의 진짜 사도이며 예언자라 주장하면서 가톨릭 교회에 맞섰다. 1306년 오천 명의 신도들과 함께 제벨로 산에서 교황 클레멘스 5세

가 보낸 군대와 싸우다 1307년 3월 식량 부족과 폭설 때문에 항복했다. 당시 노바라 사람들은 교황의 군대에 합류했다.

9) 이 영혼에 대해서는 별로 알려진 것이 없다. 볼로냐 근처의 포 강 유역("아름다운 평원")에 살았으며, 폴렌타와 말라테스타 가문의 충돌을 선동했다.

10) 파노 지방의 귀족들. 1312년 리미니의 영주 말라테스티노("흉악한 폭군". 「지옥편」 27곡의 "젊은 사냥개." 주 6) 참조)는 파노를 차지하기 위해 이들을 회담에 초청한 뒤 배에서 계략을 써서 바다에 빠뜨려 죽였다.

11) 파노와 카톨리카 사이에 위치한 산. 이 근처의 바다는 바람이 강해서 항해하기 위험한 곳이라 뱃사람들은 이곳을 지나면서 맹세와 기도를 올렸다고 한다. 두 사람은 그곳에 도달하기도 전에 살해당할 것이기 때문에 맹세와 기도를 올릴 기회도 갖지 못한다는 얘기다.

12) 로마의 호민관 쿠리오를 가리킨다. 그는 리미니 근처의 루비콘 강에서 망설이는 카이사르가 강을 건너도록 설득했는데, 결국 카이사르는 폼페이우스를 치고 로마의 권력을 장악했다.

13) 호민관 쿠리오는 폼페이우스가 장악하던 로마에서 도망 나와 카이사르에 몸을 의탁하고 있었다.

14) 모스카 데이 람베르티. 단테는 그를 피렌체 내분의 원인으로 보았다. 피렌체의 명문가 부온델몬티의 청년이 아미데이 가문의 처녀와 약혼했다가 파혼하고 다른 가문의 처녀와 결혼했다. 아미데이 가문은 인척 가문들과 회의를 열었는데, 이 자리에서 모스카는 그 청년을 죽이자고 선동했다. 이는 복수를 불러일으켰고 또 다른 복수가 뒤를 이었으며, 결국 피렌체 전체가 궬피 파와 기벨리니 파로 나뉘어 싸우게 되었다. 「천국편」 16곡에서 이와 관련하여 피렌체의 역사가 서술된다.

15) 12세기 후반 프랑스 남부 지방의 영주였다. 베르트랑은 자기가 모시던 영국 왕 헨리 2세의 장남 헨리 3세를 꼬여 아버지를 배반하게 했다.

16) 아히도벨은 다윗의 고문이었는데, 다윗의 아들 압살롬을 교사하여 아버지와 싸우게 만들려 했으나 뜻이 이루어지지 않자 목을 매 자살했다.

• 29곡 •

1) 벨로 디 알리기에로 1세의 아들이며, 단테의 아버지의 사촌. 사케티 가

문의 손에 살해되었고, 알리기에리 가문은 1310년 그 복수를 단행했다. 두 가문은 1342년에 화해했다. 단테가 「지옥편」을 쓴 것은 1307년에서 1310년 사이였다. 자기 가문의 복수가 이루어지기 전에 이 부분을 쓴 것 같다.

2) 방금 앞에 나왔던 보른의 베르트랑을 가리킨다.

3) 아이기나는 강의 신 아소포스의 딸이다. 제우스는 그녀를 빼앗아 한 섬으로 데려갔는데, 이 섬은 나중에 아이기나 섬이라 불렸다. 질투심에 사로잡힌 헤라는 섬에 병을 퍼뜨리고, 제우스와 아이기나 사이에 태어난 아이아코스만 남기고 모두 죽게 만든다. 아이아코스가 제우스에게 섬을 다시 사람들로 채워 달라고 기도하자 제우스는 개미들을 인간으로 바꿔서 섬을 채웠다고 한다.

4) 첫 번째 삶, 즉 현세를 가리킨다.

5) 대개의 비평가들은 이 "아래초 사람"을 그리폴리노라고 본다. 그는 알베로에게 하늘을 나는 법을 가르쳐 주겠다고 말했다. 그 말을 믿고 알베로는 많은 돈을 주었지만 속은 것을 알고 그를 자식처럼 여기던 시에나의 주교에게 그리폴리노는 마술사라고 일러바쳤고 주교는 그를 화형에 처했다.

6) 1276년부터 1286년까지 볼로냐를 다스린 조반니 데이 살림베이의 아들로 추정된다. 이하 망령들은 시종 비꼬는 투로 묘사된다.

7) 스트리카의 숙부. 흥청망청 사치를 일삼는 낭비족의 주도자였다.

8) 어느 날 단테는 손톱에 그리스도의 수난 광경을 매우 정교하게 그리는 그를 우연히 목격했는데, 그는 그 오래 공들인 작업을 황급히 혀로 지워 버렸다고 한다. 연금술사로 몰려 1293년 시에나에서 화형당했다.

• 30곡 •

1) 3월 27일 성토요일, 오후 2~3시 무렵.

2) 헤라의 남편 제우스가 인간으로 변신하여 테베의 공주 세멜레를 유혹하는 것을 보고 헤라는 세멜레를 제우스의 번개에 불타 죽게 만들었다. 제우스는 그녀가 죽기 전 자궁에 있던 아이 디오니소스를 구해 낸다. 헤라의 분노는 여기서 그치지 않았다. 세멜레의 동생 이노와 결혼하여 테베의 왕이 된 아타마스는 이노와의 사이에 아이를 둘 두었는데, 이들이 세멜레의 아들까지 양육하는 바람에 헤라의 분노를 샀고 헤라는 그들 부부를 미

치게 만들었다.

3) 트로이에 승리를 거둔 뒤 그리스인들은 트로이의 왕 프리아모스의 아내 헤카베를 노예로 삼아 본국으로 돌아왔다. 그녀는 딸 폴리세네가 트로이 전쟁에서 죽은 아킬레우스를 위한 제물로 살해된 것을 보았고 또한 아들 폴리도로스의 시체가 해변으로 떠밀려 온 것을 발견한다. 그 슬픔을 감당하지 못해 정신이 이상해졌다.

4) 변장술에 능했던 사기꾼.

5) 키프로스의 왕 키니라스의 딸이다. 아프로디테 여신을 제대로 모시지 않아 아버지를 이성으로 사랑하는 벌을 받았다. 그녀는 변장을 하고 아버지 침실에 들어가 아버지와 관계를 가졌다. 그것을 알게 된 아버지는 그녀를 죽이려 했다. 그러자 그녀는 도망쳐 떠돌아다니다가 죽어서 몰약 나무가 되었다고 한다.(오비디우스, 『변신 이야기』 x, 298~502)

6) 지안니 스키키는 죽은 아버지의 재산을 노리는 시모네 도나티의 요청으로 시모네의 죽은 아버지 부오소 도나티처럼 꾸며 거짓 유언을 했다. 지안니 스키키는 그 대가로 당시 유명한 암말을 얻었다.

7) 16세기를 중심으로 유럽에서 유행했던 현악기로, 만돌린과 모양이 비슷하다.

8) 피오리노라 불린 피렌체의 금화 앞면에는 세례 요한의 얼굴이, 뒷면에는 피렌체의 상징인 백합꽃이 새겨져 있다.

9) 귀도와 알레산드로, 그리고 아기놀포("그 형제")는 당시 로메나를 다스렸던 이들이다. 아다모는 이들이 자기를 꼬여 위조화폐를 만들게 했다고 주장하고 있다.

10) 「창세기」 39장에 나오는 이야기로, 요셉이 이집트에 끌려갔을 때 요셉을 데리고 있던 이집트인의 아내가 요셉을 유혹해 동침하려 했으나 요셉이 뿌리치자 그에게 누명을 씌워 감옥에 가게 했다.

11) 그리스 군이 목마를 남기고 퇴각할 때 뒤에 남아서 일부러 포로로 잡히고 그리스에 반역한다고 속이면서 목마를 성 안으로 들이도록 설득했다.

12) 샘물을 의미한다. 그러나 나르키소스의 샘물은 거울을 의미할 뿐 물의 의미는 전혀 없다.

• 31곡 •

1) 3월 27일 토요일, 오후 3시에서 4시 사이.
2) 베르길리우스의 말을 의미한다.
3) 여기서 창은 아킬레우스가 아버지 펠레우스로부터 물려받은 창을 가리킨다. 이 창에 찔린 상처는 이 창으로만 고칠 수 있다고 한다.
4) 샤를 마뉴가 이베리아 반도에서 사라센인들과 전쟁을 벌인 것은 프랑스의 옛 서사시 『롤랑의 노래』의 주된 내용을 이룬다. 롤랑은 샤를 마뉴의 조카인데, 그 전쟁에서 적에게 포위되었을 때 뿔 나팔을 불어 구원을 요청했다고 한다.
5) 거인을 탑으로 혼동한 순례자는 이곳이 어디인지 묻는다. 디스 도시의 문 앞에서 한 질문과 비슷하다.(「지옥편」 8곡과 9곡) 순례자의 그런 반응들은 새로운 구역으로 들어섰음을 알려 준다.
6) 대지의 여신 가이아는 혼자서 임신을 하여 우라노스를 낳았고, 우라노스와 함께 티탄들을 낳았다. 그중 하나인 크로노스는 그들을 질투하던 우라노스의 남근을 잘랐는데, 그 피가 떨어진 곳에서 기간테스, 즉 거인들이 태어났다. 그들은 높은 산을 쌓아 올리고 신들에 대항하는 교만을 부리다가 제우스의 벼락에 맞아 죽었다. 이곳은 가장 낮은 지옥으로, 질투와 교만의 죄를 지은 자들을 가둔다. 거인들은 저들의 신(제우스)에게, 추락한 천사들은 하느님께 반항을 했다.
7) 1213년 시에나가 피렌체의 공격을 막기 위해 세운 성으로, 성벽 위에 열네 개의 망루가 있었다고 한다.
8) 현재의 네덜란드 북부 지방을 가리킨다. 그곳 사람들은 키가 크기로 유명했다.
9) 이 구절을 해석하려는 시도들은 많았지만, 대다수의 비평가들은 아무런 뜻도 없는 혼란스러운 언어를 보여 주기 위해 단테가 만들어 낸 표현이라고 결론 지었다. 뒤이어 나오듯, 바벨탑을 건설하다가 인간의 언어가 무수하게 나뉜 것을 비유하고 있다.
10) 초기 기독교인들은 니므롯을 거인으로 생각했다. "멍청한 고안물"이란 바벨탑을 가리킨다. 이를 통해 하늘에 오르고자 했던 것인데, 이 때문에 제우스를 포위 공격한 거인들과 같은 존재로 보는 것이다. 여기서 저지르는 죄는 교만이다.
11) 포세이돈과 이피메데이아의 아들. 아홉 살에 형제인 오토스와 함께 신

들에게 오르려고 높은 산을 쌓다가 신들과 전쟁을 벌이지만 아폴론의 활에 맞아 죽었다.

12) 우라노스와 가이아의 아들. 올림피아의 신들에 대한 모반에 가담했다.

13) 포세이돈과 가이아의 아들. 신들과의 싸움에 가담하지 않았기 때문에 묶여 있지 않다. 그는 리비아의 바그라다스 계곡에서 사자를 사냥하며 살았다고 한다. 그곳에서 나중에 스키피오가 한니발을 격퇴했다.

14) 2차 포에니 전쟁에서 스키피오가 한니발을 격파한 자마 전투가 벌어졌던 바그다드 강을 낀 지역을 말한다.

15) 지옥의 강들이 모여드는, 지옥 바닥의 웅덩이.(「지옥편」 14곡 참조)

16) 다른 거인들.

17) 1110년경 볼로냐의 중심에 세워진 두 개의 기울어진 탑.

• 32곡 •

1) 3월 27일 토요일, 오후 4시에서 6시 사이.

2) 제우스와 안티오페의 아들로, 음악에 조예가 깊었다. 전설에 의하면 암피온이 테베의 성을 쌓을 때 뮤즈들("여인들")이 도왔다고 한다.

3) 확인하기 어렵지만 알프스 산맥에서 이탈리아 북부 지역에 위치한 산들을 가리키는 것 같다.

4) 단테가 지옥의 아홉 번째 고리의 첫 번째 구역의 이름으로 지은 것이다. 자기 동생 아벨을 죽이면서 최초의 살인자가 된 카인의 이름을 따서, 가족이나 친척을 살해한 죄인들을 가두는 이곳의 이름을 지었다.

5) 아서 왕의 조카 모드렛을 가리킨다. 그는 왕의 모살을 음모하다가 발각되었다. 왕은 창으로 그의 가슴을 찔렀는데, 가슴에 구멍이 뚫려 바닥에 비친 그림자까지 구멍이 난 듯 보였다고 한다.

6) 숙부를 살해한 반니 데이 칸첼리에리를 가리킨다. 피스토이아의 귀족이었다.

7) 상속권을 차지하려고 조카를 죽인 자로 피렌체의 토스키 가문 출신.

8) 카미치온 데 파치에 대해서는 친척 우베르티노를 죽였다는 것 외에 알려진 것이 없다. 카를린은 궬피 백당에 속했지만 흑당에 매수되어 백당의 많은 사람들을 죽게 만들었다.

9) 이 말을 하는 보카 델리 아바티는 궬피 당원이면서 반대파인 기벨리니

당을 위해 간첩 노릇을 했다. 몬타페르티에서 벌어진 전투에서 그가 궬피 군대의 기수에게 칼을 휘둘러 깃발을 떨어뜨리게 하자, 궬피 군은 전의를 상실하고 패주했다.

10) 지옥의 아홉 번째 고리의 두 번째 구역.

11) 베케리아 가문의 테사우로를 가리킨다. 발롬브로사의 수도원장을 지냈으며, 교황의 토스카나 사절 노릇을 했다. 1258년 피렌체에서 기벨리니 당이 패한 후에 반역을 꾀했다는 혐의로 교수형을 당했다.

12) 피렌체의 기벨리니 당원이었는데, 사리를 채우기 위해 당을 배신했다.

13) 앞에 나온 샤를 마뉴 군대의 후위대를 지휘한 롤랑을 배신한 기사.

14) 파엔차의 잠브라시 가문의 일원. 1280년 11월 13일(볼로냐에서 쫓겨나 파인차에 망명해 있던 시기다.) 기벨리니에 속한 람베르타치 가문에 복수를 하기 위해 성문을 열고 볼로냐의 궬피 군대를 맞아들였다.

15) 테베를 공격했던 일곱 명의 왕들 중 하나. 테베의 멜라니포스에게 심한 부상을 입었는데, 나중에 멜라니포스의 시체를 발견하고 그 골을 파먹었다고 한다.

• 33곡 •

1) 3월 27일 토요일, 오후 6시 무렵.

2) 우골리노 백작은 전통적으로 기벨리니에 속한 귀족 가문 출신이었다. 1275년 그는 사위 조반니 비스콘티(「연옥편」 8곡 53)와 함께 궬피 피사를 장악하도록 도왔다. 이 배신 행위 때문에 망명을 하기도 했으나 1285년 피사의 궬피 정권을 이어받았다. 삼 년 후 루지에리 대주교는 처음에 우골리노와 함께 피사에서 비스콘티를 제거하기로 했으나, 이를 어기고 기벨리니 당을 등에 업고 도시를 손에 넣은 뒤 우골리노를 두 명의 아들과 두 명의 손자와 함께 감옥에 가두었다. 그들은 1288년 7월부터 이듬해 3월까지 감옥에 갇힌 채 굶어 죽었다. 우골리노와 루지에리는 배신의 죄를 저지른 영혼들로서 이곳에서 벌을 받고 있다.(「연옥편」 8곡 주 2) 참조)

3) 이들은 피사의 귀족 가문들로, 루지에리 대주교와 함께 기벨리니파를 이끌었다.

4) "시(sí)"는 이탈리아어로 '네' 라는 뜻으로, 이탈리아어 전체를 가리킨다.

5) 갖가지 범죄가 벌어진 곳을 이르는 말로 쓰였다.

6) 우골리노 백작과 함께 굶어 죽은 아이들이다. 다른 둘은 앞에서 안셀무치오와 가도로 거명되었다.
7) 당시에 무화과는 싸고 대추야자는 비쌌다고 한다. 값비싼 대가를 치른다는 뜻이다.
8) 「마카베오 상」(16: 11~16)을 보면, 프톨레매오가 나라를 차지하기 위해 장인 시몬 마카베오와 그의 아들들을 초대하여 술을 먹여 취하게 한 뒤 살해했다는 내용이 나온다. 여기서는 손님을 배신한 영혼들이 벌 받는 구역의 이름으로 쓰였다.
9) 운명의 세 여신 중 생명의 실을 끊는 여신.
10) 제노바의 귀족으로 미켈레 찬케(「지옥편」 22곡 참조)의 사위였다. 사르데냐의 로구도로 관구를 차지하기 위해 장인을 연회에 초대하여 살해했다.

• 34곡 •

1) 지옥의 맨 밑바닥인 이곳은 주데카다. 중세의 기록에서는 유대인들의 게토를 가리키며, 예수를 팔아먹은 유다에서 그 이름이 유래했다. 유다는 카시우스와 브루투스와 함께 이곳에서 지옥의 마왕 루키페르의 입에 물려 있다. 이곳에서 벌을 받는 죄인들은 저들을 믿었던 사람을 배신한 자들인데, 교회와 제국의 배신자라고 하는 것이 더 구체적인 표현일 것이다.
2) 지옥의 왕 루키페르는 하느님을 배반하기 전 용모가 뛰어난 천사였다.
3) 증오를 상징한다.
4) 누르스름한 색은 무력을 상징한다.
5) 흑인을 가리킨다. 검은색은 무지를 상징한다.
6) 루키페르의 전체 모습은 천사의 변용이다. 원래 두 번째로 높은 품급의 천사 케루빔이었던 그는 깃털은 없고 박쥐 날개처럼 되었지만, 케루빔의 여섯 날개를 지옥에서도 지니고 있다. 박쥐 날개는 중세에서 악마의 날개를 가리켰다. 어둠에 잠긴 루키페르는 거대하지만 무기력하다. 나중에 「천국편」에서 묘사되는 작지만 강하게 응축된 한 점 빛으로 나타나는 하느님의 이미지와 대조된다.
7) 은화 30냥에 그리스도를 배반한 유다는 다른 두 영혼보다 더 큰 벌을 받고 있다. 루키페르의 입에 물린 모습은 19곡에서 고성죄를 범한 망령들이 통 속에 거꾸로 처박힌 모습을 상기시킨다. 루키페르 자신도 "다리를 위

로 치켜올리고" 있다. 거꾸로 된 모습들은 하느님을 배반하는 것이 순리에 거스르는 일임을 나타낸다.

8) 줄리우스 카이사르를 암살한 브루투스와 카시우스는 유다와 함께 신성한 권력(교회)과 세속의 권력(로마제국)에 대한 배반을 저지른 영혼들이다.

9) 당시 교회의 성무 일과는 아침 6시부터 시작하여 시간을 구분했다. 그래서 첫 번째 시간은 6시, 세 번째 시간은 9시, 여섯 번째 시간은 12시, 아홉 번째 시간은 오후 3시를 가리킨다. 여기서 "세 번째 시간의 절반"은 첫 번째 시간과 세 번째 시간의 중간이므로 아침 7시 30분에 해당한다.

10) 단테의 상상에 의하면 루키페르의 몸은 하늘에서 남반구로 머리부터 떨어지면서 지구의 중심을 관통했다. 루키페르가 남반구로 떨어지기 전에 남반구는 땅으로 덮여 있었지만, 그의 추락에 놀라서 그 땅은 바다 밑으로 가라앉아 북반구로 옮겨 갔다. 그러나 중앙의 땅은 남반구의 유일한 육지인 정죄산을 형성하면서 루키페르의 다리 위에 동굴을 남겼다.

11) 예루살렘에서 태어난 예수를 가리킨다.

12) 루키페르의 별명이다. 「마태오의 복음서」(12: 24)에는 "마귀의 두목 베엘제불"이라는 구절이 나온다.

13) 위로 솟구쳐 올라 연옥의 산을 형성한 땅 "아래 어딘가에 공간이 있다." 거기를 통해 물이 흐른다. 베르길리우스와 순례자는 이 공간을 올라가 산기슭에 도착한다. 이 "공간"은 "베엘제불로부터 멀리 떨어진 만큼 그의 무덤이 미치지 못하는 곳"이다. 즉 루키페르의 "무덤"인 지하 감옥의 경계에 지구의 중심으로부터 그 표면으로 나가는 길의 구실을 하는 "공간"이 있는 것이다. 이는 루키페르가 하늘에서 지옥으로 떨어질 때 만들어졌다.

14) 『신곡』의 「지옥편」, 「연옥편」, 그리고 「천국편」은 모두 "별들(stelle)"이라는 단어로 끝난다. 전체 주제가 하느님을 향해 오르는 것임을 강조해준다.

세계문학전집 150

신곡 지옥편—단테 알리기에리의 코메디아

1판 1쇄 펴냄 2007년 8월 5일
1판 65쇄 펴냄 2024년 7월 17일

지은이 단테 알리기에리
옮긴이 박상진
그린이 윌리엄 블레이크
발행인 박근섭, 박상준
펴낸곳 (주)민음사

출판등록 1966. 5. 19. (제 16-490호)
서울특별시 강남구 도산대로1길 62(신사동) 강남출판문화센터 5층 (우편번호 06027)
대표전화 02-515-2000 팩시밀리 02-515-2007
www.minumsa.com

ISBN 978-89-374-6150-7 04800
ISBN 978-89-374-6000-5 (세트)

민음사 세계문학전집

세계문학전집 목록

1·2 **변신 이야기** 오비디우스·이윤기 옮김 서울대 권장도서 100선
3 **햄릿** 셰익스피어·최종철 옮김 서울대 권장도서 100선 | 미국대학위원회 선정 SAT 추천도서
4 **변신·시골의사** 카프카·전영애 옮김 서울대 권장도서 100선
5 **동물농장** 오웰·도정일 옮김 미국대학위원회 선정 SAT 추천도서 | 《타임》 선정 현대 100대 영문소설
6 **허클베리 핀의 모험** 트웨인·김욱동 옮김 《뉴스위크》 선정 100대 명저
7 **암흑의 핵심** 콘래드·이상옥 옮김 미국대학위원회 선정 SAT 추천도서 | 《뉴스위크》 선정 10대 명저
8 **토니오 크뢰거·트리스탄·베네치아에서의 죽음** 토마스 만·안삼환 외 옮김 노벨 문학상 수상 작가
9 **문학이란 무엇인가** 사르트르·정명환 옮김
10 **한국단편문학선 1** 김동인 외·이남호 엮음 국립중앙도서관 선정 청소년 권장도서
11·12 **인간의 굴레에서** 서머싯 몸·송무 옮김
13 **이반 데니소비치, 수용소의 하루** 솔제니친·이영의 옮김 노벨 문학상 수상 작가
14 **너새니얼 호손 단편선** 호손·천승걸 옮김
15 **나의 미카엘** 오즈·최창모 옮김
16·17 **중국신화전설** 위앤커·전인초, 김선자 옮김
18 **고리오 영감** 발자크·박영근 옮김
19 **파리대왕** 골딩·유종호 옮김 노벨 문학상 수상 작가 | 《타임》 선정 현대 100대 영문소설
20 **한국단편문학선 2** 김동리 외·이남호 엮음
21·22 **파우스트** 괴테·정서웅 옮김 서울대 권장도서 100선 | 미국대학위원회 선정 SAT 추천도서
23·24 **빌헬름 마이스터의 수업시대** 괴테·안삼환 옮김
25 **젊은 베르테르의 슬픔** 괴테·박찬기 옮김 논술 및 수능에 출제된 책(1998~2005)
26 **이피게니에·스텔라** 괴테·박찬기 외 옮김
27 **다섯째 아이** 레싱·정덕애 옮김 노벨 문학상 수상 작가
28 **삶의 한가운데** 린저·박찬일 옮김
29 **농담** 쿤데라·방미경 옮김
30 **야성의 부름** 런던·권택영 옮김
31 **아메리칸** 제임스·최경도 옮김
32·33 **양철북** 그라스·장희창 옮김 노벨 문학상 수상 작가 | 서울대 권장도서 100선
34·35 **백년의 고독** 마르케스·조구호 옮김 노벨 문학상 수상 작가 | 서울대 권장도서 100선
36 **마담 보바리** 플로베르·김화영 옮김 서울대 권장도서 100선
37 **거미여인의 키스** 푸익·송병선 옮김
38 **달과 6펜스** 서머싯 몸·송무 옮김
39 **폴란드의 풍차** 지오노·박인철 옮김
40·41 **독일어 시간** 렌츠·정서웅 옮김
42 **말테의 수기** 릴케·문현미 옮김
43 **고도를 기다리며** 베케트·오증자 옮김 노벨 문학상 수상 작가 | 서울대 권장도서 100선
44 **데미안** 헤세·전영애 옮김 노벨 문학상 수상 작가
45 **젊은 예술가의 초상** 조이스·이상옥 옮김 서울대 권장도서 100선
46 **카탈로니아 찬가** 오웰·정영목 옮김
47 **호밀밭의 파수꾼** 샐린저·정영목 옮김 《타임》 선정 현대 100대 영문소설 | 미국대학위원회 선정 SAT 추천도서 | 《뉴스위크》 선정 100대 명저 | BBC 선정 꼭 읽어야 할 책
48·49 **파르마의 수도원** 스탕달·원윤수, 임미경 옮김
50 **수레바퀴 아래서** 헤세·김이섭 옮김 노벨 문학상 수상 작가 | 국립중앙도서관 선정 청소년 권장도서

51·52 **내 이름은 빨강** **파묵 · 이난아 옮김** 노벨 문학상 수상 작가
53 **오셀로** **셰익스피어 · 최종철 옮김** 서울대 권장도서 100선
54 **조서** **르 클레지오 · 김윤진 옮김** 노벨 문학상 수상 작가
55 **모래의 여자** **아베 코보 · 김난주 옮김**
56·57 **부덴브로크 가의 사람들** **토마스 만 · 홍성광 옮김** 노벨 문학상 수상 작가
58 **싯다르타** **헤세 · 박병덕 옮김** 노벨 문학상 수상 작가
59·60 **아들과 연인** **로렌스 · 정상준 옮김** 《뉴스위크》 선정 100대 명저
61 **설국** **가와바타 야스나리 · 유숙자 옮김** 노벨 문학상 수상 작가 | 서울대 권장도서 100선
62 **벨킨 이야기 · 스페이드 여왕** **푸슈킨 · 최선 옮김**
63·64 **넙치** **그라스 · 김재혁 옮김** 노벨 문학상 수상 작가
65 **소망 없는 불행** **한트케 · 윤용호 옮김** 노벨 문학상 수상 작가
66 **나르치스와 골드문트** **헤세 · 임홍배 옮김** 노벨 문학상 수상 작가
67 **황야의 이리** **헤세 · 김누리 옮김** 노벨 문학상 수상 작가
68 **페테르부르크 이야기** **고골 · 조주관 옮김**
69 **밤으로의 긴 여로** **오닐 · 민승남 옮김** 노벨 문학상 수상 작가 | 미국대학위원회 선정 SAT 추천도서
70 **체호프 단편선** **체호프 · 박현섭 옮김**
71 **버스 정류장** **가오싱젠 · 오수경 옮김** 노벨 문학상 수상 작가
72 **구운몽** **김만중 · 송성욱 옮김** 서울대 권장도서 100선 | 국립중앙도서관 선정 청소년 권장도서
73 **대머리 여가수** **이오네스코 · 오세곤 옮김**
74 **이솝 우화집** **이솝 · 유종호 옮김** 논술 및 수능에 출제된 책(1998~2005)
75 **위대한 개츠비** **피츠제럴드 · 김욱동 옮김** 《타임》 선정 현대 100대 영문소설
76 **푸른 꽃** **노발리스 · 김재혁 옮김**
77 **1984** **오웰 · 정회성 옮김** 《타임》 선정 현대 100대 영문소설 | 《뉴스위크》 선정 100대 명저
78·79 **영혼의 집** **아옌데 · 권미선 옮김**
80 **첫사랑** **투르게네프 · 이항재 옮김**
81 **내가 죽어 누워 있을 때** **포크너 · 김명주 옮김** 노벨 문학상 수상 작가
82 **런던 스케치** **레싱 · 서숙 옮김** 노벨 문학상 수상 작가
83 **팡세** **파스칼 · 이환 옮김**
84 **질투** **로브그리예 · 박이문, 박희원 옮김**
85·86 **채털리 부인의 연인** **로렌스 · 이인규 옮김**
87 **그 후** **나쓰메 소세키 · 윤상인 옮김**
88 **오만과 편견** **오스틴 · 윤지관, 전승희 옮김** 미국대학위원회 선정 SAT 추천도서
89·90 **부활** **톨스토이 · 연진희 옮김** 논술 및 수능에 출제된 책(1998~2005)
91 **방드르디, 태평양의 끝** **투르니에 · 김화영 옮김**
92 **미겔 스트리트** **나이폴 · 이상옥 옮김** 노벨 문학상 수상 작가
93 **페드로 파라모** **룰포 · 정창 옮김**
94 **차라투스트라는 이렇게 말했다** **니체 · 장희창 옮김** 국립중앙도서관 선정 청소년 권장도서
95·96 **적과 흑** **스탕달 · 이동렬 옮김** 국립중앙도서관 선정 청소년 권장도서
97·98 **콜레라 시대의 사랑** **마르케스 · 송병선 옮김** 노벨 문학상 수상 작가 | BBC 선정 꼭 읽어야 할 책
99 **맥베스** **셰익스피어 · 최종철 옮김** 서울대 권장도서 100선 | 미국대학위원회 선정 SAT 추천도서
100 **춘향전** **작자 미상 · 송성욱 풀어 옮김** 서울대 권장도서 100선
101 **페르디두르케** **곰브로비치 · 윤진 옮김**
102 **포르노그라피아** **곰브로비치 · 임미경 옮김**
103 **인간 실격** **다자이 오사무 · 김춘미 옮김**
104 **네루다의 우편배달부** **스카르메타 · 우석균 옮김**

105·106 **이탈리아 기행** 괴테·박찬기 외 옮김
107 **나무 위의 남작** 칼비노·이현경 옮김
108 **달콤 쌉싸름한 초콜릿** 에스키벨·권미선 옮김
109·110 **제인 에어** C. 브론테·유종호 옮김 BBC 선정 꼭 읽어야 할 책
111 **크눌프** 헤세·이노은 옮김 노벨 문학상 수상 작가
112 **시계태엽 오렌지** 버지스·박시영 옮김 《타임》 선정 현대 100대 영문소설 | 《뉴스위크》 선정 100대 명저
113·114 **파리의 노트르담** 위고·정기수 옮김 미국대학위원회 선정 SAT 추천도서
115 **새로운 인생** 단테·박우수 옮김
116·117 **로드 짐** 콘래드·이상옥 옮김 《뉴스위크》 선정 100대 명저
118 **폭풍의 언덕** E. 브론테·김종길 옮김 미국대학위원회 선정 SAT 추천도서
119 **텔크테에서의 만남** 그라스·안삼환 옮김 노벨 문학상 수상 작가
120 **검찰관** 고골·조주관 옮김
121 **안개** 우나무노·조민현 옮김
122 **나사의 회전** 제임스·최경도 옮김 미국대학위원회 선정 SAT 추천도서
123 **피츠제럴드 단편선 1** 피츠제럴드·김욱동 옮김
124 **목화밭의 고독 속에서** 콜테스·임수현 옮김
125 **돼지꿈** 황석영
126 **라셀라스** 존슨·이인규 옮김
127 **리어 왕** 셰익스피어·최종철 옮김 서울대 권장도서 100선 | 《뉴스위크》 선정 100대 명저
128·129 **쿠오 바디스** 시엔키에비츠·최성은 옮김 노벨 문학상 수상 작가
130 **자기만의 방·3기니** 울프·이미애 옮김
131 **시르트의 바닷가** 그라크·송진석 옮김
132 **이성과 감성** 오스틴·윤지관 옮김
133 **바덴바덴에서의 여름** 치프킨·이장욱 옮김
134 **새로운 인생** 파묵·이난아 옮김 노벨 문학상 수상 작가
135·136 **무지개** 로렌스·김정매 옮김
137 **인생의 베일** 서머싯 몸·황소연 옮김
138 **보이지 않는 도시들** 칼비노·이현경 옮김
139·140·141 **연초 도매상** 바스·이운경 옮김 《타임》 선정 현대 100대 영문소설
142·143 **플로스 강의 물방앗간** 엘리엇·한애경, 이봉지 옮김 미국대학위원회 선정 SAT 추천도서
144 **연인** 뒤라스·김인환 옮김
145·146 **이름 없는 주드** 하디·정종화 옮김
147 **제49호 품목의 경매** 핀천·김성곤 옮김 《타임》 선정 현대 100대 영문소설
148 **성역** 포크너·이진준 옮김 노벨 문학상 수상 작가 | 퓰리처상 수상 작가
149 **무진기행** 김승옥
150·151·152 **신곡(지옥편·연옥편·천국편)** 단테·박상진 옮김 《뉴스위크》 선정 100대 명저
153 **구덩이** 플라토노프·정보라 옮김
154·155·156 **카라마조프가의 형제들** 도스토옙스키·김연경 옮김
157 **지상의 양식** 지드·김화영 옮김 노벨 문학상 수상 작가
158 **밤의 군대들** 메일러·권택영 옮김 퓰리처상 수상 작가
159 **주홍 글자** 호손·김욱동 옮김 서울대 권장도서 100선 | 미국대학위원회 선정 SAT 추천도서
160 **깊은 강** 엔도 슈사쿠·유숙자 옮김
161 **욕망이라는 이름의 전차** 윌리엄스·김소임 옮김
162 **마사 퀘스트** 레싱·나영균 옮김 노벨 문학상 수상 작가
163·164 **운명의 딸** 아옌데·권미선 옮김

165 모렐의 발명 비오이 카사레스 · 송병선 옮김
166 삼국유사 일연 · 김원중 옮김 서울대 권장도서 100선
167 풀잎은 노래한다 레싱 · 이태동 옮김 노벨 문학상 수상 작가
168 파리의 우울 보들레르 · 윤영애 옮김
169 포스트맨은 벨을 두 번 울린다 케인 · 이만식 옮김
170 썩은 잎 마르케스 · 송병선 옮김 노벨 문학상 수상 작가
171 모든 것이 산산이 부서지다 아체베 · 조규형 옮김 《타임》 선정 현대 100대 영문소설
172 한여름 밤의 꿈 셰익스피어 · 최종철 옮김 미국대학위원회 선정 SAT 추천도서
173 로미오와 줄리엣 셰익스피어 · 최종철 옮김 미국대학위원회 선정 SAT 추천도서
174·175 분노의 포도 스타인벡 · 김승욱 옮김 노벨 문학상 수상 작가 | 《타임》 선정 현대 100대 영문소설
176·177 괴테와의 대화 에커만 · 장희창 옮김
178 그물을 헤치고 머독 · 유종호 옮김 《타임》 선정 현대 100대 영문소설
179 브람스를 좋아하세요... 사강 · 김남주 옮김
180 카타리나 블룸의 잃어버린 명예 하인리히 뵐 · 김연수 옮김 노벨 문학상 수상 작가
181·182 에덴의 동쪽 스타인벡 · 정회성 옮김 노벨 문학상 수상 작가
183 순수의 시대 워튼 · 송은주 옮김 《뉴스위크》 선정 100대 명저 | 퓰리처상 수상작
184 도둑 일기 주네 · 박형섭 옮김
185 나자 브르통 · 오생근 옮김
186·187 캐치-22 헬러 · 안정효 옮김 《타임》 선정 현대 100대 영문소설
188 숄로호프 단편선 숄로호프 · 이항재 옮김 노벨 문학상 수상 작가
189 말 사르트르 · 정명환 옮김
190·191 보이지 않는 인간 엘리슨 · 조영환 옮김 《타임》 선정 현대 100대 영문소설
192 왑샷 가문 연대기 치버 · 김승욱 옮김 퓰리처상 수상 작가
193 왑샷 가문 몰락기 치버 · 김승욱 옮김 퓰리처상 수상 작가
194 필립과 다른 사람들 노터봄 · 지명숙 옮김
195·196 하드리아누스 황제의 회상록 유르스나르 · 곽광수 옮김
197·198 소피의 선택 스타이런 · 한정아 옮김 퓰리처상 수상 작가
199 피츠제럴드 단편선 2 피츠제럴드 · 한은경 옮김
200 홍길동전 허균 · 김탁환 옮김
201 요술 부지깽이 쿠버 · 양윤희 옮김
202 북호텔 다비 · 원윤수 옮김
203 톰 소여의 모험 트웨인 · 김욱동 옮김
204 금오신화 김시습 · 이지하 옮김
205·206 테스 하디 · 정종화 옮김 미국대학위원회 선정 SAT 추천도서 | BBC 선정 꼭 읽어야 할 책
207 브루스터플레이스의 여자들 네일러 · 이소영 옮김
208 더 이상 평안은 없다 아체베 · 이소영 옮김
209 그레인지 코플랜드의 세 번째 인생 워커 · 김시현 옮김 퓰리처상 수상 작가
210 어느 시골 신부의 일기 베르나노스 · 정영란 옮김
211 타라스 불바 고골 · 조주관 옮김
212·213 위대한 유산 디킨스 · 이인규 옮김 서울대 권장도서 100선 | BBC 선정 꼭 읽어야 할 책
214 면도날 서머싯 몸 · 안진환 옮김
215·216 성채 크로닌 · 이은정 옮김
217 오이디푸스 왕 소포클레스 · 강대진 옮김 서울대 권장도서 100선
218 세일즈맨의 죽음 밀러 · 강유나 옮김
219·220·221 안나 카레니나 톨스토이 · 연진희 옮김 서울대 권장도서 100선

222 오스카 와일드 작품선 와일드 · 정영목 옮김
223 벨아미 모파상 · 송덕호 옮김
224 파스쿠알 두아르테 가족 호세 셀라 · 정동섭 옮김 노벨 문학상 수상 작가
225 시칠리아에서의 대화 비토리니 · 김운찬 옮김
226·227 길 위에서 케루악 · 이만식 옮김 《타임》 선정 현대 100대 영문소설 | 《뉴스위크》 선정 100대 명저
228 우리 시대의 영웅 레르몬토프 · 오정미 옮김
229 아우라 푸엔테스 · 송상기 옮김
230 클링조어의 마지막 여름 헤세 · 황승환 옮김 노벨 문학상 수상 작가
231 리스본의 겨울 무뇨스 몰리나 · 나송주 옮김
232 뻐꾸기 둥지 위로 날아간 새 키지 · 정회성 옮김 《타임》 선정 현대 100대 영문소설
233 페널티킥 앞에 선 골키퍼의 불안 한트케 · 윤용호 옮김 노벨 문학상 수상 작가
234 참을 수 없는 존재의 가벼움 쿤데라 · 이재룡 옮김
235·236 바다여, 바다여 머독 · 최옥영 옮김
237 한 줌의 먼지 에벌린 워 · 안진환 옮김 《타임》 선정 현대 100대 영문소설
238 뜨거운 양철 지붕 위의 고양이 · 유리 동물원 윌리엄스 · 김소임 옮김 퓰리처상 수상작
239 지하로부터의 수기 도스토옙스키 · 김연경 옮김
240 키메라 바스 · 이운경 옮김
241 반쪼가리 자작 칼비노 · 이현경 옮김
242 벌집 호세 셀라 · 남진희 옮김 노벨 문학상 수상 작가
243 불멸 쿤데라 · 김병욱 옮김
244·245 파우스트 박사 토마스 만 · 임홍배, 박병덕 옮김 노벨 문학상 수상 작가
246 사랑할 때와 죽을 때 레마르크 · 장희창 옮김
247 누가 버지니아 울프를 두려워하랴? 올비 · 강유나 옮김
248 인형의 집 입센 · 안미란 옮김
249 위폐범들 지드 · 원윤수 옮김 노벨 문학상 수상 작가
250 무정 이광수 · 정영훈 책임 편집 서울대 권장도서 100선
251·252 의지와 운명 푸엔테스 · 김현철 옮김
253 폭력적인 삶 파솔리니 · 이승수 옮김
254 거장과 마르가리타 불가코프 · 정보라 옮김
255·256 경이로운 도시 멘도사 · 김현철 옮김
257 야콥을 둘러싼 추측들 욘존 · 손대영 옮김
258 왕자와 거지 트웨인 · 김욱동 옮김
259 존재하지 않는 기사 칼비노 · 이현경 옮김
260·261 눈먼 암살자 애트우드 · 차은정 옮김 《타임》 선정 현대 100대 영문소설
262 베니스의 상인 셰익스피어 · 최종철 옮김
263 말리나 바흐만 · 남정애 옮김
264 사볼타 사건의 진실 멘도사 · 권미선 옮김
265 뒤렌마트 희곡선 뒤렌마트 · 김혜숙 옮김
266 이방인 카뮈 · 김화영 옮김 노벨 문학상 수상 작가 | 미국대학위원회 선정 SAT 추천도서
267 페스트 카뮈 · 김화영 옮김 노벨 문학상 수상 작가 | 국립중앙도서관 선정 청소년 권장도서
268 검은 튤립 뒤마 · 송진석 옮김
269·270 베를린 알렉산더 광장 되블린 · 김재혁 옮김
271 하얀 성 파묵 · 이난아 옮김 노벨 문학상 수상 작가
272 푸슈킨 선집 푸슈킨 · 최선 옮김
273·274 유리알 유희 헤세 · 이영임 옮김 노벨 문학상 수상 작가

275 픽션들 보르헤스 · 송병선 옮김 서울대 권장도서 100선
276 신의 화살 아체베 · 이소영 옮김
277 빌헬름 텔 · 간계와 사랑 실러 · 홍성광 옮김
278 노인과 바다 헤밍웨이 · 김욱동 옮김 노벨 문학상 수상 작가 | 퓰리처상 수상작
279 무기여 잘 있어라 헤밍웨이 · 김욱동 옮김 미국대학위원회 선정 SAT 추천도서
280 태양은 다시 떠오른다 헤밍웨이 · 김욱동 옮김 《타임》 선정 현대 100대 영문 소설
281 알레프 보르헤스 · 송병선 옮김
282 일곱 박공의 집 호손 · 정소영 옮김
283 에마 오스틴 · 윤지관, 김영희 옮김
284·285 죄와 벌 도스토옙스키 · 김연경 옮김 미국대학위원회 선정 SAT 추천도서
286 시련 밀러 · 최영 옮김
287 모두가 나의 아들 밀러 · 최영 옮김
288·289 누구를 위하여 종은 울리나 헤밍웨이 · 김욱동 옮김 노벨 문학상 수상 작가
290 구르브 연락 없다 멘도사 · 정창 옮김
291·292·293 데카메론 보카치오 · 박상진 옮김
294 나누어진 하늘 볼프 · 전영애 옮김
295·296 제브데트 씨와 아들들 파묵 · 이난아 옮김 노벨 문학상 수상 작가
297·298 여인의 초상 제임스 · 최경도 옮김 미국대학위원회 선정 SAT 추천도서
299 압살롬, 압살롬! 포크너 · 이태동 옮김 노벨 문학상 수상 작가
300 이상 소설 전집 이상 · 권영민 책임 편집
301·302·303·304·305 레 미제라블 위고 · 정기수 옮김
306 관객모독 한트케 · 윤용호 옮김 노벨 문학상 수상 작가
307 더블린 사람들 조이스 · 이종일 옮김
308 에드거 앨런 포 단편선 앨런 포 · 전승희 옮김 미국대학위원회 선정 SAT 추천도서
309 보이체크 · 당통의 죽음 뷔히너 · 홍성광 옮김
310 노르웨이의 숲 무라카미 하루키 · 양억관 옮김
311 운명론자 자크와 그의 주인 디드로 · 김희영 옮김
312·313 헤밍웨이 단편선 헤밍웨이 · 김욱동 옮김 노벨 문학상 수상 작가
314 피라미드 골딩 · 안지현 옮김 노벨 문학상 수상 작가
315 닫힌 방 · 악마와 선한 신 사르트르 · 지영래 옮김
316 등대로 울프 · 이미애 옮김 《타임》 선정 현대 100대 영문소설 | 《뉴스위크》 선정 100대 명저
317·318 한국 희곡선 송영 외 · 양승국 엮음
319 여자의 일생 모파상 · 이동렬 옮김
320 의식 노터봄 · 김영중 옮김
321 육체의 악마 라디게 · 원윤수 옮김
322·323 감정 교육 플로베르 · 지영화 옮김
324 불타는 평원 룰포 · 정창 옮김
325 위대한 몬느 알랭푸르니에 · 박영근 옮김
326 라쇼몬 아쿠타가와 류노스케 · 서은혜 옮김
327 반바지 당나귀 보스코 · 정영란 옮김
328 정복자들 말로 · 최윤주 옮김
329·330 우리 동네 아이들 마흐푸즈 · 배혜경 옮김 노벨 문학상 수상 작가
331·332 개선문 레마르크 · 장희창 옮김
333 사바나의 개미 언덕 아체베 · 이소영 옮김
334 게걸음으로 그라스 · 장희창 옮김 노벨 문학상 수상 작가

335 코스모스 곰브로비치 · 최성은 옮김
336 좁은 문 · 전원교향곡 · 배덕자 지드 · 동성식 옮김 노벨 문학상 수상 작가
337·338 암 병동 솔제니친 · 이영의 옮김 노벨 문학상 수상 작가
339 피의 꽃잎들 응구기 와 시옹오 · 왕은철 옮김
340 운명 케르테스 · 유진일 옮김 노벨 문학상 수상 작가
341·342 벌거벗은 자와 죽은 자 메일러 · 이운경 옮김 퓰리처상 수상 작가
343 시지프 신화 카뮈 · 김화영 옮김 노벨 문학상 수상 작가
344 뇌우 차오위 · 오수경 옮김
345 모옌 중단편선 모옌 · 심규호, 유소영 옮김 노벨 문학상 수상 작가
346 일야서 한사오궁 · 심규호, 유소영 옮김
347 상속자들 골딩 · 안지현 옮김 노벨 문학상 수상 작가
348 설득 오스틴 · 전승희 옮김
349 히로시마 내 사랑 뒤라스 · 방미경 옮김
350 오 헨리 단편선 오 헨리 · 김희용 옮김
351·352 올리버 트위스트 디킨스 · 이인규 옮김
353·354·355·356 전쟁과 평화 톨스토이 · 연진희 옮김
357 다시 찾은 브라이즈헤드 에벌린 워 · 백지민 옮김
358 아무도 대령에게 편지하지 않다 마르케스 · 송병선 옮김
359 사양 다자이 오사무 · 유숙자 옮김
360 좌절 케르테스 · 한경민 옮김 노벨 문학상 수상 작가
361·362 닥터 지바고 파스테르나크 · 김연경 옮김 노벨 문학상 수상 작가
363 노생거 사원 오스틴 · 윤지관 옮김
364 개구리 모옌 · 심규호, 유소영 옮김 노벨 문학상 수상 작가
365 마왕 투르니에 · 이원복 옮김 공쿠르상 수상 작가
366 맨스필드 파크 오스틴 · 김영희 옮김
367 이선 프롬 이디스 워튼 · 김욱동 옮김 퓰리처상 수상 작가
368 여름 이디스 워튼 · 김욱동 옮김 퓰리처상 수상 작가
369·370·371 나는 고백한다 자우메 카브레 · 권가람 옮김
372·373·374 태엽 감는 새 연대기 무라카미 하루키 · 김난주 옮김
375·376 대사들 제임스 · 정소영 옮김
377 족장의 가을 마르케스 · 송병선 옮김 노벨 문학상 수상 작가
378 핏빛 자오선 매카시 · 김시현 옮김
379 모두 다 예쁜 말들 매카시 · 김시현 옮김
380 국경을 넘어 매카시 · 김시현 옮김
381 평원의 도시들 매카시 · 김시현 옮김
382 만년 다자이 오사무 · 유숙자 옮김
383 반항하는 인간 카뮈 · 김화영 옮김 노벨 문학상 수상 작가
384·385·386 악령 도스토옙스키 · 김연경 옮김
387 태평양을 막는 제방 뒤라스 · 윤진 옮김
388 남아 있는 나날 가즈오 이시구로 · 송은경 옮김
389 앙리 브륄라르의 생애 스탕달 · 원윤수 옮김
390 찻집 라오서 · 오수경 옮김
391 태어나지 않은 아이를 위한 기도 케르테스 · 이상동 옮김 노벨 문학상 수상 작가
392·393 서머싯 몸 단편선 서머싯 몸 · 황소연 옮김
394 케이크와 맥주 서머싯 몸 · 황소연 옮김

세계문학전집은 계속 간행됩니다.